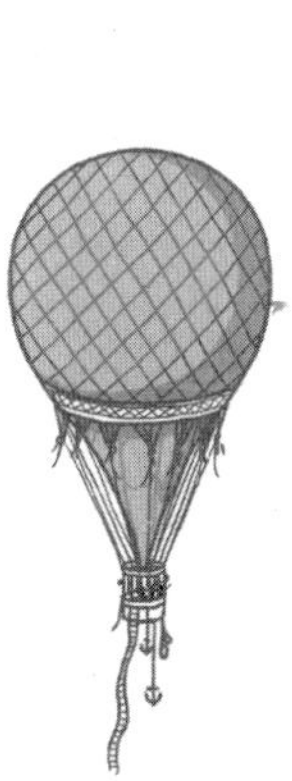

气球上的五星期

儒勒·凡尔纳 著

王汶 译

CINQ SEMAINES EN BALLON

Jules Verne

中国青年出版社

（京）新登字083号

图书在版编目（CIP）数据

气球上的五星期 /（法）儒勒 · 凡尔纳著；王汶译. — 2版. —
北京：中国青年出版社, 2020.11（2024.9重印）
（凡尔纳科幻小说经典译本 / 曾觉之主编）
ISBN 978-7-5153-6207-6

Ⅰ. ①气… Ⅱ. ①儒… ②王… Ⅲ. ①幻想小说－法国－近代 Ⅳ. ①I565.44
中国版本图书馆CIP数据核字（2020）第198048号

气球上的五星期

作　　者：（法）儒勒 · 凡尔纳
译　　者：王　汶
责任编辑：彭宇珂
封面插图：可　描
内文插图：爱德华 · 里乌
书籍设计：左左工作室

出版发行：中国青年出版社
社　　址：北京东四12条21号
邮　　编：100708
网　　址：www.cyp.com.cn
编辑中心：010-57350520
营销中心：010-57350370
印　　装：北京中科印刷有限公司
经　　销：新华书店
规　　格：787mm × 1092mm　1/32
印　　张：11.75
字　　数：242千字
版　　次：1957年10月北京第1版　2020年11月北京第2版
印　　次：2024年9月北京第19次印刷
印　　数：281001-284000册
定　　价：50.00元

目 录

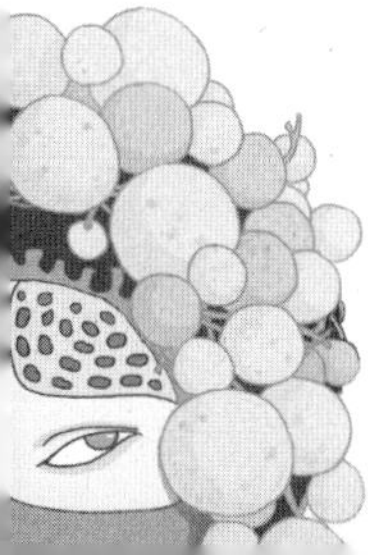

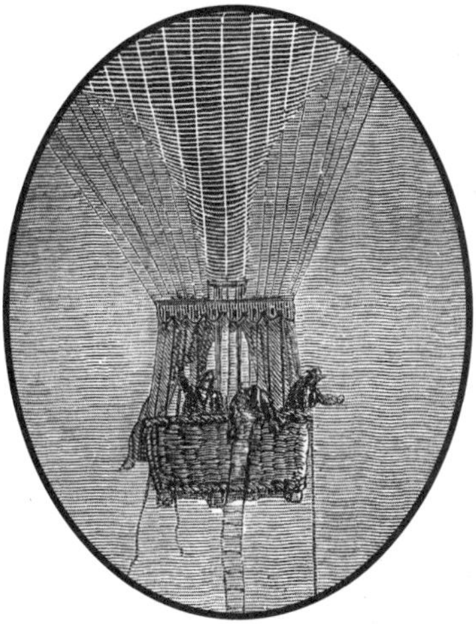

第一章

演说在热烈的掌声中结束——向大会介绍费尔久逊博士——“Excelsior”——博士的风姿——名副其实的宿命论者——“旅行家俱乐部”里的宴会——频频干杯

1862年1月14日，在滑铁卢广场三号伦敦皇家地理学会的一次会议上，听众特别多。主席弗朗西斯·M爵士向他可敬的会员们报告了一个重要的消息，他的话时时被掌声打断。这篇动人的演说最后用以下的豪放句子结束，这句子里充满了简直像激流一样澎湃奔放的爱国热情：

“英国向来走在其他国家的前面（大家知道，这么多的国家总是有前有后的），这完全要归功于英国的旅行家和探险家在地理发现方面的大无畏精神（会场活跃，发出赞同的欢呼声）。萨梅尔·费尔久逊博士——英国光荣的儿女之一——是不会让他的祖国丢脸的（从四面八方：“不会的！不会的！”）。这次尝试，如果成功了（“当然能成功！”），那么关于非洲地理的零星知识，就可以得到补充而变得更有系统了（热烈的赞同声）；如果失败了（“绝不会的！绝不会的！”），那么至少这也可以算是人类历史上的一个大胆创举（兴奋若狂的跺脚声）！”

“乌啦！乌啦！”全场人都为这鼓舞人心的话激动得高呼起来。

“勇敢的费尔久逊万岁！”一个兴奋到极点的听众脱口喊道。

热情的呼声从四面八方传来。每个人都在叫费尔久逊的名字（我们有理由相信这名字通过英国人的嗓子很快就会传播开来），会场顿时被这名字震得颤动起来。

要知道，这里有很多人过去是大胆的旅行家，他们生性好动，恨不得能走遍地球上的五大洲，可是现在他们老了，无能为力了。他们在精神上、肉体上都或多或少地受过沉船、火灾、印第安人的铁棒、野人的木棍、刑架和波利尼西亚人的牙齿的威胁。他们听了弗朗西斯·M爵士的报告，都兴奋得心动起来。在伦敦皇家地理学会中，演讲人受到这样热烈的喝彩，过去还没有先例。

但是在英国，热情不光是停留在口头上。它铸造钱币比皇家造币厂的机器来得还快：会议立刻通过了一项决议，拨给费尔久逊博士两千五百英镑，作为实现他计划的经费；这笔款子数目之大，和那项事业的重要性是相称的。

地理学会的一个会员问主席要不要向大会正式介绍一下费尔久逊博士。

“博士在听候大家的吩咐。”弗朗西斯·M爵士答道。

“请他进来吧！请他进来吧！”喊声四起，“能亲眼见一见这位特别勇敢的人，太好啦！”

“说不定这个令人难以置信的计划只不过是个骗局。”一个半身不遂的老船长说。

“也许根本没有费尔久逊博士这个人！”有人用讥笑的声调喊了一声。

“那就得想法子把他发明出来。”这个严肃学会的一位会员竟开起玩笑来了。

“请费尔久逊博士进来吧。”弗朗西斯·M爵士吩咐道。

萨梅尔·费尔久逊便在雷鸣般的掌声中走进会场。

这是一个四十岁左右、中等身材、体格平常的男子。他的面部神情很冷漠，五官端正，脸色红润（这是多血质的特征）。他那只大鼻子活像大船的船首（一个天生为了从事地理发现的人正应该有这种鼻子）。慈祥的眼睛里闪烁着勇敢的，尤其是智慧的光芒，赋予这张脸以特殊的吸引力。他的两臂长长的，他坚定的步伐显示出他是个步履矫健的人。

博士的整个外貌洋溢着安静与严肃，人们一看见他，就打心眼里不会想到他会干出欺骗的勾当——即使是无意识的欺骗。

因此，直到费尔久逊用谦虚的手势要求听众允许他讲话的时候，欢呼声和掌声才停止下来。他朝着为他预备的座位走去，站定以后，他用毅然的目光凝视着会场，扬起右手的食指，指着天空，只说了一个词：

“Excelsior！”①

不，不论是布莱特和柯布登在国会上提出的质询，或是巴梅尔斯顿公爵电请拨款巩固英国陡岸海防的演讲，都从来没有像费尔久逊博士吐出的这个词那样博得热烈的欢迎。这个词甚至把弗朗西斯·M爵士的整篇演讲也完全压倒了。博士表现得崇高伟大、谦虚而又谨慎，而他只说了一个恰如其分的词——“Excelsior”。

老船长立刻站到这不平凡的人的一边来，他要求把费尔久逊博士演讲的全文刊载在《伦敦地理学会报》上。

但是这位费尔久逊博士究竟是个什么人呢？打算献身于什么事业呢？

年轻的费尔久逊的父亲是英国商船队中一位正直的船长，他使他儿子从小就参与了航海的冒险事业。这个从来不知道什么叫恐惧的可爱少年，很快就显示出灵活的头脑、思考的能力和对科学事业的热爱。此外，他还有随机应变的稀罕本领。什么事情都难不倒他，甚至当他小时候第一次用叉子吃饭的时候，都不像一般孩子那样慌乱。

他从小就爱看描写冒险和航海探险的书，那些书鼓舞了他的幻想。他热切向往那些轰动19世纪初期的发现。他幻想得到像蒙果·巴尔克、布鲁斯、凯叶、列瓦扬等人那样的荣誉；他也似乎

① 最高尚的（拉丁文）。

并不轻视谢利基尔克[①]这样鲁滨逊型的人物，他甚至还有点羡慕他呢。年轻的费尔久逊和谢利基尔克一同在他的胡安·费尔南德斯岛上度过了着实不少的时光，当然，那是在他的幻想中。少年时代的费尔久逊有时对那个孤独水手的行动表示赞成，有时对他的计划和设计表示反对。他觉得，假使他是那个水手的话，他一定会照另一种样子做——照另一种样子做也许会更好一些，起码不至于更坏！假使他是那个水手的话，他一定永远也不离开那富裕的海岛，在那海岛上，太幸福了，简直是一个没有臣民的国王。决不会离开的！甚至就是有人请他——萨梅尔·费尔久逊——去做海军部大臣，他也不会离开！

费尔久逊在青年时代，在世界各地所经历的冒险中，所有这些嗜好的发展情形，是可想而知的！他的父亲是一个有见识的人，自然不会不注意他儿子智力的发展。他督促他儿子认真学习水文学、物理学和力学，同时，还教他植物学、医学和天文学的一般知识。

这位可敬的船长去世的时候，费尔久逊只有二十二岁，但是他已经完成了环球航行。父亲死后，他到孟加拉工兵团去服务，还立了几次功。

但是年轻的费尔久逊并不喜欢军队的生活，因为他不想指挥人，也不愿意让人指挥他。他退伍以后，便到印度半岛的北部去旅行。他一边打猎，一边采集标本，从加尔各答穿过了整个半

---

① 谢利基尔克是一个英国水手，因侮辱船长在1704年被流放到离智利不远的胡安·费尔南德斯荒岛上，过了四年半才被救出来。

岛，一直走到苏拉特。这对旅行爱好者来说，不过是一次普通的散步罢了。

从苏拉特，他动身前往澳洲。1845年在澳洲参加了斯图尔特船长的探险队。探险队的任务是寻找一个大湖，根据学者们的推想，这个湖应该在新荷兰[①]的中部。

在1850年前后，萨梅尔·费尔久逊回到了英国。他怀着比以前更高的发现热情，在麦克鲁尔船长的探险队里待了三年，从白令海峡绕过美洲大陆，一直到法威尔角。

不管什么气候，不管什么困难，费尔久逊一点儿也不在乎。即使在最艰苦的处境里，他也能泰然处之。他才算是个旅行家的典型！他的胃能松能紧，他的腿也能随着床铺的长短或屈或伸。在白天，不管什么时间，他都能睡得着；在黑夜，也不管什么时间，他都能醒得来。

因此，难怪我们这位不知疲劳的旅行家在1855年到1857年，跟着什拉根特维特弟兄访问了中国的西藏西部。他这次探险回来后，带回来大批有趣的有关人种学的观察记录。

萨梅尔·费尔久逊在这几次探险中，是《每日电讯》最积极、最受欢迎的通讯记者。《每日电讯》是一种廉价的报纸，只卖一便士一份，每日销售量达十四万份，还只勉强满足成百万读者的需求。费尔久逊博士不是任何学术团体的成员，他既不是伦敦、巴黎、柏林、维也纳或彼得堡地理学会的会员，也不是旅行家俱乐部的会员，更不是皇家工艺学会的会员（他的朋友，统计

① 澳大利亚最初的名称。

学家柯克伯恩就是这学会的中心人物），就因为他是这家报纸的记者，所以他才这样出名。

柯克伯恩有一天和费尔久逊开玩笑，说要给他解答下面的问题：知道博士旅行经过的英里数，就可以从半径之差计算出他的头比他的脚多干了多少活；或者，知道博士的脚和头所经过的英里数，就可以分毫不差地求出他的身长。

费尔久逊对于学术团体一向是敬而远之的，他是讲究实干而不主张空谈的人，他认为与其把时间花费在你争我辩和高谈阔论上，不如用在研究和发现上。

据说，有一个英国人特地到瑞士去看日内瓦湖。他坐上一辆旧式轿车，轿车里的座位跟公共马车一样，是装在两旁的。我们这位英国人碰巧背着湖坐，车子绕了日内瓦湖一周，可是他就一次也没想到回过头去瞧瞧，竟满心欢喜地离开日内瓦湖回伦敦去了。

费尔久逊博士在旅行时却频频地回头，所以他看到的东西多。这是他的天性。我们有理由认为：博士多多少少是个宿命论者，甚至是个名副其实的宿命论者。他相信命运，甚至相信神意。他认为有一种力量驱使他去旅行，在旅行的时候，他像一辆火车头，不是自己领着自己走，而是路领着他走。

“不是我在赶路，而是路在赶我。”他常常这样说。

难怪费尔久逊博士对地理学会的掌声报以冷淡的态度：他不知道什么是骄傲，也不知道什么是虚荣，他不计较这些小事。他认为他向学会主席弗朗西斯·M爵士提出的那项建议十分平凡，他绝没想到竟会引起这么大的影响。

会议结束后，费尔久逊博士被请到蓓尔美尔大街的旅行俱乐

桌上那条鲟鱼比费尔久逊本人只短三寸光景。

部去。为了祝贺他，人们在那里举行了一次盛大的宴会。从酒菜的丰富可以想见人们对这位贵宾的尊重，搬到桌上来的那条鲟鱼比萨梅尔·费尔久逊本人只短三寸光景。

各种名目的法国酒像河水一样地流。大家频频举杯，向那些在非洲探险而出了名的旅行家们[1]表示敬意。他们不是为他们的健康喝酒，就是为他们的荣誉干杯。

最后，大家向萨梅尔·费尔久逊博士举杯致敬，这位博士将以他大胆的尝试，利用前辈所有已取得的成就，去完成这趟非洲发现之旅。

第二章

《每日电讯》上的文章——几家科学杂志的争论——彼得曼博士支持他的朋友费尔久逊博士——学者柯涅尔的答复——无数人打赌——对费尔久逊博士的各种建议

第二天——1月15日，《每日电讯》发表了这样一篇文章：

“非洲无边无际的荒野的秘密就要被揭穿了。一位现代的俄狄浦斯[2]将揭穿六千年以来没有一个科学家能揭穿的谜。从前，寻找尼罗河源流这件事，被认为是荒诞的企图、实现不了的

---

① 原著此处列举了一百三十多个旅行家的名字，本书略。
② 希腊神话中的英雄，曾解开让无数人丧命的斯芬克司的谜语。

梦想。

“巴尔斯博士曾经沿着邓南姆和克拉柏尔顿走过的路一直到苏丹；李温士敦博士在好望角和桑比西流域之间做了大胆的调查；蒲尔顿和斯比克大尉发现了大陆内地的大湖：这几位旅行家为现代文明开辟了三条新的道路。这三条道路的交叉点，可以说是非洲的心脏。这个地方直到如今还没有一个旅行家涉足过。我们也正应该把全部力量集中在这里。

“萨梅尔·费尔久逊博士在几次探险中的卓越成就早已引起我们读者的重视——现在他将继承勇敢的科学先驱者的事业，去做一次大胆的尝试。

“这位大无畏的探险家打算乘气球由东至西飞过整个非洲。据可靠消息，他这次惊人旅行的起点，将是非洲东岸的桑给巴尔岛。至于旅行的终点是哪里，那只有天知道。

“这次学术性探险的计划，昨天已正式在伦敦皇家地理学会的会议上提了出来，会议当时就决定拨出两千五百英镑作为经费。

“我们将经常向我们的读者报道这个在地理史上从没有过的探险队的消息。”

当然，这篇文章引起了很大的反响。首先，它引起了纷纭的猜疑：费尔久逊显得像个神话里的人物了。有人说，这都是巴尔诺姆[①]想出来的主意，这人在美利坚合众国“干了”一个时期，现在又看中了英国。而日内瓦出版的《地理学会报》二月号，刊

① 巴尔诺姆（Barnum,1810—1891），美国有名的骗子。后来他的名字变成了冒险家、骗子的同义词。

登了一篇妙语双关的短文。这篇短文把这事从伦敦地理学会在旅行家俱乐部里举行的宴会，一直到那条稀奇的鲟鱼，都嘲笑了一番。

彼得曼[①]在戈塔出版的“公报”上发表文章，叫日内瓦的《地理学会报》不要胡说八道。他很了解费尔久逊，他为他这位勇敢朋友的大无畏精神担保。

但是，过了不久，任何怀疑都不存在了。大家知道，旅行的准备工作已经在伦敦进行了：里昂有几家工厂已经接受了一批订单，制造气球用的波纹绸；英国政府也同意费尔久逊博士使用“决心号”运输舰，这艘运输舰的舰长是彼涅特。

这时，成千上万封预祝探险队成功的信件，从四面八方像雪片一般飞来。《巴黎地理学会通讯》发表了关于探险队详情的报道。在马尔特-布连先生主编的《旅行、地理、历史和考古新年鉴》上，刊载出一篇有趣的文章。柯涅尔博士在《德国地理公报》上发表了一篇带有分析性的科学论作，在这篇作品里他令人信服地指出了旅行的可能、成功的机会、困难的性质和空行的优点。但是他不赞成那个旅行的出发地点，他认为从阿比西尼亚[②]的一个港口马苏阿出发比较合理，杰姆斯·布留斯在1768年就是从那里出发去寻找尼罗河发源地的。此外他毫无保留地赞美费尔久逊博士的勇气和想做就做的决心。

《北美评论》看到英国侥幸得到这样的荣誉，很不甘心，便

① 彼得曼（Herro Petermann，1822—1878），德国地理学家。
② 今称埃塞俄比亚。

把费尔久逊博士的计划嘲笑了一番，还恶意地建议费尔久逊届时顺便飞到美国来绕一绕。

总而言之，不算全世界的报纸，光说学术性杂志吧：从《福音教会公报》到《阿尔及利亚殖民地杂志》，从《传教年鉴》到《传教士新闻》，没有一种杂志不用某种方式叙述了这件事。

在伦敦和整个英国，有许多人拿以下问题打赌：第一，有没有费尔久逊博士这个人。第二，会不会真的去旅行。第三，这次探险能不能成功。最后，也就是第四，费尔久逊博士还能不能活着回来。在打赌的记录簿里记下了许多巨额赌注，活像艾普索姆[①]的赛马似的。

这样一来，有信心的人和信心不足的人，不学无术的人和有

① 艾普索姆（Epsom），英国的一个市镇，以硫酸镁（Epsom Salts）和赛马著名。

学问的人，都众目睽睽地注视着费尔久逊博士。于是费尔久逊博士就不知不觉地成了一个当代英雄。博士甘心情愿地向所有感兴趣的人报告他的探险队的详细情形。他一点儿架子也没有，态度非常诚恳、自然。不止一个胆大的冒险家去找过他，想和他同甘共苦，但是他不作任何解释，一律谢绝。

有许多发明家来向费尔久逊建议用他们所发明的各种仪器来操纵他的气球，但是博士一样也没有接受。有人问博士是不是自己发明了这类仪器，他总是避不作答。他只是一心一意地做他的旅行准备工作。

第三章

博士的朋友——他们的友谊从什么时候开始的——狄克·凯乃第到了伦敦——出乎意料的建议——不吉利的谚语——关于在非洲殉难的人们——气球的优点——费尔久逊博士的秘密

费尔久逊博士有一个朋友——不是另一个自己，而是另一个自我（analter ego）。事实上，两个完全一样的人之间，并不一定就存在着友谊。狄克·凯乃第和萨梅尔·费尔久逊的秉性、嗜好和脾气虽然不同，但这并没有妨碍他们的友谊。相反，他们心心相印。

狄克·凯乃第是个地地道道的苏格兰人。他为人坦率、果断、固执。他住在爱丁堡附近的一个小城镇莱特，这地方差不多真是“老熏炉”[1]的城郊。凯乃第非常爱钓鱼，但他的主要嗜好是打猎，这对一个在山里长大的喀里多尼亚[2]之子来说，是十分自然的。他是公认的优秀射击手：他能一枪打中刀口，还能使子弹被劈成相等的两半，如果称一称的话，重量一点也不差。

凯乃第的相貌长得很像沃尔特·司各特[3]的小说《修道院》中的赫伯特·格连丁宁。他身高六英尺，风度翩翩，看来也很有一股膂力。他那被日光晒得黝黑的面孔、灵活的黑眼睛、果断的动作和善良诚恳的外表，使人一看就知道他是苏格兰人。

这两位朋友是在印度认识的，那时他们两人在同一个团队里服务。当狄克去猎虎猎象时，萨梅尔就去采集植物和昆虫的标本。他们每人都精通自己的一行。博士找到的稀有植物，往往和他这位爱打猎的朋友猎取到的一对象牙有同样的价值。[4]

这两个青年，虽然还没有过机会救对方的性命，也没有为对方效过劳，但这并不影响他们的友谊。

命运有时使他们分离，但是感情却常常使他们重逢。自从离开印度回到英国以后，由于博士常常远途旅行，他们就分离过好几次。不过，博士每次回来，总要在他朋友家里住上几个星期。

---

① 爱丁堡的浑称（Auld Reekie），因城市烟雾缭绕、臭气熏天而得名。

② 苏格兰的古代名称。

③ 沃尔特·司各特（Walter Scott，1771—1832），杰出的苏格兰作家，诗人。

④ 本书为儒勒·凡尔纳的成名作，发表于 1863 年。当时工业革命兴起，科技迅猛发展，欧洲各国为拓展原料产地及商品市场，急速向外扩张。《气球上的五星期》正是在这样的背景下创作的。书中涉及猎杀、捕食野生动物，没有平等看待欧洲以外的欠发达地区，轻视基督教之外的其他宗教等，存在一定的历史局限性。——编者注

狄克·凯乃第

狄克谈往事，萨梅尔想未来；一个前瞻，一个后顾。由此可以看出，费尔久逊好动，凯乃第好静。

博士从西藏旅行回来，大约有两年没谈新的探险。狄克猜想，他朋友旅行的爱好和冒险的瘾头冷淡下去了。他因而感到高兴，他认为做这种事早晚得送掉性命。不论一个人多么有经验，常常在野人和猛兽当中往来，总难保一辈子不出岔子。因此狄克拼命劝萨梅尔不要再去旅行了，说他对科学的贡献已经够多了，人们给他的荣誉，他已受之无愧了。

费尔久逊听了这番劝告，一个字也不回答。他还是想他的，他有自己的打算。他通宵地搬数字、做实验，他那些稀奇古怪的仪器究竟是些什么仪器，谁也不知道。很明显，他的脑海中在孕育着一个什么计划。

正月里，费尔久逊突然离开凯乃第，回伦敦去了。凯乃第伤起脑筋来："他在做什么打算呢？"

一天早晨，他终于从《每日电讯》的一篇文章里得到了解答。

"我的天呀！"狄克叫道，"简直是个疯子！精神病！乘气球飞过非洲！又来这一套啦！原来这两年他是想这件事呀！"

如果你把凯乃第每一句话后面的惊叹号，看成是狠狠打在脑袋上的拳头，那么你就可以知道狄克当时的心情了。

狄克的管家老太婆埃尔斯拜斯说这个消息可能是假的，叫他不要发愁。

"岂有此理！"凯乃第喊道，"难道我不了解我的朋友吗？难道这事不像他干的吗？在空中旅行！你们见过这种事吗！他这回想跟老鹰比赛了！咳，不行！我要阻止他！他这个人，任他的

性子，他总有一天还要到月亮上去！”

凯乃第又激动，又愤慨，当晚便上了火车，第二天就到了伦敦。

过了三刻钟光景，一辆马车在希腊街索霍广场附近费尔久逊博士的一所小房子前停了下来。凯乃第跑上台阶，着着实实地照大门敲了五下。费尔久逊知道是凯乃第来了，亲自给他开了门。

“狄克？”费尔久逊问道，他并没表示特别惊讶。

“正是狄克。”凯乃第回答。

“亲爱的狄克，现在正是冬季打猎的好时候，你怎么会在伦敦？”

“是的！我在伦敦。”

“你来干什么？”

“来制止一件从来没听说过的荒唐事！”

“荒唐事？”博士反问了一句。

“这张报上登的是真的吗？”凯乃第把一张《每日电讯》向朋友递去，问道。

“啊！原来是这么一回事！应该说，这些报纸太不谨慎啦！亲爱的狄克，请坐。”

“我不要坐！告诉我，你当真要去作这一次旅行吗？”

“真的，一切都已经开始预备了，我……”

“准备的东西在哪儿？我要把它们摔个稀烂！！”

和蔼的苏格兰人这一回可真生气了。

“亲爱的狄克，安静点吧，”博士说，“我知道你要生我的气，因为我直到今天还没把我的计划讲给你听……”

“他还说这是他的计划呢！”

“你瞧，我实在太忙了，”费尔久逊一点也没理会狄克的喊叫，继续说，“有很多事要做，可是你放心，我不会不给你写信就动身的……”

“我用不着……”凯乃第打断了他的话。

“因为我打算请你一块儿去。”费尔久逊把话说完了。

苏格兰人用可以和羚羊媲美的轻巧劲儿向后一跳，说：

“萨梅尔，你是要人家把咱俩关在白德兰医院①！”

“亲爱的狄克，我就是指望你一块儿去，我拒绝了好多人，选中了你。”

凯乃第一下愣住了。

“你要是听我讲上十分钟，”费尔久逊沉着地继续说，“那

① 白德兰医院是伦敦的疯人院。

你一定会感激我的。”

“你是说正经话吗？”

“完全是正经话。”

“假使我拒绝和你一起去呢？”

“你不会拒绝的。”

“假使我非拒绝不可呢？”

“那我就一个人去。”

“好吧，咱们坐下，平心静气地谈谈。”猎人提议道，“既然你不是开玩笑，那么这事就值得好好地商量一下。”

“不过，如果你不反对的话，亲爱的狄克，咱们还是一边吃早饭，一边商量吧。”

两位朋友面对面地在一张小桌前坐下，桌上只有一大堆夹心面包和一把大茶壶。

“我亲爱的萨梅尔，”猎人先开了口，“你的计划是狂妄的，是行不通的。这计划本就没有意义，而且也不可能实现。”

“嗯，这我们试了以后才能知道。”博士回答。

“这连试也用不着试。”凯乃第坚持自己的意见。

“为什么呢？请你讲一讲。”

“有各式各样的危险和困难！”

“世界上有困难就是为了叫人去克服。”费尔久逊严肃地答道，“至于危险，谁能保证不遇见危险呢？人生一世，步步都会有危险。也许，头上戴一顶帽子或是坐在桌前，都是危险的……该着的事情，就逃不过去；从现在应该看见未来，因为未来就是遥远的现在。”

“瞧瞧，”凯乃第耸耸肩膀，说，“你就是个宿命论者。”

“对，我是个宿命论者，不过，要从最好的一方面来理解这句话。现在我们不必去猜究竟是谁在主宰我们的命运，让我们回想一下英国的一句谚语：命中注定该吊死，一定不会去投河！[①]”

这话是没有什么可反驳的，但是凯乃第还是提出了许多反对意见。他的话太长了，因此无法在这里一一尽述。

“那好吧，”顶嘴顶了整整一个钟头以后，凯乃第说，“既然你说什么也想横越整个非洲，既然这对你的幸福来说是十分必要的，那么你为什么不走普通的道路呢？”

“为什么？”博士兴奋地答道，“因为到现在为止，那样的做法全失败了。蒙果·巴尔克在尼日尔河上被人杀害了；福格尔在瓦达依失踪了；奥德纳死在牟尔牟尔；克拉柏尔顿死在索卡图；法国人梅桑被剁成了碎块；林格少校被图瓦雷格人弄死；汉堡的罗谢尔在1860年初丧了命。你看，这是一个多么长的非洲殉难者名单！显而易见，和自然、饥渴、疟疾、野兽等作斗争是不可能的事，尤其是对付不了野蛮的土人。这个办法既然行不通，就该另想别法；既然中间走不过，就应该从旁边绕过去，或者打上面飞过去。”

“就是这一点可怕。”狄克说。

“有什么可怕的？”博士非常冷静地答道，“你用不着怀疑，我已经想出办法来防止气球遇险了。即使出了什么事，顶多落在地上和别的旅行家一样罢了。我的气球是不会让我上当的；

---

① The man who was born to be hung will never be drowned.

至于遇险，根本连想都不值得去想。”

“正相反，应该去想。”

“不，亲爱的狄克，我打算一直飞到非洲西海岸，再离开我的气球。只要在气球上，一切就有办法！一离开它，便会遇到以前那些探险队所遇到的危险和障碍。在气球上，不怕酷暑，不怕山洪，不怕风暴，不怕沙漠热风，不怕对人有害的气候，不怕野兽，甚至不怕人！如果太热，就升高一些；如果太冷，就降低一些；遇到高山就越过去；遇到深川大河就飞过去；如有狂风暴雨，就逃到雨云的上头去；碰见山洪，就像鸟儿一样在它上面飞行。我前进着，不知道什么叫疲劳；我停下来，也根本不是为了休息。我在没人知道的地境上空翱翔；我用刮风的速度一会儿在高空里，一会儿又紧贴着地面；非洲的图景像一页巨大地图似的铺展在我的眼前……”

善良的凯乃第开始动摇了，呈现在他眼前的图景使他眼花缭乱起来。他怀着又惊又喜的心情凝视着费尔久逊，他觉得他已经在空中摇晃着了……

“可是，亲爱的萨梅尔，这么说，你已经有办法操纵气球了吗？”凯乃第问道。

“还没有，这是个幻想。”

“那你打算怎么飞行呢？”

“听天由命地飞。不过，不管怎么样，也是从东往西飞。”

“为什么？”

“因为我打算利用信风来为我服务；信风总是往一个方向刮的。”

“原来如此……”凯乃第沉思道，“信风……当然，起码……大概……说不定……”

“不，不是说不定，而是一定！”费尔久逊打断了他的话，“英国政府已经把一艘运输舰交给我用。而且说好了，大约当我到达非洲西海岸时，将有三四条船在那里巡逻。至多过三个月，我便到桑给巴尔岛了。我将要在那儿把我的气球装上氢气，我们就从那里出发……”

“我们？……”狄克重复了一句。

“是的。难道你还有什么反对意见吗？说啊，我的朋友凯乃第。”

“反对意见？我的反对意见足有一千条呢！我们先从这个意见谈起：请告诉我，你既然要往前走，你既然要随自己的意思升高或降低，那你就不能不消耗气体。据我知道，到现在为止，还没有解决方法，而这一向是空中长途旅行的障碍。”

“我亲爱的狄克，对于你这个问题，我要回答你一点：就是气体的一个原子，一个分子，我也不会浪费……”

“你能够随自己的意思降低吗？”

“可以随自己的意思降低。”

“你怎么做？”

“我亲爱的朋友，这可就是我的秘密了。你就信任我吧，让我的座右铭‘Excelsior！’也变成你的座右铭吧。”

“那好吧，‘Excelsior！’就‘Excelsior！’”一个拉丁词也不懂的猎人同意道。

但他已下定决心要用一切方法来阻止他的朋友动身。他只是表面上同意，骨子里却抱着观望的态度。

谈完这一席话以后，费尔久逊就去监督他的准备工作了。

第四章

到非洲探险的探险家：巴尔斯、理查德逊、奥维尔维格、维尔纳、罗里、彼内、德波诺、米阿尼、列让、布鲁斯、克拉伯夫和雷伯曼、梅桑、罗谢尔、蒲尔顿和斯比克

费尔久逊博士准备飞行的空中航线，绝不是随随便便选择的。这次飞行的起点也经过慎重考虑，他决定从桑给巴尔岛起飞，不是没有理由的。这座岛靠近非洲东海岸，在南纬六度线上，也就是在赤道下面四百三十英里。不久以前，一个到大湖区去寻找尼罗河河源的探险队就是从这里出发的。

应该指出，费尔久逊有意把两次主要探险——巴尔斯博士在1849年的探险、蒲尔顿大尉与斯比克大尉在1858年的探险——的结果联系起来。

汉堡人巴尔斯博士获得许可与他的本国人奥维尔维格一起参加英国人理查德逊的探险队，这个探险队是到苏丹去的。

这片广阔的地区位于北纬十五度和十度之间。要深入非洲内地一千五百英里，才能走到这里。

到那时为止，只有邓南姆、克拉柏尔顿和奥德纳的游记里（1822年到1824年）介绍过一些关于苏丹的情况。理查德逊、巴

尔斯和奥维尔维格想走得更远一些；他们和以前的旅行家们一样，先走到了突尼斯和的黎波里，从那里又走向费赞的首府——莫祖克。

他们在这里一改和赤道垂直的方向，向西绕道向加特城走去。他们的向导是图瓦雷格人，这给他们造成许多困难。他们的骆驼队经过多次掠夺、侮辱、武装袭击以后，终于也走到了阿斯本辽阔的绿洲。巴尔斯博士在这里离开他的旅伴们，到阿加德斯城去游览。

等他回来以后，探险队在12月12日又重新走上旅途。他们到了达梅尔格省后，就分道扬镳了。巴尔斯动身到卡诺去，多亏他的毅力，又交付了不少税款，他总算走到了那里。

巴尔斯博士虽然患了很严重的疟疾病，可是仍然在3月7日只带着一个仆人，离开了卡诺。他这次旅行的主要目的是去探测乍得湖，现在他离那湖还有三百五十英里。巴尔斯向东走去，抵达波尔努国的楚利科罗城——伟大的非洲中央帝国的核心。在那里，他听到理查德逊由于劳累过度逝世的消息。巴尔斯又继续前行，到了波尔努国的首都——乍得湖畔的库卡；后来又走了三个星期，在4月14日到达诺尔努城；这时从他离开的黎波里动身的那天算起，已经过了十二个半月了。

我们知道，他是1851年3月29日和奥维尔维格一起出发到乍得湖以南的阿达马乌王国去的。他到了北纬九度以南的依奥拉城——这就是他走到的最南的地点。

8月里，巴尔斯又回到库卡，他从那里动身先后经过曼达拉、巴尔吉米、卡涅姆，到达他旅行的最东地点——位于东经十七度二十分的马塞尼城。

巴尔斯博士在他最后一位旅伴奥维尔维格死去以后，在1852年12月25日向西进发，观光了索科多；渡过了尼日尔河，最后到了廷巴克图。在那里，他在酋长的凌辱、虐待下，在苦难中度过了漫长的八个月。但是，一个基督徒在这城里没法再住下去了，因为福拉人扬言要围攻这座城。因此，1854年3月17日，他只好逃到边境去，在那里躲了三十三天，受尽了艰难困苦。11月里，他好容易离开了这个地方，先走到卡诺，后来又走到库卡。他在库卡住了四个月，又重新踏上邓南姆走过的那条路。1855年8月底他才抵达的黎波里；同年9月6日，他——探险队的唯一队员——回到了伦敦。

巴尔斯博士旅行的经过，大致说来，就是这样。

萨梅尔·费尔久逊特别注意巴尔斯走到的北纬四度、西经十七度的地方。

现在让我们看看，在这期间，蒲尔顿大尉和斯比克大尉在东非洲做了些什么。

沿尼罗河上行的任何探险队，一次也没能走到这条河的神秘发源地。

根据德国医师菲狄南·维尔纳的报道，1840年有一个探险队在穆罕默德·阿里的保护下，也只走到北纬四度和五度之间的刚多科罗。

1855年，沙佛依人布伦-罗里被任命为东苏丹撒尔狄尼亚的领事，接替已去世的沃德依。他化名为买卖树胶和象牙的商人雅库伯，从喀土穆出发。他到了北纬四度以上的别列尼亚生病了，便又回到喀土穆。1857年，他就死在那里。

埃及的医务处长彼内博士乘小火轮走到比刚多科罗低一度的地方，回到喀土穆以后，筋疲力尽地死去了；威尼斯人米阿尼绕过刚多科罗附近的瀑布，走到第二条纬线地区；马耳他岛的商人安德烈阿·德波诺沿尼罗河走到了稍远一些的地方：但这些人都没能越过这条不可逾越的界线。

1859年，纪廉·列让接受法国政府的委托，从红海去喀土穆。他率领二十名士兵和舰上的二十一名水手沿尼罗河上行，但是他也最多只走到刚多科罗，还冒了很大的危险。以德埃斯凯拉克·德·罗杜尔为首的探险队，也曾经尝试抵达尼罗河的发源地。

但是旅行家们总是被那一道不可逾越的界线阻挡住。尼禄[1]的使者从前曾走到北纬九度的地方。可见十八个世纪以来只进展

---

① 公元54—68年的罗马皇帝。

了五十度，也就是三百到三百六十英里。有些旅行家曾尝试从非洲东海岸出发，去寻找尼罗河的发源地。

从1768年到1772年，苏格兰人布鲁斯从阿比西尼亚的港口马苏阿出发，横贯底格列，访问了阿克苏姆遗址，也根本没有看到尼罗河的发源地，结果还是一无所获。

1844年，英国传教士克拉伯夫博士在离桑给巴尔不远的蒙巴萨设立了一个传教站。后来他和雷伯曼牧师一起，在距离海岸三百英里远的地方发现了两座大山，这就是欧格林[①]和道恩敦曾经攀登过的乞力马扎罗山和肯尼亚山。

1845年，法国人梅桑一个人在桑给巴尔岛对面的巴加莫约上陆，走到了结拉莫拉。在那里，他被一个部落的酋长拷打死了。

1859年8月，汉堡的青年旅行家罗谢尔跟着阿拉伯商人的骆驼队，一直走到尼亚萨湖畔。在那里，他在睡梦中被人杀害了。

最后，在1857年，孟加拉军队的两个军官——蒲尔顿大尉和斯比克大尉——被伦敦地理学会派去考察非洲的大湖。7月17日，他们离开桑给巴尔，一直向西进发。

他们受了四个月空前未有的折磨以后（他们的行李被抢光，脚夫也被打死），才走到商人和骆驼队聚会的中心卡结赫。这里是月亮山地区，他们在这里搜集了不少关于风俗、政府、宗教、当地动植物等方面的宝贵资料。他们从这里向大湖区的第一个大湖——位于南纬三度和八度之间的坦噶尼喀湖出发。他们在1858年2月14日走到这个湖的湖边，访问了沿湖的各个部落，那些部

---

① 欧格林（Heuglin，1824—1876），德国旅行家。

落大多数还保有吃人的风俗。

他们在5月26日踏上归途，6月20日又回到卡结赫。在这里，蒲尔顿害了一场大病，在床上躺了好几个月。斯比克趁这时候向北走了三百多英里。他在8月3日抵达乌克列维湖，但是他只是看到在南纬二度三十分那里的湖口。

斯比克在8月25日回到卡结赫，过了不久，他就和蒲尔顿一起动身回桑给巴尔，直到第二年3月才安全到达。这两个大胆的探险家现在已回到英国，巴黎地理学会还授予他们本年度的奖金。

费尔久逊博士精确地指出，他们并没有越过南纬二度和东经二十九度。

因此，费尔久逊博士的目的是要把巴尔斯已做的工作和蒲尔顿与斯比克后来的探险联系起来，也就是说要跨过十二度多的地区。

第五章

凯乃第的梦——滥用不恰当的代名词——狄克的暗示——在非洲地图上旅行——圆规的两点之间——目前在非洲的探险队——斯比克和格兰特——克拉伯夫、德肯、欧格林

费尔久逊博士一心忙着做动身前的准备工作。他亲自指导制造气球，他改装了里面的一些东西，但没有人知道他改装的究竟是些什么东西，因为关于这一点，博士把口闭得和坟墓一样。他早已开始学习阿拉伯语和黑人的各种方言了，由于他有学习语言的天才，他学习的进度很快。

在此期间，他那打猎的朋友一步也不离开他。他生怕萨梅尔一声不响就飞走了。这位苏格兰人三番五次劝他的朋友放弃那个计划，但是，不管说什么都说服不了。凯乃第甚至苦苦地央求，而他仍然无动于衷。于是狄克感觉到费尔久逊就要从他手里溜走了。不幸的苏格兰人的确值得可怜。除了忧郁地望着那淡蓝色的天空，他再也没有办法了。甚至在睡梦里，他也似乎感到摇摇晃晃、头晕眼花；他夜夜都迷迷糊糊地梦见从七重天上倒栽下来……

应该补充一句，可怜的狄克在做这些噩梦的时候，甚至从床上摔下过一两次。他首先关心的，就是叫费尔久逊看看他的脑袋跌伤没有。

“要知道，顶多只有三尺高！”他还亲切地补充了这么一句，“就撞了这么个大包！你自己想想吧！”

这个叫人扫兴的暗示并没有使博士动摇。

“咱们摔不下来。”他说。

“可是万一摔下来呢？”

“告诉你，摔不下来！”

这句话说得那样果断，甚至使凯乃第想不出话来反驳了。

特别使凯乃第恼火的是，博士好像一点儿也不理会他的心情，他认定凯乃第命中注定了要做他的空中旅伴。他认为这事已经算是定局了。萨梅尔叫人不堪容忍地滥用“咱们”这两个字——“咱们前进”“咱们几月几号就可以准备好了”“咱们几月几号要出发了”……同样，他也常常用“咱们的”这个词——

“咱们的气球”“咱们的吊篮”“咱们的发现”……

这些话都叫狄克听了不寒而栗。虽然他决定不参加这次空中旅行，然而他也不愿意过分反对他的朋友。应该补充一句：他甚至还偷偷地叫人从爱丁堡给他送来几套衣服和几支上等的猎枪，但他自己都不知道为什么要这样做。

有一天，狄克假装向博士让步，答应和他一起去旅行。他说，只要运气好，上千个机会当中，总有一个成功的机会！

但是，为了阻挠旅行，他又想出一连串各式各样的借口。他对探险的好处和必要表示怀疑。

“探索尼罗河河源，真这么必要吗？”他问道，“这真的能给人类带来幸福吗？就算是咱们能给非洲各部落的人民带来文明，这能使他们变得更幸福吗？……还有，非洲也能变得和欧洲一样文明吗？——也许可能——总而言之，就不能再等些时候了吗？要知道，总有一天，总有什么人会用比这更安全的方法，横过整个非洲的……没问题，再过一个月，再过半年，最多不过一年，就会出现那么一位探险家的……”

但是，可惜得很，这些暗示都恰巧起了相反的作用。费尔久逊听得有点不耐烦了，说：

“我可怜的狄克，你究竟想怎么着？不忠实的朋友，你希望光荣被别人得去吗？我应该改变自己的主意吗？在一些小困难面前就退缩吗？用胆怯和犹疑回答英国政府和伦敦地理学会对我的期望吗？”

“可是……”非常爱用这两个字的凯乃第开口了。

“可是，”博士打断了他的话，“难道你不知道我这次旅行对于那些已经在非洲探险的探险队会有帮助吗？你不知道目前有一批探险家正在向非洲中心进发吗？”

“可是……”凯乃第又开口了。

“狄克，你好好听我说，瞧瞧这地图！”

狄克顺从地把视线投在地图上。

“沿着尼罗河上行。”费尔久逊说。

“好，上行。”苏格兰人乖乖地答道。

“走到刚多科罗。”

“走到了！”

于是，凯乃第想到了，要是就这样在地图上旅行，那是多么容易！

“现在用一个圆规，”博士继续说，“把它的一只脚搁在这座城上——不少好汉最远也不过走到这里为止。”

“搁上了。”

“然后，你沿海岸找出南纬六度上的桑给巴尔岛。”

“找到了。”

“你沿着这条纬线一直走到卡结赫。”

“是。”

“现在你沿着第三十三度经线往上走，走到乌克列维湖湖畔，也就是斯比克大尉曾经到过的地方。”

“嗯，走过头了，掉到湖里了……”

“好极了！根据从湖畔居民那里得到的材料，人们做出一个假定，你知道不知道？”

“不知道。”

“狄克，你知不知道这段距离有多远？”

“你听着。人们以为这个湖既然南岸在南纬二度三十分，那么它的北岸就应该在赤道以北两度半的地方……”

“哪儿有这样的事！”

“……人们还假定：既然从这湖的北边流出一条河，那么这条河即使不是尼罗河，也一定是流入尼罗河的。”

“有趣极了！”

“现在再把圆规的另外一只脚搁在乌克列维湖最北的一点上。”

“搁上了，我的朋友费尔久逊！”

“好啦，现在你看一看这两点之间有多少度？”

“两度左右。”

“狄克，你知不知道这段距离有多远？”

“一点儿也不知道。”

“至少有一百二十英里，换句话说——没有多远。”

“当然，萨梅尔，可以说几乎没有多远！”

“可是你知不知道现在的情况？”

“我发誓我不知道！”

“你就会知道的，伦敦地理学会认为有必要考察一下斯比克大尉发现的那个湖。斯比克在这个学会的支持下和以前在印度工作过的格兰特大尉联合了起来，一同领导了一个人很多、经费很足的探险队去考察乌克列维湖，并到达刚多科罗。他们领到了一笔五千多英镑的补助费，开普敦的总督还拨给他们一队士兵。这个探险队在1860年10月底从桑给巴尔出发。同时，驻喀土穆的英国领事约翰·彼特利克收到外交部寄来的约七百英镑的一笔款子，外交部要他在喀土穆准备一条船，装足粮食，然后开到刚多科罗去等候斯比克大尉的探险队，为探险队供应一切必需品。”

“想得挺周到。”凯乃第说。

“狄克，因此你就会知道，我们要参加这探险工作，就得赶快。这还不算完，当一批探险家走上发现尼罗河河源的正确道路时，另外一批探险家正在勇敢地向非洲的心脏挺进。”

“是步行吗？”凯乃第挺感兴趣地问道。

“对了，步行。”博士丝毫未注意他朋友的暗示，答道。

“克拉伯夫博士打算顺着乔勃河往西走，乔勃河是赤道附近的一条河。德肯男爵从蒙巴萨出发，考察了肯尼亚山和乞力马扎罗山以后，他现在正向非洲大陆的中央深入。”

“也是步行吗？”凯乃第又问道。

“是的，步行或者骑骡子。”

“可是，我认为，这完全一样。”苏格兰人说。

“还有驻喀土穆的奥国副领事欧格林博士，”费尔久逊继续说，“他刚刚组织了一个阵容很强的探险队，这个探险队的主要目的是去找旅行家福格尔。福格尔是在1853年被派到苏丹去参加巴尔斯博士的探险队的。1856年，福格尔离开了波尔努，打算去考察乍得湖和达尔福尔湖之间的一块没有人到过的地方。从此以后，他就没有消息了。根据1860年6月里在亚历山大港[①]收到的信件来判断，他已经被瓦达伊国国王下令杀掉了。但是这位旅行家的父亲还收到了哈特曼博士寄给他的另外一些信，哈特曼博士

① 埃及的第二大城市。

说他听波尔努的一个居民说，福格尔现在正在瓦达伊国当俘虏；也就是说，还有一线希望。一个委员会就此组织起来了：大公爵萨克斯-柯布尔-高特是委员会的主席，我的朋友彼得曼是这个委员会的秘书。这个有多位科学家参加的探险队已募集了一笔经费。欧格林博士已经在6月里从马苏阿动身了。他在寻找福格尔踪迹的同时还得考察尼罗河和乍得湖之间的地区，也就是说，要把巴尔斯和斯比克的工作联系起来。你瞧，非洲将要被他们大伙儿自东而西地走遍了。”

“啊，那可好极了！”苏格兰人欢呼道，“既然一切都这么顺利，那么，请问，咱们还要到那儿干什么呢？”

费尔久逊博士什么也没回答，只是耸了耸肩。

第六章

少见的仆人——他能看得见木星的卫星——狄克和乔争论——怀疑和相信——过磅——乔-威灵顿——乔得到半克朗[①]

费尔久逊有一个仆人，人家叫他“乔”。乔是个脾气很好的小伙子，他极端相信费尔久逊博士，对博士无限忠诚。他不仅能井井有条地执行费尔久逊交给他的任务，而且甚至不等博士开口，就已经预先领会了博士的意图。总而言之，他是个卡

① 克朗，英国的一种银币。

乔

列布[1]，不过不是唠唠叨叨的，而是经常心情愉快的。你再也想象不出世界上有比他更好的仆人了。费尔久逊把一切家务都委托给他，费尔久逊这样做非常对。少见的、顶顶忠诚的乔，他替你做饭，能了解你的口味；他替你收拾箱子，不会忘记衬衫，也不会忘记袜子；他知道你的钥匙和暗锁，可是他从来不随意乱动。

要知道，乔是用什么样的眼光来看博士的啊！他对待他的主人是多么尊重和信任啊！费尔久逊随便说什么，乔都认为除非是疯子，才会反驳他。只要博士想到的都是对的；只要他说过的都是有道理的；只要他吩咐的，就可以办得到；只要他想干就能干得成，而且干成了总会使人惊讶。您就是把乔剁成肉块——当然，您也未必会这样做——他也永远丝毫不会改变他对于博士的看法。

因此，当费尔久逊开始有飞越非洲这个念头的时候，在乔看来，这事已经成为定局了；至于障碍，那是不存在的。既然费尔久逊博士决定出发，那就意味着他和他忠实的乔已经到了目的地！这个好小伙子很清楚他就要跟博士出发去旅行了，虽然博士对他只字也没提起。

事实也的确如此，在旅行的时候，聪明敏捷的乔能够帮上很大的忙。假使需要给动物园里那些最灵活的猴子请一位体育教员，那么这差事乔一定可以愉快胜任。因为，跳跃、攀援和做各式各样的把戏，他都能来一手。

---

① 卡列布是英国作家查理斯·狄更斯的小说《炉边蟋蟀》中的人物。

假使说，费尔久逊是头，凯乃第是臂，那么乔就是手。乔陪他主人旅行过好几次了，他已经学到一些肤浅的科学知识——这些知识当然是有用的。但是他最突出的，是温和的哲学，是乐观的精神；他把一切都看得很简单、很合理、很自然，因此他觉得对任何事都没有必要抱怨和不满。

除了这些特点以外，乔还有惊人的敏锐眼力。他和开普勒的老师、天文学教授麦斯特林①一样，具有一种罕见的才能——不用望远镜就能看见木星的卫星，能数出昴星团里的十四颗恒星，其中的最小几颗是九等星。他却一点儿也不因此而骄傲，相反地，他很谦虚、有礼貌；但是，在需要的时候，他非常善于利用他的眼睛。

既然乔对博士是那样的信任，那么，在这位仆人和凯乃第之间必然就要时常发生没完没了的争论，不过仆人从来也没超出礼貌的范围。

一个相信，一个怀疑；一个是顾虑重重，一个是盲目信任。这么一来，博士就处在怀疑和相信之间。不过，怀疑也好，相信也罢，他都不去理会。

“我说，凯乃第先生……”乔开了腔。

“嗯，亲爱的乔……”

“事情已经差不多要成功了，看样子我们不久就要到月亮上去了。”乔继续说道。

---

① 麦斯特林（Mastlin，1550—1631），天文学家。据说在望远镜发明之前，他已经正确地画出了昴星团中的十四颗恒星位置。

“你是想说——到月亮山[1]去吗？你知道，这没有月亮远；可是，相信我的话吧：月亮山上和月亮上一样危险。”

“危险？！和费尔久逊博士这种人在一起会有危险？！”

“亲爱的乔，我不想叫你失望；可是我得告诉你：博士的计划简直就是疯子的计划。不过，反正他哪儿也去不成。”

“去不成？这么说，您没看见气球搁在波鲁夫[2]的米切尔工厂里吗？”

“我才不高兴看呢！”

“先生，这可是千载难逢的眼福。这玩意儿多漂亮呀！做工多考究呀！吊篮多诱人呀！我想，坐在里面可惬意哪！”

“这么说，你当真是想和你的主人一同去吗？”

“我吗？就是到天边，我也乐意跟他去。”乔坚决地答道，“我跟他已经跑遍了全世界，这次怎会放他一个人出门呢！他累了，谁来搀扶他？他要跳过深渊，谁给他有力的帮助？他生病了，谁来照顾他？……不，狄克先生，乔一辈子都预备站在自己的岗位上照料费尔久逊博士，或者说得确切一点儿——永远在他的身旁。”

“真是个好小伙子！”

“再说，您也和我们一起去呀。”乔说。

“当然啰。”凯乃第回答，“我的意思是说，我要和你们在一起，一直到萨梅尔不干荒唐事的时候为止。我甚至还跟他到桑

---

① 月亮山在非洲境内。
② 伦敦的南郊。——原注

给巴尔岛，朋友的手会阻拦他干这没意义的事的。”

“凯乃第先生，请允许我告诉您，您一点儿也阻拦不了！费尔久逊博士不是个疯子，他要做一件事，总是经过长期考虑的。他一旦决定了，就连魔鬼也不能叫他后退。”

“好，我们瞧吧！”

“凯乃第先生，请不要抱这样的希望。不过，最重要的是：您也得去。对于您这样一位猎人来说，非洲是最好不过的地方了。无论如何，您去了，绝不会后悔的。”

“当然不会后悔，特别是等这个老顽固在事实面前低头的时候。”

“不过，顺便告诉您，”乔补充了一句，“您知道今天就要过磅了吗？”

“过什么磅？”

“就是得把咱们三个人——博士、您和我——都称一称有多重。”

“像赛马时称骑手似的？”

“对了，像称骑手似的。只是请放心吧，即使您太重，别人也不会逼您变瘦的，您有多重，就把多重的您带走。”

“可是，我是不让人称的。”苏格兰人坚决地说。

“可是，先生，对他的气球来说，这似乎是必要的。”

“他的气球就只好不过磅。”

“比方说吧，如果重量计算得不对，我们就飞不上去！”

“活该！我正求之不得！”

“凯乃第先生，等着吧！博士马上就要来找您了。”

“可是，我才不去呢！”

“您不会叫他为难的。”

“可是，我就要这样！”

“好吧！”乔笑着说道，“因为他不在这儿，您才这么说；只要他跟您当面一讲（请您原谅我的无礼）：‘狄克，我需要知道你的体重。’那时候我保管您立刻就会去过磅的。”

“不，我不会去！”

就在这时候，费尔久逊进了他的工作室——狄克和乔正在这里谈着话。他向心里正感到不舒服的凯乃第看了一眼。

“狄克，”博士说，“你和乔都跟我去走一趟。我需要知道你们每一个人的体重。”

“可是……”凯乃第刚要开腔。

“过磅的时候，可以不脱帽子。走吧。”博士打断了他的话。

凯乃第跟着走了。

他们三个人到米切尔工厂去了，那里已预备好了磅秤。费尔久逊为了使他的气球保持均衡，真的需要知道他的旅伴们的体重。因此，他让狄克站到磅秤上去，狄克也没反对，只咕噜道：

“好，好！可是，这反正是无所谓的。”

“一百五十三磅。”博士一边说，一边就把这数字记在自己的笔记本上。

“怎么，我太重了吗？”

“不，凯乃第先生，”乔回答说，“正好我非常轻，咱们俩一平均就行了。”

凯乃第走下了磅秤，乔就跳了上去，他上得那样快，几乎

把磅秤弄翻了。他摆出海德公园入口仿作阿喀琉斯[1]姿势的威灵顿[2]像的架势。乔的样子的确是威风凛凛，虽然他还缺块盾牌！

“一百二十磅。”博士又记了下来。

“哈！哈！”乔满意地微笑着说。他为什么要笑，他自己也说不出道理来。

“现在该我过磅了。”费尔久逊说。他把他自己的体重也记在笔记本上：一百三十五磅。“咱们三个人的体重加起来是四百磅多一点儿。”他说。

“可是，先生，假使有必要的话，我可以饿上几天瘦二十磅。”乔向博士说。

---

① 古希腊神话中的英雄。

② 威灵顿（Wellington，1769—1852），英国名将，1828 年任英国首相。

“亲爱的乔，这不必要。你把肚皮吃得发胀也没关系。给你半克朗，你想吃什么，就去买点什么吃吧。”

第七章

气球的尺寸——计算它的升力——双层的气球——吊篮——神秘的机器——携带的食物——总的重量

费尔久逊博士对这次探险的计划考虑得很周密，而使他最费心机的，当然是气球——这种奇妙的空中交通工具。

首先，要想法不叫气球的体积太大。他决定在气球里装氢气，因为这种气体比空气轻很多，只有空气重量的十四点五分之一。制造这种气体并不很困难，在做飞行实验的时候，用这种气体的效果最好。

费尔久逊仔细地计算了一下，算出气球连同这次旅行所需要的物资应该是四千磅。然后他就可以计算出能够托起这么大重量的升力和气球的容量。四千磅重的负荷要排开四万四千八百四十七立方尺[①]的空气，换一句话说：四万四千八百四十七立方尺空气就大约重四千磅。

使气球的容积等于四万四千八百四十七立方尺，气球里面不装上空气，而装满只有空气重量十四点五分之一的氢气——这样，

① 本书里的尺是指法国古尺，1 尺合 33 厘米。

容积虽然还和原来一样，重量却只有二百七十六磅了。就这样，使气球和周围的空气失去平衡，也就是说，使它们的重量相差了四百二十四磅。周围空气的重量和气球里气体的重量之差，便是气球的升力。

但是假使像刚才所说的那样，往气球里装四万四千八百四十七立方尺的氢气，那么气球就完全装满了。实际上，不能这样，因为气球越升到密度较小的空气层里，气球里的氢气越要膨胀。那时，气球的外壳就要爆破了。因此，一般只能装到三分之二为止。博士根据只有他一个人知道的一些理由，决定把气球只装到一半；既然需要装四万四千八百四十七立方尺的氢气，那就只好使气球的容积比这大一倍。

费尔久逊把他的气球做成椭圆形，他认为这个形状最好。气球的横直径等于五十尺，垂直直径等于七十五尺。这样一来，球体的容积大约等于九万立方尺了。

假使博士能够使用两只气球，那就更加保险了。真的，万一一只气球在空中破了，还可以扔掉一些压舱物，靠另一只气球来维持。但是，要使两只气球保持相同的升力，那是非常困难的。

费尔久逊思索了很久，才想出了一个非常聪明的办法，这是在两只气球的方案下取长补短的一个办法：他定做了两只大小不同的气球，把小的套在大的里面。大气球的尺寸就是上面所说的那样大；小气球的横直径等于四十五尺，垂直直径等于六十八尺，容积等于六万七千立方尺。它就在大气球里的氢气中飘浮。在两个气球之间开有活门，必要时可以使两个气球相通。

这样装置有一个好处：假使在降落时要放出氢气，那就可以先从大气球放起，甚至在必要的时候，可以完全放空，然而小气球还是原样。遇上刮大风的时候，还可以去掉不必要的外面一层外壳，这样充满着氢气的小气球就不像装了一半氢气的普通气球那样容易招风。

还有，万一遇到什么意外，比方说，外面的气球破了，那么小气球正好作后备。两只气球都是用涂过树胶的里昂波纹绸做的。这种上过胶的布料一点儿也不透气，而且也不怕各种酸类和气体的侵蚀。因为整个压力差不多都集中在气球的上端，所以那块地方用两层波纹绸。

这种用波纹绸做的外壳可以把气体保存到随便什么时候。它每九平方尺重半磅。因此，大气球的面积是一万一千六百平方尺，重量是六百五十磅；小气球的面积等于九千二百平方尺，重量是五百一十磅：这样，两只气球共重一千一百六十磅。

承受着吊篮的网子是用非常结实的麻绳编的。至于两个气球上的活门，做得特别精细，因为这就相当于一条船上的舵。

吊篮的形状是圆的，直径等于十五尺，它是用柳条做的，不过骨架是铁的。为了减轻降落时的冲撞，它的下部装有弹簧。吊篮和网子的重量不超过二百八十磅。

此外，博士还叫人用两分多厚的铁皮做了四只箱子。这四只箱子被一些装着开关的管子接连着。箱子上装着一根二寸来粗的蛇形管；蛇形管的头上装有两根长短不同的直管子：长的二十五尺，短的十五尺。

这四只铁皮箱子要用尽可能少占地方的办法放在吊篮里。后装上去的蛇形管，应该是另安的。还有一个电力很强的本生电池也是这样。整套装备配合得十分精巧，全部重量——包括一只特制的水箱里的二十五加仑[1]水——不超过七百磅。

旅行应用的仪器有两只气压表、两只温度表、两个罗盘、一个六分仪、两个测时计、一个水平仪和一个测定远方物体位置的经纬仪。

格林尼治天文台自愿为费尔久逊博士效劳。但是，博士并不打算去做物理学实验，他只希望能够辨认方向和明确主要河流、山岳和城市的方位就行了。

费尔久逊预备了三个牢靠的铁锚，还预备了五十尺长的一张轻便而结实的软梯。

他同样精确地计算了携带食品的重量。携带的食品有：茶、咖啡、糖、饼干、熏肉和干肉饼——这是一种体积小而营养丰富的食品。除了带上足够的白酒，博士还带了两箱饮用水，每箱有二十二加仑。

这些食品将越来越少，气球的负担就会越来越轻。应该知道，气球在大气中是非常敏感的，甚至稍微减轻一点负担，都要发生显著的变化。博士没有忘记在吊篮里搭一顶帐篷，他也没有忘记带铺盖、猎枪和弹药。下面便是全部重量的统计。

费尔久逊	135 磅
凯乃第	153 磅
乔	120 磅

---

① 每加仑等于 4.453 升。

大气球	650磅
小气球	510磅
吊篮和网子	280磅
锚、各种仪器、枪、铺盖、帐篷、各种食器	190磅
熏肉、干肉饼、饼干、茶、咖啡、白酒	386磅
水	400磅
全套装备	700磅
氢气的重量	276磅
压舱物	200磅
共计	4,000磅

这就是费尔久逊博士打算携带的四千磅。费尔久逊说压舱物"是为了碰到意外时才用的"，由于气球的装置完善，他不完全依赖压舱物，所以他只带了二百磅的压舱物。

第八章

乔得意忘形了——决心号运输舰的舰长——装货——凯乃第的军火库——饯行——2月21日出航——博士的学术性讲话——杜维利叶和李温斯顿——空中旅行的情况——凯乃第变得沉默了

2月10日，一切都差不多准备停当了。两只套着的气球已经做好了。它们被装满空气以后，都经得起强大的压力，这证明它们造得还不错，质量是可以信任的。

乔飘飘然起来了。他时常从希腊街跑到米切尔工厂。他忙个不停，但是高高兴兴。乔因为要跟着他的主人一同去，简直骄傲得要命。他一碰到人，即使人家不问，他也要滔滔不绝地说个不停。他领别人去看气球，或是给人家讲博士的想法和计划，或是给人家一个从半开的窗子里或街上看博士一眼的机会，据说他在这上面还赚了好些钱。但这也难怪，他是很可以利用当时人们的好奇心理来投一下机的。

2月16日，决心号运输舰在格林尼治下了锚。这是一艘载重八百吨的螺旋桨快船，它曾经参加过詹姆士·罗斯①的那次北极探险。舰长彼涅特是一位和蔼可亲的人，他对费尔久逊博士的旅行特别感兴趣，他早就仰慕费尔久逊。这位舰长与其说像个军人，倒不如说像个学者，但这并不妨碍他的船装上四尊大炮。真的，这四尊大炮从来没伤过人，只是发出过世界上最和平的声音。

为了便于放气球，决心号的货舱特地改装了一下。2月18日白天，人们小心翼翼地把气球运上了船，放在货舱尽头没人到的地方，以防发生意外把气球搞坏了。至于吊篮、网子、锚、绳子、食物、水箱（准备到桑给巴尔岛再装水）——这一切也都在费尔久逊博士的亲自监督下装上了船。

此外，还装了十桶硫酸、十桶废铁——这是用来制造氢气

---

① 詹姆士·罗斯（James Ross，1800—1862），英国旅行家。

决心号下了锚。

的。实际上并不需要这么多，但是博士估计在制造时可能有些消耗。制造氢气用的一套器具，包括三十多只小桶，也放在舱里。

这些准备工作在2月18日晚上就做好了。另外，还给费尔久逊博士和他的朋友凯乃第预备了两间很舒适的客舱。这位苏格兰人一面赌咒说不去，一面却上了决心号，他还随身带着全套猎具——两支上等的双筒后膛枪和一支爱丁堡工厂制造的精致马枪。我们这位猎人能用马枪在两千步以外毫不困难地射中羚羊的眼睛。为了以备万一，凯乃第还带了两支六发的“高特”手枪。而他所有的枪，加上足够应用的火药、弹药袋、霰弹和子弹，并没有超过费尔久逊允许他携带的重量。

我们的三位旅行家在2月19日白天登上了决心号，他们受到舰长和全体军官的热烈欢迎。这时，费尔久逊博士一心想着他的探险，态度还是那样冷静；凯乃第不由自主地显得非常激动；乔蹦蹦跳跳地逗得人们发笑，他很快就会成为水手室——这里面给他准备了一张吊铺——里的小丑。

2月20日，伦敦地理学会举行了盛大的宴会欢送费尔久逊和凯乃第。彼涅特舰长和他的军官们也参加了这次气氛热烈、酒肴丰盛的宴会。为健康干杯的次数那样多，陪客的人喝完那些酒以后，可以放心大胆地活到一百岁了。主持宴会的弗朗西斯·M爵士虽然也非常激动，但举止始终十分得体。

使狄克·凯乃第大大不好意思的是，为他举杯的次数也很多：大家“为英国的光荣，为勇敢的费尔久逊”喝完酒以后，又“为他的朋友，和他一样英勇的凯乃第”干杯。狄克的脸都红了，但别人还以为他谦虚，因此掌声反而更响亮，狄克的脸也就更红了。

在宴会快要结束吃果品的时候，收到了女王[①]的贺电。她向这两位旅行家致敬并祝他们成功。这时大家免不了又为优雅的女王陛下举杯。

午夜，在殷切的临别赠言和热烈的握手以后，参加宴会的人便各自回家去了。决心号运输舰的小船正在西明斯特尔桥畔等候着，舰长、军官们、乘客们都上了小船，于是泰晤士河的急流就把他们送到格林尼治去了。

一点钟，运输舰上的人都已入梦。

2月21日，早晨三点钟，锅炉发出哼哼的响声；五点钟，锚起了上来。决心号在螺旋桨的推动下向泰晤士河河口驶去。

不消说，运输舰上的谈话都是以费尔久逊博士的探险为话题。只要看见博士本人和听听他讲话，你就会对他十二分信任。在决心号上除了凯乃第，已经没有第二个人怀疑博士的事业会不会成功。

在航程中漫长闲暇的日子里，博士在军官会议室里给军官们讲授了真正的地理学课程，那些青年对非洲最近四十年来的发现史，简直听得入了迷。博士给军官们讲了巴尔斯、蒲尔顿、斯比克、格兰特等人的探险事迹；他向他们描述了这个变成了科学探险对象的神秘之乡。在非洲北部，年轻的杜维利叶考察了撒哈拉大沙漠，还把图瓦雷格人的酋长带回巴黎。在法国政府的协助下，有两个探险队——一个从北部出发，一个向西走，将在廷巴克图会合。在南部，不知疲倦的李温斯顿正在向赤道逼近；

① 当时在位的维多利亚女王（Queen Victoria）。

从1862年3月起，他和麦肯济一起开始沿罗伏奥尼亚河上行。总之，费尔久逊深信，六千年来非洲蕴藏的种种神秘，终于要在19世纪揭开了。

当费尔久逊把他这次旅行的准备工作仔细讲给军官们听的时候，军官们感到格外有趣。他们甚至想核对一下他的计算。关于这一点，那些青年们展开了争论，博士很有兴致地参加了他们的争论。

最使军官们惊讶的，是博士携带的食品这样少。有一天，一位军官和费尔久逊博士谈起了这个问题。

“您觉得奇怪吗？”博士问道。

“当然啰。”

“那么您估计我要旅行多久？也许您以为要好几个月吧？那您就大错而特错了。假使旅行日子拖长了，那我们就完了，也不会到达目的地了。您要知道，从桑给巴尔岛到塞内加尔海岸，最多只有三千五百英里，嗯，我们就算它有四千英里吧。我们要是每十二小时飞二百四十英里——这比目前火车的速度还要慢——要是日夜不停地飞，那么我们最多七天就可以横过非洲。”

“可是，在这种情形下，您将什么也看不见，什么地理测量也做不了，根本没法考察那个地方。”军官反驳道。

“您得想到，”博士回答，“既然我是气球的主人，我可以随意升降，那我就可以在我需要停的时候停下来，尤其是碰到过于强大的气流威胁我们的时候。”

“你们一定会遇见这种气流的。”彼涅特舰长插嘴道。

“要知道，那里常常有飓风，风速每小时超过二百四十英里。”

“喏，您看，要是这么快的话，那只要十二个钟头就可以横过非洲了。”博士微笑着说，“早晨起身时在桑给巴尔岛，晚上睡觉时就在圣路易了。”

“难道气球能飞得这么快吗？”一个军官问道。

“有时会这样的。”

“气球经得住吗？”

“当然经得住。比方说，1804年拿破仑举行加冕礼的时候，航空家加纳林在夜里十一点钟从巴黎放出一只气球，气球上写着金字：‘巴黎，13年霜月[①]25日，教皇庇护七世为拿破仑大帝加冕。’第二天早晨五点钟，罗马居民看到这只气球在梵蒂冈上空

---

① 霜月，法国共和历的第 3 个月，指阳历 11 月 21 日到 12 月 20 日。

飞翔；后来，它飞过罗马地区落在布拉查诺湖里了。你们看，气球是经得住这种速度的。”

“气球受得了，可是人呢？”凯乃第大胆地问道。

“人也受得了。原因很简单：气球对它周围的空气来说，永远是静止的；因为移动的不是气球，而是空气本身。不信，在吊篮里点一支蜡烛，蜡烛的火苗甚至动都不动。假使有一位飞行家坐在加纳林的气球上，他一点儿也不会因为气球飞得快而感觉到难受。不过，我并不打算用这样的速度飞行。如果夜里我能够钩住一棵树或者一个土丘停下来，我还是会停下来。再说我们带够了两个月的粮食，何况着陆的时候，我们这位干练的猎人还可以供给我们大批野味。”

“嗬！凯乃第先生，您得有多开心哪！”一位年轻的海军少尉用羡慕的目光看着凯乃第道。

“除了开心以外，还能得到荣誉。”另外一位军官说。

“诸位，”凯乃第答道，“你们的夸奖使我很感动……但是……我没有权利接受……”

“为什么？”在场的人一齐问道，“难道您不去吗？”

“对了，我不去。”

“那您不跟费尔久逊博士一起去了？”

“我不但不跟他去，而且我到这里来是为了最后阻止他也不要去。”

大家都把视线转向博士。

“别听他的，”费尔久逊沉着地说，“这事不用和他争辩。实际上，他自己也清楚他会去的。”

“叫我起什么誓都行！”凯乃第叫道，“我肯定……”

“还是别起誓了吧，我亲爱的狄克！你身长也量了，体重也称了；不光是你自己，你的火药，你的枪，你的子弹也都称了……别再啰唆了。”

的确，从这一分钟起一直到抵达桑给巴尔岛，狄克再也没张过嘴。

第九章

绕过好望角——在船头上——乔教授讲授宇宙学——驾驶气球——寻找气流——“已经想出来了”

决心号很快地开向好望角。虽然大海里翻滚着波涛，可是天气一直很好。

从伦敦启碇二十七天以后，3月30日，桌山在地平线上出现。用望远镜已经可以看见群山环抱中的开普敦了，过不多时，决心号就在开普敦的港里抛下锚。船开到这里来，只是为了加煤，所以只停一天就够了。第二天早上，决心号向南驶去，以便绕过非洲的南端开进莫桑比克海峡。

乔已经不是头一回航海，他在船上就和在家里一样。这位小伙子正直与爽朗的性格，博得了大家的喜欢。博士的荣誉大部分都落在他身上了。大家像听预言家说话一样听他讲话，而且，说实在的，他的预言并不比别的预言家错误多。

当博士在会议厅里向军官们讲授地理学的时候，乔就在前甲板上活跃起来，他随心所欲地谈古论今，而且讲的时候，他还仿效历代最伟大的史学家的气派。

当然，人们的谈话也大多是围绕着空中旅行的问题。起初，乔很难说服某些老顽固，叫他们相信这样的旅行是完全可能的；但是等到水手们相信了他的话时，他们的想象力就大大地被激发了，觉得一切都算不得什么了。

这位兴高采烈的讲故事者向他的听众肯定地说，在这次空中旅行以后，还要有很多次的空中旅行。他说，这不过是一连串奇迹的开始。

“朋友们，你们看，”乔说道，“要是一旦用过这种旅行方法，那以后就离不开它了。下一次我们再飞行的时候，一定不再在地球上空飞——我们要越飞越高，越飞越高。”

“真的吗？那么说，你们要一直飞到月球上去啦！”听众当中有一个人惊喜地说道。

“到月球上去？”乔反驳道，“这太平凡了，谁都可以到那儿去的。再说，月球上也没有水，得随身带很多很多的水去，甚至还得带许多瓶空气去呼吸。”

“就算是这样吧！那儿有没有杜松子酒？”一位爱喝这种饮料的水手问道。

“亲爱的，那儿找不到杜松子酒的。不，不到月球上去！我们要飞到那些顶好的行星上去，博士常常给我讲到那些行星：比方说，我们先到土星上去……”

“土星就是那个有光环的星吗？”水手长问道。

“对了！它戴着个订婚戒指，只是不知道它的老婆哪儿去了。”

“你们怎能飞这么高呢？”一个见习水手惊讶地问，“您的博士大概是个妖精吧。”

“妖精！作为一个妖精来说，他可太仁慈。”

“你们到土星上去过以后，还预备到哪儿去？”听众中一个最性急的人问。

“到土星上去过以后吗？到木星上去。这奇怪的地方，白天只有九个半钟头，真是懒人的福地！那儿的一年，就有我们这儿的十二年那么长。还有半年寿命的人到那儿去住很上算，因为他可以多活几年！”

“十二年吗？”见习水手又重复问了一句。

“对了，小朋友，在那儿，你还在吃奶呢！那位五十来岁的大叔只是个四岁半的娃娃。”

“唉，这可是胡说八道了！”甲板上的人异口同声地喊道。

“实实在在的真理。”乔坚持己见，“还有比这更新鲜的事儿呢！要是你老待在这地球上，那你什么也不会知道，你会变得跟天竺鼠一样愚蠢。可是如果你到木星上去住几天，那就可以开开眼界了。对了，顺便我还得告诉你们，在木星上得特别当心，因为木星的那些卫星都不是好惹的！”

甲板上的人都笑起来，但是也有几分相信。这时，乔又谈到海王星，说那儿对水手们招待得很好。接着又说，在火星上军人最吃得开，这可叫人生气。至于水星，这是个顶叫人讨厌的地方。那儿只有商人和小偷。这两种人都一样，没有什么不同。最后，他向他们谈到金星，大家听得心往神驰。

“你们知道吗？”天真的讲故事者说，“等我们这一次探险回来，我们就能得一个南十字星座勋章。瞧，它在上帝的衣扣上发光呐。”

“你们完全配得上这个勋章。”水手们异口同声地说。

船头上的夜晚，就在这生动有趣的谈话中度过了。这当儿，在军官会议室里，费尔久逊博士和军官们还在继续着有教益的谈话。

有一天，谈到操纵气球的问题，费尔久逊兴奋地叙述了他自己的见解。

“我不相信，”博士开始道，“人们现在已经能够操纵气球了。我知道许多方法，有的经过试验，有的只有方案，但是，没有一个有效，没有一个行得通。诸位，你们当然明白，我应该认真研究这个问题，但是就现有重力学的知识，我还解决不了这个问题。需要发明一种马力大而重量轻的发动机才能达到这个目的。可是就是那样，也抵抗不住强大的气流。到现在为止，一般研究的是操纵吊篮，而不是操纵气球。这是个美中不足的事情。”

“其实气球和船有许多共同的地方，”一个人说，“可是船就很容易驾驶。”

“不对，”费尔久逊答道，“这两种东西共同的地方很少，甚至可以说根本没有。空气的密度比水小得多；船身只有一半浸在水里，气球却整个飘浮在空气中，对它周围的空气说来，它是始终不动的。”

“博士，那么您认为航空学已经没法再进步了吗？”

“不，当然不是这样！应该找别的出路。既然没法操纵气球，

乔和水手们聊天。

就只有叫气球老待在对它有利的气流里。气球升得越高，周围的气流便越是均匀，流动的方向也越是稳定。在高空里，地面上坎坷不平的高山深谷已经对气流不起任何作用了。大家知道，风向和风力主要也就是由于那些东西的影响才改变的。将来这一带空气层稳定以后，就可以叫气球总待在对它最有利的空气层里了。”

“可是，那时候为了飞进对气球有利的空气层，不是老得一会儿上升，一会儿下降吗？”彼涅特舰长说，“亲爱的博士，我认为真正的困难就在这里。”

“为什么？亲爱的舰长！”

“我们知道，这样一会儿上升，一会儿下降，要是一般飞行表演的话，还算不了什么，可是，如果是在空中长途旅行，那就很难办得到了。”

“舰长，你说说，为什么？”

“原因很简单：气球只有扔掉压舱物才能升上去，放掉氢气才能降下来。如果这样，你们的压舱物和氢气很快就要用光了。”

“我亲爱的彼涅特，问题的关键也就在这里。要克服的困难也就是这一点。问题不在于如何操纵气球，而在于如何叫气球既不消耗氢气又能上升下降。要知道，氢气是气球的元气、血液、灵魂——假使可以这样比喻的话。”

“亲爱的博士，您说得很对。不过这个问题还没解决呀，解决的办法还没想出来呀！”

“对不起，已经想出来了。”

“谁想出来的。”

“我想出来的。”

“您？”

“您很明白，要是我没想出这办法，我就决不会冒险乘气球飞过非洲。否则的话，只要过二十四小时，气球里的氢气就会一点儿也不剩了。”

“可是在英国的时候，这事您一个字也没提过啊！”

“对，我没提过，那是因为我不愿意引起人们争论。争论又有什么意思！我悄悄地做了几次实验，实验的结果，我十分满意，这就够了，我又何必要做什么宣传。”

“费尔久逊博士，怎么样，您的秘密可以公开吗？”

“行，可以公开。诸位，我的办法很简单。”

所有听众都集中了注意力。费尔久逊博士沉着地讲出下面的一些话。

第十章

前人的多次试验——博士的五只箱子——燃烧嘴——暖气设备——使用法——一定成功

“人们常常想，如何既不消耗氢气，又不扔掉压舱物，而能使气球自由升降。法国航空家摩尼叶曾经想把空气压送到气球里来达到这个目的。比利时人凡·赫克博士想用轮翼和旋桨发出一种垂直的力量使气球升降，但未达到目的。因为在大多数情况下，这力量是不够大的。可以说，摩尼叶和凡·赫克的试验都没有什么结果。

“我决定把这个问题索性处理得大胆一些。首先，除非在万不得已的时候，比方说机器坏了，或者为了避免不测的障碍非马上上升不可，我才抛掉压舱物。

“我使气球升降的方法，是改变气球里气体的温度来使气体膨胀和收缩。我就是这样获得成功的。你们大概都看到了，把吊篮搬上运输舰的时候，同时还搬上来几只箱子，你们一定不知道这几只箱子的用途。箱子一共有五只。

“第一只里面盛着约二十五加仑水，我往这水里加上几滴硫酸以增加它的导电性，然后我用电力强的本生电池使水分解。大家知道，水是由两个氢原子和一个氧原子构成的。氧在电池的作用下将从阳极跑进第二只箱子里去。比头两只箱子大一倍的第三只箱子放在第二只箱子的上面，它接受从阴极送来的氢。有两个龙头开关（一个比另一个粗一倍）使这两只箱子和第四只箱子相通，第四只箱子叫作混合箱。这箱子里，是混合着由水分解出来的两种气体。混合箱的容积约等于四十一立方尺。

“这只箱子的上部有一根装着龙头开关的白金管子。

“诸位，你们当然都已经明白了：我讲的这东西简直像是一个氢氧焰吹管，它的温度比炼铁炉里的温度还要高。

“现在我再来说明一下气球上的装备的第二部分。

“在密封着的气球下部伸出两根管子。一根管子通到气球里的上层氢气；另外一根通到下层氢气。两根管子隔一段距离就装有橡皮关节，这使它们能够经受住气球的摆动。这两根管子伸到吊篮里，通进一只圆筒形的加热箱里。这只箱子两头盖着两个坚实的铁盘。从气球下部伸出来的管子就从下面的铁盘通到箱子里，它在箱子里面作盘蛇状一圈叠一圈地盘满整个箱子。这个蛇形管从箱里伸出来以前，先通入一个小圆锥体，圆锥体的底是向内凹进的，像个倒扣着的球形罩子。第二根管子从这圆锥体的顶端上伸出来——我已经提过，这根管子是通到气球里的上层氢气的。圆锥体的‘球形罩子’是用白金做的，即使高温也不会熔化。因为燃烧嘴就装在加热箱的底上一圈圈蛇形管的中央，它的火苗将轻轻地舔着白金罩。

“你们当然见过室内取暖的暖气设备，你们一定也知道其中的道理。屋子里的空气通过一些管子，空气再从管子里出来时，温度已经高得多了。我刚才讲的那东西也可以说是暖气设备。

“实际上这起什么作用呢？把燃烧嘴一点着，蛇形管和凹面圆锥体里的氢气就烧热了，热了以后，就很快地沿着通往气球上部的管子上升。底下空出来的地方很快就由气球下部的氢气补充。这些氢气也在这里烧热了以后上升，同样再由下面的气体补充。这样，气体沿着管子和蛇形管非常快地流动——气体从气球里出来，不断被烧热后，又重新回气球里去。这种气体，温度增高一度，它的体积便增大四百八十分之一。假使我把温度增加十八度①，那么气球里氢气的体积就会增大四百八十分之十八②，换一句话说，就是一千六百七十四立方尺。因此，它要排挤掉一千六百七十四立方尺的空气，它的升力就增加一百六十

① 这里使用的是华氏温度表，增加 18 度等于增加 10 度。如果把气体加热 1 摄氏度，它就比它在 0 度时的体积加大 1/267。——原注

② 大约 62 立方米。——原注

磅。这就等于扔掉了同等重量的压舱物。假使我把温度提高一百八十度[①]，那么这种气体的体积便会比最初增大四百八十分之一百八十，它将排挤掉一万六千七百四十立方尺空气，气球的升力就会增加一千六百磅。

“你们明白，我可以很容易地打破我的气球的平衡。它的体积是这样计算的——因为氢气只装满气球一半，它所排出空气的重量，恰好和装着氢气的外壳重量，再加上装载乘客和全部货物的吊篮重量相等。在这种情况下，气球在空中是绝对保持平衡的：它不上升，也不下降。

“要上升时，我便用燃烧嘴烧热气球里的氢气，使它的温度比周围的气温高。氢气一烧热，便膨胀了，我把氢气烧得越热，气球的体积就变得越大，升得越高。

“如果要下降，办法也很自然，就把燃烧嘴的温度降低，这样，气球里的氢气就会渐渐冷下来。一般说来，上升当然是比下降快。这种情形对我却很有利：我永远也不需要下降得快，相反地，我希望能很快地上升，来躲避各种意外。要知道，危险总是在下面，而不是在上面。

“不过，我已经和你们说过，我也预备了一些压舱物，在紧要关头，我扔掉压舱物可以升得更快一些。气球上部的活门，只不过是个安全阀。气球里装着的氢气总是那么多。我再重复一遍，我只是靠改变氢气的温度来使气球升降。

“现在，诸位，我想再告诉你们一个细节：在氢气和氧气燃

---

① 100 摄氏度（100℃）。

烧的时候，必然要产生水蒸气；所以我在圆筒铁箱下部装上一根出气的管子，管子上装有活门，当管子里达到两个大气压力的时候，蒸汽便自动冲出来。

“最后，我要告诉你们一些最精确的数字：二十五加仑水分解以后，产生二百磅氧和二十五磅氢。在正常的气压下，这是一千八百九十立方尺氧和三千七百八十立方尺氢——混合在一起，总共是五千六百七十立方尺。把龙头整个打开时，每小时要消耗二十七立方尺混合气体；它的火焰起码要比大煤气灯的火焰大六倍。如果在一般的高空里，平均每小时最多消耗九立方尺气体。这就是说，二十五加仑水，够用六百三十个小时，或者说，二十六天稍微多一点儿。

“因为我可以随自己的意思降到地面上来装水，所以我爱旅行多少日子，就可以旅行多少日子。

“诸位，我的全部秘密就在这里。这很简单，因为简单，所以我有把握一定能成功。使气球里面的气体膨胀或收缩，这就是我的办法，这办法既不需要什么啰里啰唆的轮翼，也不需要什么机器动力。我用来改变温度的暖气设备和用来加热的燃烧嘴既方便，又轻巧。

“因此，我认为我具备了成功的一切必要条件。”

费尔久逊博士结束了他的讲话，接着响起一阵热烈的掌声。对他的话，没有一个人提出不同的意见，因为一切都考虑得很周密。

“可是，不管怎么说，这事总是危险的。”舰长说。

“既然能够成功，危险又算得了什么！”费尔久逊简单地答道。

第十一章

到了桑给巴尔岛——英国领事——当地居民的敌视态度——库姆别尼岛——“呼风唤雨”的人们——向气球里装氢气——4月18日出发——告别——维多利亚号

一路是顺风，决心号飞速向目的地前进。抵达莫桑比克海峡时，天气良好。顺利的航海仿佛也是航空的好预兆。每一个人都渴望快点儿抵达桑给巴尔，到了那儿，好给费尔久逊博士的准备工作一些帮助。

桑给巴尔岛上的桑给巴尔城终于看得到了，4月15日早晨十一点钟，运输舰决心号在桑给巴尔的港里抛下了锚。

桑给巴尔岛是马斯喀特①的教长——法国和英国的同盟者——的管辖区。这无疑是他最好的殖民地。这港口接纳着无数来自邻国的船只。

桑给巴尔岛和非洲大陆只隔着一条不足三十里宽的海峡。

桑给巴尔岛上有大规模的树胶、象牙的买卖，特别是黑人的买卖，因为桑给巴尔岛是个广大的奴隶市场。打仗的时候捉到的俘虏全被运到这里来，而这些仗永远打不完，非洲内地各部落的酋长，一年到头总是不停地你打我、我打你。

这种买卖，从非洲的整个东岸一直到尼罗河畔一带，都很普

---

① 马斯喀特，今阿曼国首都，自古就是阿拉伯半岛的重要港口。

桑给巴尔岛一瞥

遍。纪廉·列让看见过有人在法国船上公开地进行这种交易。

决心号一靠码头，桑给巴尔的英国领事就上船来了，他表示愿意为费尔久逊博士效劳。还在一个月以前，他就从欧洲报纸上知道了博士要乘气球横越非洲的消息，但是他一直像其他无数怀疑者一样半信半疑。

“我本来很怀疑，”领事一面把手伸给费尔久逊，一面说，“可是现在，我的怀疑完全打消了。”

他随即就把博士、狄克·凯乃第请到他自己家里，那招人喜欢的乔自然也一道跟了去。

领事实在亲切得很。他给费尔久逊博士看了斯比克大尉的几封信，费尔久逊从那几封信里知道：大尉和他的旅伴们还没走到乌戈戈国就受尽饥饿和坏天气的煎熬。现在看来，他们是在重重的困难中前进，自然也谈不上能够及时和外界取得联系了。

“这些危险和困苦，我们都可以避免。”博士说。

三位旅行家的行李都送到领事家里，气球准备卸在桑给巴尔岸上。在信号柱附近，正好有一块合式的空地。在这块空地的旁边有一座高大建筑物挡住东风。这建筑物是个碉堡，外形很像一只竖着的大木桶，跟它相比，海德堡的大桶①只会显得非常渺小。在碉堡的平台上有几个手执长矛的士兵——都是些爱吵闹的二流子——守望着。就在气球要往下卸的时候，领事接到情报，说当地居民打算用武力来干涉这件事。再没有比迷信更盲目的

① 海德堡城堡的酒窖里有直径三米的大酒桶。

了。一个基督教徒到了这里，而且还想飞上天，这个消息引起当地居民极大的愤怒。那些比阿拉伯人性子还要容易发火的黑人，认为这是反对他们的宗教。他们想象飞行的人要冒犯太阳和月亮。太阳和月亮都是非洲人崇拜的对象，所以他们坚决反对这渎冒神灵的探险队。

领事知道了当地居民的这种情绪，连忙通知费尔久逊博士和彼涅特舰长。舰长无论如何也不肯对这种威胁让步，但是他的朋友费尔久逊博士却劝他对这问题要理智一点儿。

“当然啰，就是闹到最后，我们的气球还是要卸下来的，”费尔久逊说，“说不定伊斯兰教教长的驻防军还能给我们一些帮助；但是，亲爱的舰长，万一出什么事，气球只要遭到什么袭击，就不可挽救了，我们也旅行不成了。所以，应当慎重从事！”

“可是怎么办呢？即使我们在非洲大陆上岸，在那里也会碰到同样的困难。那怎么办呢？”

“再容易不过了，”领事说，“你们瞧，港外有一些小岛。把气球随便卸在哪一个岛上，周围围上一圈水兵，这样，就绝对安全了。”

“好极了！”费尔久逊道，“我们在那里做最后的准备工作也很方便。”

舰长也表示赞成，因此过不多时，决心号就开到库姆别尼岛跟前了。

4月16日早晨，气球平安无事地卸在树林中间的一片草地上。在这里竖立了两根八十尺高的木柱，两根木柱彼此相隔八十

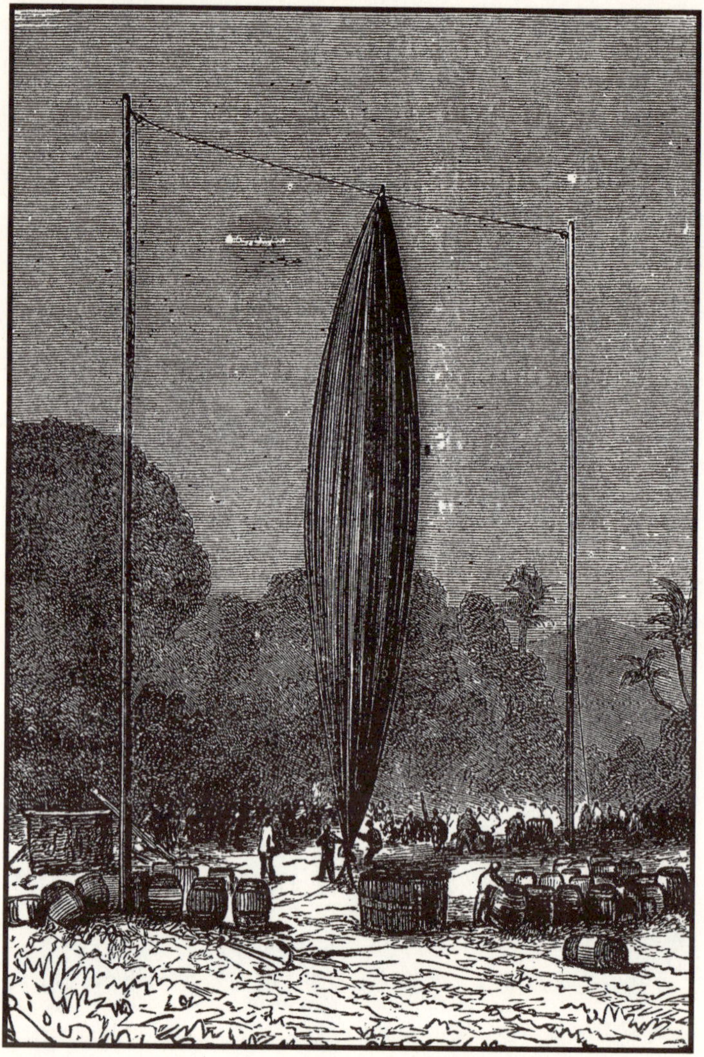

气球的准备工作开始了。

尺远。木柱上装着一套滑车，利用滑车和横拴着的绳子把气球吊了起来。现在气球还完全是空的。把里面的小气球和外面的大气球联结在一起，使它们同时吊了起来。

每一个气球的下部都装上了两根输送氢气的管子。

4月17日一整天，都花在安装制取氢气的设备上了。这套设备共有三十只木桶，利用废铁和硫酸，使水在这些桶里分解。制出的氢气在清除了杂质以后，进入中央的一只大桶里，然后再沿着两根管子进入气球。就这样，每只气球里都放进了一定容量的氢气。这一共用了一千八百六十六加仑硫酸、一万六千零五十磅废铁以及九百六十六加仑水。

这工作从夜晚开始，一直到凌晨三点左右，差不多过了八个钟头。第二天早晨，气球已经套上了网套，在吊篮上面气势雄伟地摇摆起来了；吊篮被许多沙袋拉着。使气体膨胀用的一套设备也特别细心地安装好了；与两只气球相连的管子也装在圆筒形的加热箱上了。

锚、绳子、仪器、铺盖、帐篷、食物、武器——一切都放在吊篮里预定的地方。水在桑给巴尔岛上就已经装上了。两百磅压舱物分装成五十袋，也放在吊篮里随手可以拿到的地方。晚上五点钟，一切准备工作都已完成。在工作进行的当儿，哨兵沿着小岛的整个海岸站岗；决心号上的划子在海峡里来回巡逻。

土人们一面呐喊，一面龇牙咧嘴地表示他们的愤怒。巫师们在人群中跳来蹿去，更加使他们有恃无恐。有些暴躁的人想游到小岛这里来，但是被毫不费力地赶走了。

这时，土人们就念起咒语、施起魔法来了。那些自称能够指

挥乌云的“唤雨大师”召请台风和石雨（黑人们这样称呼冰雹）来帮他们的忙。为了这个目的，他们采集了各式各样的树叶放在文火上煎。同时，他们还用一根长针刺在一只绵羊的心窝里，把它刺死。但是，不管他们搞什么仪式，天空还是晴朗无云……无论是刺绵羊，还是扮鬼脸，都没有什么效果。

黑人们无法可想，只好聚众狂饮，他们拼命地喝“坦波”——一种烈性的椰子酒和“托格娃”——一种高浓度的啤酒。他们缺乏旋律却富于节奏的歌声一直响到黎明。

晚上六点钟左右，我们的三位旅行家最后一次在决心号的餐厅里和舰长与军官们聚餐。谁也不向凯乃第提任何问题，他眼睛直勾勾地盯着费尔久逊博士，嘴里不知在嘟囔什么。

这顿饭大家吃得闷闷不乐，别离引起大家的伤感。这三位旅

行家的命运如何？他们还能不能回来和朋友们欢聚？万一他们的气球不听使唤，落到野人部落里、落到没人知道的地方，或者落到无边无际的沙漠里，他们将会有什么样的遭遇？

这些念头以前在他们的脑海中只是一闪而过，现在却激发起他们的各种想象。一向冷静的费尔久逊博士谈谈这，说说那，尽力想驱散这种颓丧的情绪，但全是白费劲。

费尔久逊博士和他的旅伴恐怕黑人对他们有什么敌对行动，所以都留在决心号上过夜。早晨六点钟，他们才走出船舱，到库姆别尼岛上去。

东风吹得气球轻轻摇晃。原来拉住气球的土袋现在已经换了二十名水兵。彼涅特舰长和舰上的军官们都赶来送行。

这时，凯乃第走到博士跟前，拉住他的手，说：

“萨梅尔，你真决定走了？”

“当然决定走了，我亲爱的狄克。”

“我一直劝你不要去，这一点，我总算尽了我的力量了？”

“尽了一切力量了！”

“这么说，我是问心无愧了——那么我就跟你一块儿去吧！”

“我早就知道你会这样做的。”博士回答，他毫不掩饰他的激动。

告辞的时刻到了。舰长和军官们热烈拥抱他们勇敢的朋友们——当然也包括喜气洋洋的乔在内。在场的人谁都想握握费尔久逊博士的手。

早晨九点钟，三位航空家坐上气球的吊篮。博士点着了燃烧

嘴，把龙头完全打开，以便达到最高的温度。过了几分钟，本来在地上保持着十二分平衡的气球，开始上升。水兵们开始一点一点地放开拉住气球的绳索。吊篮离地二十来尺了。

“朋友们！”博士脱帽站在他的两位旅伴当中，喊道，“给我们的气球起个吉利的名字吧，我们就叫它维多利亚号吧！”

地面上响起了一片震天的欢呼声：

“女王万岁！英国万岁！”

这时，气球的升力愈来愈大。费尔久逊、凯乃第和乔向他们的朋友们致了最后的敬礼。

“再见啦！”博士叫道。

维多利亚号迅速地升到空中。这时候，决心号上的四尊大炮响起礼炮声……

第十二章

飞过海峡——姆利马——凯乃第的谈话——乔的建议——烧咖啡的秘诀——乌查拉莫——不幸的梅桑——杜徒米山——博士的地图——在大枫树上过夜

空气清新，风不大不小；维多利亚号差不多直线上升了五百米，因为气压表的水银柱下降了五厘米[①]的光景。

在这个高度上，气流把气球向西南方送去。在航空家们的眼前，展开一幅多么美妙的图画呀！桑给巴尔岛完全在望；田野呈现出浓淡不一的色调；树丛和森林像是一团团的大树球。

岛上的居民变得像虫子一样大小了。他们的欢呼声和喊声逐渐在远方消失，只有礼炮声传到耳鼓里来……

“这一切多美呀！”乔头一个打破沉寂，叫道。

但是谁也没搭腔。博士在专心观察着气压表上的变化，并且记下上升时的情况。凯乃第在欣赏着大自然的美景，他什么都要看，只恨眼睛太少。

太阳的热力加强了燃烧嘴的作用，气球里的氢气不停地膨胀。维多利亚号升到了两千五百尺的高度。

从这里看决心号就好像一只普通的小船，西边的非洲海岸就好像一长条冒着泡沫的花边。

---

① 每上升一百米，气压表上的气压就下降一厘米。——原注

维多利亚号飞过海峡。

“你们怎的都不说话？”乔问道。

“我们在看。”博士一面回答，一面把他的望远镜冲着陆地。

“可是我就爱说话。”

“那你就说你的，想说多少，就说多少吧！”

乔一个人不断发出狂热的欢呼。

在飞过海峡的时候，博士认为气球保持这样的高度最合适，可以观察很长一段距离的海岸。他眼睛盯着挂在半开半掩的帐篷里的温度表和气压表上。钉在外面的另外一只气压表是夜里值班用的。

维多利亚号用每小时八英里多的速度飞行了两个钟头以后，已经到了非洲大陆的上空。博士认为需要降低一些，他减小了燃

烧嘴的火力，于是维多利亚号离地只有三百尺高了。

非洲东海岸的这一部分叫作姆利马。密密的一道杧果树防护着海岸。这时正赶上退潮，所以连那些被印度洋的海浪冲刷的树根都看得清清楚楚。在远方天际露出了从前构成海岸线的沙丘，在西北方矗立着恩古鲁山的尖峰。

现在，维多利亚号从一个村庄旁边飞过，博士根据地图知道这个村庄叫高列村。土人们一看见气球，便发出愤怒和恐怖的喊声。他们向这空中怪物放箭，还好，他们射不到气球；气球照常大模大样地在这些无能为力的土人头上摇摆着。

风往南方吹了，但是这丝毫也不使博士着慌，他甚至还挺高兴，因为这样可以让他考察一下蒲尔顿大尉和斯比克大尉走过的道路。

凯乃第变得和乔一样唠叨了。他们两个人你一言、我一语，兴高采烈地交谈着。

“用不着公共马车了！”一个人感叹道。

“用不着轮船了！”另一个人随声附和。

“请问，和这比起来，火车还算得了什么呢？”凯乃第响应道，“你坐火车走过这些地方，什么也看不见。”

“我们的维多利亚号可不是那样！”乔插了一句，“你觉不出在移动。大自然自己就在你面前展开了。”

“多么美的风景啊！美景啊！真叫人惊奇！叫人喜欢透了！简直是睡在吊床上做梦！”

“咱们该吃早饭了吧？”乔突然问道。清新的空气使他的胃口好起来。

“好主意，我亲爱的。”费尔久逊同意道。

“早饭马上就好，饼干和罐头肉。”乔说。

“爱喝多少咖啡，就可以喝多少咖啡。”博士加了一句。

“你知道吗，乔，我允许你占用一些‘燃烧嘴’上的热气。这里的热气还有富余呢！而且也不必害怕失火。”

“要是失火，那就太可怕了！”凯乃第说道，“要知道，我们头上的气球就是一个火药库。”

“完全不是。”费尔久逊回答，“不过，如果气体着了火，它就会慢慢地烧光了，那我们就不可避免地要降到地上了，这是非常叫人不愉快的。不过，请不要害怕！我们的气球是密封着的。”

“那么我们就吃吧。”凯乃第说道。

“诸位，早饭来了，”乔宣布，“请吃吧，我也不会落在你们后面。可是我同时还要煮咖啡，这咖啡会叫你们馋得淌口水。”

“事实是不可抹杀的，”费尔久逊证实道，“乔除了有许多长处以外，还有一项特别的本领，就是做这种可口的饮料。他把几种出处不同的东西掺合在一起，但是究竟是哪几种，他是绝对保守秘密的。”

“这样吧，先生，既然我们现在是在空中，那么我就向你们公开我的秘方吧。你们看，我是用三种分量相等的东西配在一起。这三种东西就是摩卡咖啡、波旁威士忌和里奥–努涅斯水。”

过了几分钟，三杯热气腾腾的咖啡端出来了。这顿早餐，由于吃的人情绪好，变得更加有味了。三位航空家吃饱以后，就各自站到自己的观察岗位上去了。

气球正飞过的那片地区，看起来非常肥沃。在绿色的穹隆下面，隐藏着一条条曲折的羊肠小道。人们可以看到种植烟草、玉蜀黍和大麦的田野，到处都是一大块一大块竖着茎秆和开满紫红花朵的稻田。人们可以看到木桩上的大笼子里圈着山羊和绵羊——大概是为了防御豹咬。在这片慷慨的土地上植物长得非常茂盛。很多村庄的人一发现维多利亚号马上就喊声震天，乱作一团。费尔久逊博士小心地使气球保持在箭射不着的高度。在那一簇簇土屋的旁边挤着一群群土人，他们冲着三位旅行家的背影念了半天没有效力的咒语。

中午，博士看看地图，估计他们现在是在乌查拉莫国[①]的上

① 根据当地的土语，“乌”就是“国”的意思。

乌查拉莫国

空。底下出现了椰子树和木瓜树。乔认为既然到了非洲，自然就会有这些植物。凯乃第看见许多野兔和鹌鹑，它们好像都在等他放枪似的。但是这是浪费火药，因为野味没法捡回来。

三位航空家用每小时十二英里的速度前进，过了不久，就到了东经三十八度二十分同达村的上空。

“正是在这里，”博士说道，“蒲尔顿和斯比克得了顶厉害的疟疾，他们以为自己的探险队就要垮了。这时他们离开海岸还相当远，但是疲劳和艰苦已经把他们折磨得够受了。”

的确，在这个地区，经常流行疟疾。为了避免传染上这种病，博士只好把气球升到这块潮湿土地的瘴气上面去，炙热的太阳把这种瘴气晒得蒸发了。

有时，人们可以看到个把停在“克拉阿尔”里等待晚凉赶路的骆驼队。“克拉阿尔”是用荆棘编成的篱笆围起来的一块大空地，来往客商可以在那里避一避野兽，也可以在那里躲一躲当地的强盗部落。土人们一看见维多利亚号，总是惊慌失措地东奔西窜。凯乃第很想飞低一些看看他们，但是费尔久逊坚决反对这样做。

“那些酋长都有火枪，”博士解释道，“我们的气球正好要成为他们的枪靶子。”

“气球有个把弹孔就会掉下去吗？”乔问道。

“一时掉不下去，但这弹孔很快就会变成一个大窟窿，全部氢气就都要从这窟窿跑出去了。”

“嗯，那我们就离这些强盗远一些。”乔说，“他们看见我们在空中飞翔会想些什么？我相信他们会向我们鞠躬礼拜。”

“让他们鞠躬礼拜好了。不过要离得远远的，”博士答道，“这总是好得多。你瞧，下面已经变了样儿了。村庄越来越稀少，杧果树也没有了。地面上丘陵起伏，说明离山区不远了。”

“真的，”凯乃第同意道，“我甚至觉得那边有高起来的东西。”

“在西边……”博士接了一句，“无疑的那是乌利札拉山脉的支脉杜徒米山了，我打算在那个山后面过夜。我马上就加强燃烧嘴的火力，因为我们必须升到五百尺到六百尺的高度。”

“先生，您这燃烧嘴可真是个机巧的发明！”乔赞叹道。

“这么简单，用起来既不费事又不费力，只要把开关一拧就成！”

“好，这里可舒服一些了。”当维多利亚号升上去以后，猎人说，“那红色沙地上的太阳反光，真叫人吃不消。”

“多美的树木呀！”乔欢呼道，“树木本来不是什么稀奇的东西，可是这儿的实在太妙了！十来棵就够成为一个大树林子！”

“这是非洲锦葵。”博士说明道，“你瞧，那一棵树的树干就有一百来尺粗。也许，1845年法国人梅桑就是死在这棵树下。我们现在是在结拉莫拉村的上空，梅桑曾经单身到这儿来过。不幸，他被这地方的酋长捉住绑在锦葵树下；在战歌声中，这个残暴的人慢慢割断了梅桑的骨节，割到喉咙的时候停下来，因为刀不快了，需要磨一磨；最后，这位不幸者的脑袋，没有被刀割下来，竟被用手扭下来了。当时，这不幸的梅桑才二十六岁！”

“难道法国政府没有要求惩办凶手吗？”凯乃第愤慨地问。

“法国政府要求了，而且桑给巴尔的统治者也尽了一切力量抓凶手，但是始终没有抓着。”

“我要求您千万别在这里停留。”乔说，“先生，假使您认为我的话对，咱们就上升吧，升得越高越好。”

“亲爱的乔，我正要这样做，好在杜徒米山就在我们面前。假使我估计得不错，我们在晚上七点钟以前就飞过这座山了。”

“我们夜里也要飞行吗？”猎人问道。

“尽可能不在夜里飞行，”博士回答，“不过，要是我们能够谨慎一些，小心一些，就是夜里飞行，也不会有什么危险。可是，要知道，我们不只是要飞过非洲，我们还要考察非洲。”

“先生，到现在为止，我们还没什么可抱怨的。”乔说，“其实并不是什么沙漠，而是世界上最适于耕种和最富饶的地方，你还相信地理学家们的话吗？”

“等等，乔，等等，过一些时候，我们就明白啦！”博士说。

快到晚上六点半钟的时候，维多利亚号已经到了杜徒米山跟前。还要上升三千多尺才能飞过这座山。于是博士把温度增加了十八度（十摄氏度）。的确可以说，费尔久逊驾驶他的气球，只要动动手就行了。凯乃第给他指点着需要越过的障碍物，维多利亚号就贴着山顶从空中飞过。

八点钟，气球飞过了杜徒米山，开始在那一面坡度较大的山坡上往下降。锚从吊篮里扔了出来，一只锚牢牢钩住了一棵高大的枫树。这时，乔便顺着锚索滑了下去，把钩着树枝的锚绑牢。吊篮里给他放下了绳梯，他又敏捷地爬上吊篮。维多利亚号有山为它挡住东风，停在那里差不多一动也不动。

晚饭已经准备好了，这三位旅行家在空中旅行兴致特别好，一下子把带来的食物吃掉许多。

“今天，我们飞了多少英里？”凯乃第一面问，一面大口大口地吃。

博士立刻看了一下月亮的位置，查了查那本指导他旅行的地图，确定了气球现在的方位。那本地图是德国戈塔出版的《非洲最新发现》，这本地图是他的朋友、也是该书的作者彼得曼送给他的。博士说，在他整个旅行当中，这本地图都可能对他有用，因为它里面有蒲尔顿和斯比克到大湖区走过的路线图；有根据巴尔斯博士的材料画的苏丹地图；有根据纪廉·列让的材料画的塞内加尔河下游的地图和贝吉博士画的尼日尔河三角洲的地图。

费尔久逊还带着一本大部头的关于尼罗河材料的汇编，封面上写着：《尼罗河河源——其流域、源头之概览，附尼罗河发现史》，查理·贝克博士著。

博士还随身带着刊载在《伦敦地理学会会报》上的精制地图；新发现区的任何一点都不会被他忽略。

博士在地图上做了记号，他发现一天的工夫，他们向西飞了大约一百二十英里，也就是前进了两度。凯乃第指出他们正往南方走。然而这一点正合费尔久逊的意，因为他希望尽可能按以前的探险家所走的那条路线飞行。

三位航空家决定夜里分三班轮流值班：博士从晚上九点钟起，凯乃第从半夜十二点起，乔从凌晨三点钟起。

凯乃第和乔钻进被子，在帐篷里躺下，就安静地睡着了。费尔久逊在外面守望着。

飞过杜徒米山后，维多利亚号停下休息。

第十三章

天气变了——凯乃第得了疟疾——博士的药方——在地上旅行——依门谢流域——鲁别霍山——六千尺的高空——白天的休息

一夜安宁无事。第二天早上，凯乃第一醒来就唉声叹气，说他感到很累，而且浑身冷得发抖。天气变了。天空盖上一层乌云，似乎就要下大雨。他们现在待的这地方——钟戈梅罗国——是个凄凉的地方，除了正月里有两个来星期是晴天，一年到头不断地下雨。

不一会儿，倾盆大雨直向这三位旅行家冲来。下面的那些本来就长满荆棘和乱藤的道路，一下子都被“奴拉”——一种突然形成的急流冲得寸步难行。空气里散发出一阵一阵硫化氢的气味。

“蒲尔顿大尉已经注意到这种现象了。”博士说，“他认为这里每一棵灌木后头都藏着一具尸体，的确，这话有道理。”

“真是个叫人讨厌的地方。”乔说，“瞧，凯乃第先生在这儿过了一夜，好像就不大舒服。”

“真的，”猎人同意道，“我发疟疾了。”

“一点儿也不奇怪，亲爱的狄克，”博士回答，“我们现在是在非洲最容易得病的地方。不过我们在这里是不会待很久的。好啦，我们动身吧！”

乔灵巧地从树上解下了锚，又攀着绳梯爬上了吊篮。博士点着了燃烧嘴。不一会儿，维多利亚号又重新在大风的吹送下向前飞行。透过浓雾，勉强可以看出底下有几座小屋。地上的景致不断变换着。在非洲，对健康有害的地区，往往就紧挨着对健康有益的地区。

凯乃第看样子很难受：疟疾在折磨着他强壮的身体。

“这场病生的真不是时候。”凯乃第身子裹在被头里，躺在帐篷底下，说。

“亲爱的狄克，忍耐点吧！”费尔久逊回答，“过一会儿，你的病就会好了。”

“好了！但愿这样！……萨梅尔，如果你的药箱子里有什么能够马上治好我的病的药，赶紧给我拿来。我闭着眼睛把药吃下去。”

“我的朋友，我有比药还灵的办法。我给你一种分文不花的解热剂。”

“你怎么办呢？”

“非常容易。我们现在升到袭击我们的雨云上面去，离开这种有害的空气。再等十分钟，氢气就可以膨胀起来了。”

没过十分钟，航空家们已经飞到雨层的上面。

“狄克，再过一会儿，你就可以体会到新鲜空气和太阳的效力了。”

“这药真不坏！简直是奇迹哟！”乔说。

“不，我亲爱的，这是十分自然的。”

“噢，您说这很自然，我完全相信。”

“狄克，你瞧，”博士继续说道，“我送你到空气好的地方去，欧洲人一向就是用这方法治病。假使我们住在马提尼克，我一定会送你到皮顿[1]去治疗黄热病。”

“这么说，我们的维多利亚号简直是天堂了。”凯乃第说道，他已经觉得好受一些了。

“至少，它正把我们引到天堂里去。”乔一本正经地说。

这当儿，在吊篮底下密布着的乌云，构成一幅奇观。它们翻来滚去，终于消失在灿烂的阳光里。维多利亚号已经升到四千尺的高空。温度表指明气温已经降低了一些。地面看不见了。在西方五十英里的地方，鲁别霍山露出它那闪闪发光的山峰，这座山正好是在东经三十六度二十分乌戈戈国的国境线上。风以每小时二十英里的速度刮着，但是这三位航空家一点儿也不觉得，他们没有丝毫颠簸的感觉，他们甚至还不知道气球移动着哩。

三个钟头以后，博士的预言就实现了。凯乃第不再发寒发热，而且早饭也吃得很有味。

“真不假，这比奎宁片还要灵验。”狄克满意地说。

“我将来一定到这儿来养老。”乔说。

早晨十点钟左右，雨过天晴了。云裂开缝，大地又露了出来。维多利亚号不知不觉地向下降落。费尔久逊博士开始寻找把气球送往东北方去的气流，他终于在离地面六千尺高的地方找到这种气流。地势变得高低不平，甚至可以说是山区。钟戈梅罗国也随着这地带的最后几棵椰子树一起消失在东方了。

不多时，山岳开始露出头角，到处突起一簇簇的尖峰。现在

① 马提尼克的一座高山。——原注

需要万分小心，否则随时都会碰上那些尖锐的圆锥体。

“我们现在是在暗礁里走呀！”凯乃第说。

“放心吧，狄克，我们不会碰着它们。”

“说实话，这种旅行的方法太好了。”乔插嘴道。

的确，博士驾驶气球的技术非常高明。

“假使我们在这雨后的路上走，恐怕我们早就陷在污泥里了。”费尔久逊说，“从我们离开桑给巴尔岛到现在，我们的牲口恐怕已经累死一半。我们自己的样子也就会三分像人、七分像鬼，而且面临绝境。我们一定跟我们的向导和脚夫冲突过多次，我们也一定受了那些放肆的粗人不少气。白天，那潮湿的热气会把我们熏个半死；夜里，那无情的寒冷会冻得我们吃不消；还有一种苍蝇简直会把人叮得发疯，据说这种苍蝇的口器①连顶厚的帆布都能穿得过。就这些已经够受了，更不必再提什么凶猛的走兽和野蛮的土人了。”

“我可不想尝这种滋味。”乔坦白地承认道。

“我一点儿也不夸大，”博士说，“只要读一读过去那些敢于来这里冒险的旅行家们的笔记，你会忍不住要落泪呢！”

十一点钟左右，维多利亚号飞过依门谢流域。散布在山丘上的土人都无可奈何地用他们的武器来威胁气球。气球终于到了鲁别霍山前的山岳地带。这是乌萨加拉山的第三个，也是最高的一个支脉。

三位旅行家仔细观察了这里的地形。这三个支脉——其中

① 节肢动物口周围的器官，有摄取食物及感觉等作用。

杜徒米山是最先飞过的——被长长的平原彼此隔开；高耸的山峰是圆锥形的，山峰之间的地面上散布着漂石和石碛。陡峭的山坡和桑给巴尔遥遥相望，西边的山腰形成倾斜的高地。洼地上覆盖着一层肥沃的黑土，植物长得茂盛。有几条溪流在一丛丛枫树、乌梅树、葫芦树和棕榈树当中向东奔流，注入金嘉尼河。

“注意！”费尔久逊说，“我们快要到鲁别霍山了。‘鲁别霍’——当地话的意思就是‘风的道路’。我们顶好绕过那些相当高的尖峰。假使我的地图记载得正确的话，那我们至少得升到五千尺的高度。”

“我们常常要升得这么高吗？”

“不，这种情况很少。非洲的山一般说来没有欧洲和亚洲的高。但是，不管怎样，我们的维多利亚号总不会被挡住飞不过去的。”

过了一会儿，氢气被热得膨胀起来，气球开始很快往上升。但是氢气的膨胀并不会发生丝毫危险，因为气球只装了四分之三。气压表指出他们已经离地六千尺高了。

“我们就一直这样上升吗？”乔问道。

“地球的大气层大约一万二千米厚，”博士解释说，“大型的气球，可以升得很高。布利奥希和格依-留萨克做过这种实验，但是到了那样的高度，他们的耳朵里和嘴里都出血了。空气稀薄，呼吸很困难。……几年以前，有两个勇敢的法国人——巴拉尔和比克西奥——也曾冒险升得非常高，但是他们的气球破了……”

"他们掉下去了吗？"凯乃第慌忙问道。

"当然！不过科学家们掉下去是不应该摔伤的，所以他们连痛也不痛。"

"好呀！先生们，你们乐意掉下去就掉下去吧。"乔说道，"我可是个没学问的人，对我来说，我宁肯采取折中的办法：不飞得太高，也不飞得太低。人决不要好高骛远呀！"

在六千尺高的地方，空气显著地稀薄了，声音传播起来比较困难，谈话也听不清楚。底下的东西变得模模糊糊，看到的只是一堆堆不肯定的东西。人和动物都完全认不出来了，道路像条细线，湖泊像个池塘。

博士和他的两位旅伴都觉得自己精神不太正常。强大的气流带着他们飞过连绵不断的荒山，山顶上一片片的积雪，真叫人看得眼花。从下面山脉的杂乱的形状，可以看出水在地球形成的初期所起的作用。

太阳正在当头，光芒直射在荒野的山峰上。博士把这群山的地势精确地画了下来。这群山由四条山岭构成，这四条山岭差不多处在一条直线上，其中北边的一条最长。

过了不多时，维多利亚号沿着树木苍翠的山腰，在鲁别霍山另一面山坡的上空开始下降。在靠近乌戈戈国的一片荒野里，出现了山峰和谷地。再下面，便展开了一片黄色的被太阳晒得像碎瓷似的平原。平原上，可以看到疏疏落落的碱性植物和带刺的灌木。

几堆永远不会成为森林的树丛点缀着地平线。博士使气球接近了地面。乔扔出了锚，一只锚立刻就钩住了一棵大枫树的枝丫。乔马上从绳梯上滑了下去，细心地把锚绑牢了。博士只把燃

维多利亚号在鲁别霍山的另一面下降。

烧嘴的火头弄小了一些，还让维多利亚号保持一定的升力，浮在空中。这时风也几乎停了。

“现在，亲爱的狄克，拿两支枪出来吧。”费尔久逊说，“你一支，乔一支，你们去想法弄几块羚羊肉来当午饭吧。”

“打猎去！”凯乃第叫起来。

这个苏格兰人跨出吊篮往下爬。至于乔，早就从树上下来，站在那里伸出胳臂在等他。凯乃第和乔爬出吊篮，气球的负担减轻了，博士就把燃烧嘴灭掉。

“先生，您可别飞走！”乔喊道。

“别担心，小伙子，我们的维多利亚号系得很牢。我现在要整理我的笔记。祝你们打猎顺利，你们要当心点儿呀！不过，我也在这上面注意着周围的情况，万一发生什么意外，我就用马枪放一枪作为咱们集合的信号。”

“好吧。”猎人回答。

第十四章

橡胶树林——蓝色的羚羊——集合的信号——意外的袭击——卡涅梅——在空中过夜——马彭古鲁——依乌拉姆科阿——储水——到了卡结赫

一片黏土质的不毛之地，被太阳晒得裂缝条条，显得分外荒凉。到处可以看到骆驼队的踪迹——一堆堆已经开始剥蚀并且和尘土混在一起的白骨（有人的，也有牲口的）。

狄克和乔走了半个钟头以后，眼睛看着前面，指头放在扳机上，开始钻进橡胶树林。谁知道在这里会跟什么人打交道。乔虽然不是一个射击手，但是他的枪打得很准。

“狄克先生，走一走倒不坏，就是这里走起来不太舒服。”乔在满布着石英石的地上一面跌跌撞撞地走，一面说。

凯乃第向他的伙伴打了个手势，叫他站着别说话。

他们这次打猎自然没有带狗。乔虽然是那么灵活，但毕竟没有任何一种猎犬所有的那种嗅觉。

十来只羚羊正在一条干河底上的水洼旁喝水。那些文雅的动物一察觉到有危险，就显得十分不安。它们每喝一口水，总要昂起美丽的头，掀动鼻孔，使劲地吸着空气。

乔呆立着不动了。凯乃第绕过树丛，到了枪弹能达到的地方，放了一枪。霎时间，一群羚羊都逃得无影无踪。只有一只公羚羊，前腿被打中，倒在地上。凯乃第向他的猎物奔去。

这是一只非洲羚羊，身子是蓝灰色，肚皮和蹄子跟雪一样洁白。真是一只美丽的动物！

“这一枪打得真妙！”猎人欢呼道，“这是一只稀罕的羚羊。我要把它的皮好好剥下保存起来。”

“狄克先生，您真打算这样做吗？”

“当然！你看这张皮多好！”

“可是，费尔久逊博士决不会同意带这计划以外的货物。”

“乔，你说得对，不过把这么一只美丽的动物整个儿扔掉，那多可惜！”

羚羊察觉到了危险。

“狄克先生，为什么要整个儿扔掉呢？我们可以把它最好吃的部分割下来吃，假使您允许的话，这件事由我包办，我会做得跟伦敦屠夫公会的会员一样好。”

“朋友，你愿意这样做就这样做吧。不过，你要知道，我是一个猎人，既然我能打到野兽，剥兽皮，那更加没有什么能难住我的了。”

“狄克先生，这一点，我不怀疑。现在就请您随便找三块石头搭个炉灶，并且拾些枯柴来吧！再过几分钟，我就需要用您烧红的木炭了。”

“没问题。”凯乃第说着就去搭炉灶。过了几分钟，炉灶里已经冒出了熊熊的火焰。

乔从羚羊身上割下十来块排骨，然后又割了几块最嫩的里脊。这些肉等一会儿就变成非常好吃的烤肉啦！

“这一定会使我的朋友费尔久逊高兴的。”狄克说。

“狄克先生，您知道我在想什么吗？”

“也许在想你要做的事——想你的烤羊排。”

“才不是呢。我在想，万一我们找不到维多利亚号，我们怎么办。”

“这真是幻想！怎么，你认为博士会把我们扔下吗？”

“不！但是，万一锚索断了……”

“不可能。再说，萨梅尔也不会没有办法使气球落下来。他驾驶气球还是有一手的！”

“万一风把气球刮走了，他又没法儿回到咱们这儿来，怎么办？”

“乔，不要再胡思乱想了，你的那些假定真叫人扫兴。”

“哎呀，先生，世界上发生的事情都是很自然的。既然什么事情都可能发生，就应该什么事都得预先料到……”

这时，传来了一声枪响。

“哎哟！”乔失声喊道。

“这是我的马枪，声音我听得出来。”凯乃第说。

“这么说，是信号。”

“看来我们有危险了。”

“说不定是他有危险了。”乔担心地说道。

“咱们走吧……”

两个猎人急忙收拾起他们的猎物，依照凯乃第在树上做的记号，摸着原路往回跑。

密密的树林挡着他们的视线，看不到维多利亚号，但是它离他们也不会太远。

传来了第二声枪响。

“快跑！”乔说道。

“又放了一枪！”

“他好像是为了自卫。”

“快！”

两个人拼命地跑。他们跑出树林的时候，看到维多利亚号还在原来的地方，博士也还在吊篮里。

“出了什么事啦？”凯乃第问。

“我的天呀！”乔叫道。

“你看见什么了？”

“看，一群黑人把气球包围起来了！”

真的，在两英里以外的地方，有三十来个家伙在那棵大枫树底下指手画脚，叫叫嚷嚷，挤成一团。有几个已经上了树，正向树顶上爬。看来，危险就在眼前。

“博士的性命难保了！”乔叫道。

“乔，冷静一些，不要紧张，”苏格兰人说，“我们至少得把其中的那四个家伙干掉。快跑！”

他们以惊人的速度跑了一英里！这时，从吊篮里又放了一枪。这一枪正打着一个已经爬上锚索的家伙。

那个失掉命的躯体从这根树枝上滚到另一根树枝上，最后，摆动着两只膀子和两条腿，摇摇晃晃地挂在离地二十来尺的空中。

“活见鬼！请问，这畜生怎会不掉下来呢？”乔不禁停住脚步。

“不要管它，快点跑，快点跑！”猎人催他道。

“哎呀，凯乃第先生！”乔哈哈大笑，嚷道，“原来它是用尾巴钩着树呢！的确是用尾巴！猴子！原来这不过是一群猴子！”

“不管怎么样，总比是人好一些。”凯乃第一面向那群嚎叫着的猴子冲去，一面答道。

这是一群凶狠的狒狒，它们的嘴像狗嘴一样，看起来很可怕。这几枪立刻见效，这群愁眉苦脸的怪物被打得东逃西散，地上只留下了一堆死尸。

过了一会儿，凯乃第已经攀着绳梯，乔已经骑在枫树上解锚。又过了一会儿，气球降低了一些，乔已经在吊篮里和他的朋友们坐在一起了。

几分钟后，维多利亚号升到空中去了，不大不小的风把它向东吹去。

“好一场袭击！”乔说。

“萨梅尔，起初我们还以为你被土人包围了呢。”凯乃第补充了一句。

“还好，这只是一群猴子。”费尔久逊答道。

“从远处看，没有多大分别。”

“就是近看，分别也不太大。”乔接着说。

“不管怎样，猴子的袭击也可能造成严重的后果。假使它们拼命拉锚，把锚拉开了，谁知道风会把我吹到哪儿去。”

“凯乃第先生，您还记得我刚才跟您说的话吗？”

“乔，你的话很对！不过那时候你正在烤羊排，我正看得嘴馋！”

“我相信，”博士说道，“羚羊肉一定很好吃！”

“先生，现在，台子已经摆好了，您可以品一品了。”

“我想这种羊肉一定别有一种风味！”猎人说。

“假使能再喝杯甜酒帮助消化的话，我愿意吃一世的羚羊肉！”乔嘴里塞得满满的，说道。

他马上去调制那种饮料，因为大家都想尝尝。

“到目前为止，一切都相当顺利。”乔说道。

“简直可以说：非常顺利。”凯乃第更正道。

“好，凯乃第先生，您说实话，您还后悔和我们一起来吗？”

“我倒想看看谁拦得住我不让我来！”猎人坚决地答道。

那时是下午四点钟，维多利亚号碰上了速度较快的气流。下面的地势不知不觉地越变越高，过了不多时，气压表标示已到达海拔一千五百尺的高度了。现在，为了使气球继续在这样的高度飞行，博士不得不使氢气大大地膨胀，因此燃烧嘴不停地燃烧着。

七点钟左右，维多利亚号已经在卡涅梅地区的上空飞翔了。博士见到散布在锦葵树与葫芦树当中的村落，立刻就知道这是一片经过开垦的地区。这片地区方圆有十来英里，乌戈戈国一个苏丹[①]的王宫就在这里。这个乌戈戈国可能不像非洲其他国家那样落后，这里买卖人口的现象比较少。不过，人和牲口还是一起住在像稻草垛似的小茅屋里。

过了卡涅梅，地面上尽是石子，显得特别荒凉。但是一个来钟头以后，在离马达布鲁不远的地方，出现了一片肥沃的盆地，植物又恢复了它蓬勃的生气。晚上，风停了，大气也仿佛睡着了。

博士在不同的高度寻找着气流，但是都白费力气。看到大自然这样宁静，博士便决定在空中过夜。为了安全起见，他使气球升高了一千尺左右。维多利亚号一动也不动地悬挂着。美好的星夜悄悄地来临了。

狄克和乔躺在自己的床铺上，不一会儿就睡着了，这时博士在值夜班。半夜时分，苏格兰人来替换他。

---

① 苏丹，某些伊斯兰教国家最高统治者的通称。

“注意，万一有什么事，就叫醒我。”费尔久逊吩咐他，“最重要的是眼睛一刻也不要离开气压表。要知道，气压表就是我们的罗盘！”

夜里十分寒冷，温度和白天要相差二十七度（相当于差十五摄氏度）。

随着黑夜的降临，动物界的音乐晚会也开始了，它们都被饥渴从窠穴里赶了出来：蛤蟆唱着高音，狼狗在旁边和着，狮子的庄严的大提琴更为那动人的乐队增色不少。

早上，费尔久逊博士接班的时候，看了看罗盘，发觉风向在夜里变了。这两个钟头，维多利亚号已经向东北飞了三十多英里。现在，它正在马彭古鲁国的上空。这里散布着一堆堆光滑美丽的花岗石和一簇簇两面陡峭的崖。圆锥形的小山，突出在地面上，很像古代僧侣的陵墓。到处是一堆一堆的水牛和大象的白骨。树木很少，只有东面才有茂密的森林，森林中隐藏着几座村落。

早晨七点钟左右，出现了一块形状像乌龟、圆周有两英里的大石头。

“我们没走错路，”费尔久逊宣布道，“瞧，那就是依乌拉姆科阿。我们要在那里停几分钟。我想给加热箱上水。看看可以钩住什么地方。”

“这里树很少。”猎人说。

“不过我们还是试试看。乔，把锚扔下去。”博士命令道。

气球逐渐地减小升力，降低了。锚在晃荡着，一只锚的爪子恰巧卡在岩石缝里，于是维多利亚号就停住不动了。

如果以为在气球停歇的时候，博士就可以把他的燃烧嘴完全熄灭，那就想错了。气球的平衡条件，是随着海拔的变化而变化的。在海平面上，气球的平衡可以计算。然而，地面上到处是山区，目前已经高到海拔六七百尺了，那么气球在这儿有可能会降落到比地面更低的地方。因此，还需要靠氢气膨胀来保持气球的平衡。只有在没有一点风，博士把吊篮落到地上，并且气球扔掉相当重量的压舱物时，才能不靠燃烧嘴的帮助仍然停留在空中。

地图上记载着在依乌拉姆科阿的西坡上有许多大池沼。于是乔就提了一只能容十加仑水的小桶，一个人去往那里汲水。他毫不费力地在一个荒凉的村落附近找到了水，他装了一桶，便往回走，统共不过用了三刻钟。一路上，除去捕象的陷阱以外，他没看到其他什么特别的东西。他险些儿掉进一个陷阱，在那个陷阱里还躺着具已经腐烂的大象的骨骼。

乔这一次出去还发现一些像山楂的果子——猴子最喜欢吃这种果子。博士说这是“姆宾布”的果实，姆宾布是在依乌拉姆科阿西部很普遍的一种树。费尔久逊怀着焦急的心情等着乔回来。因为，在这种不好客的地方，甚至就是停留一分钟也会使他提心吊胆的。

水很容易就装上了，因为吊篮差不多挨着地面。乔从石缝里把锚拔出以后，一转眼工夫就回到博士身旁。费尔久逊马上加大了燃烧嘴的火头，维多利亚号又开始了它的空中旅程。

三位航空家现在离卡结赫只有一百英里左右。卡结赫是非洲中部一个重要的地方。这时吹着东南风，他们有希望当天飞到那里。他们以每小时十四英里的速度前进着。这时，气球驾驶起来相当困难了，假使不使氢气大大地膨胀，就不能升得很

乔去池沼里汲水。

高，因为地面的平均高度已经是海拔三千尺了。费尔久逊尽可能不使氢气膨胀得太厉害。他灵巧地驾驶气球，使气球上上下下地绕过相当陡峭的山坡，低低地在腾波村和土拉-维尔斯村的上空飞过。土拉-维尔斯村已经在乌尼雅姆维济地区了。乌尼雅姆维济真是个美丽的地方，那里的植物都是又高又大，其中的仙人掌更是大得惊人。

下午两点钟左右，天气很好，火热的太阳使空气变得十二分的宁静，这时，维多利亚号已经在距离海岸三百五十英里的卡结赫城市的上空飞翔了。

“我们是早上九点钟从桑给巴尔岛起飞的，”费尔久逊博士一面翻看他的笔记，一面说，“把我们绕的圈子都算在内，在这两天里面，我们差不多已经飞了五百英里。可是蒲尔顿大尉和斯比克大尉走了四个半月，才走了这么多路。”

第十五章

卡结赫——热闹的市场——维多利亚号的出现——“万冈加”——月亮的儿子——博士给苏丹看病——居民——“天比”——他的一群女人——酒鬼苏丹——乔被人当作偶像崇拜——月亮上怎样跳舞——情绪变了——天空上两个月亮——神的威信不久长

卡结赫虽然是非洲中部的重镇，但实际上并不是个城市。应该说，在非洲中部，根本就没有城市。卡结赫总共包括六个大洼地。这里散布着奴隶住的小屋和草房，房屋周围有小院子和菜园。菜园里，洋葱、马铃薯、西葫芦、南瓜和美味的蘑菇都生长得非常好。乌尼雅姆维济——月亮国最好的一部分，可以说是非洲的美丽肥沃的大花园。乌尼雅涅比在乌尼雅姆维济的中心，这是一个好地方，这里住着一些纯阿拉伯血统的阿曼人。

这些人自古以来就在非洲中部和阿拉伯做生意。他们买卖树胶、象牙、印花布和奴隶。他们的骆驼队常常到赤道附近的各地以及沿海一带为那些富商巨贾采办奢侈品。那些财主们拥有成群的女人和奴仆，在这风景诱人的地方过着无所事事的生活。他们整天谈谈笑笑，不是抽烟，就是睡觉。

在这些洼地的周围，有土人的小草房，做买卖的广场，长着大麻和曼陀罗的田野以及给人荫凉的树木。这便是卡结赫的面貌。

卡结赫是骆驼队碰头的地方。有的骆驼队从南方带来奴隶和象牙，有的骆驼队从西方带来棉花和玻璃器皿。

市场里经常是乱哄哄的。混血脚夫的喊声、鼓声、喇叭声、骡子的叫声、驴子的吼声、女人的歌声、孩子们的哭声，还有那仿佛在为这“田园交响曲”打拍子的骆驼队队长的鞭子声，这一切，融会成一片经久不息的喧嚣。

这里，乱糟糟地摆着出售各种商品的摊子：颜色鲜艳的布匹、玻璃珠、象牙、犀牛牙、鲨鱼牙、蜂蜜、烟草、棉花，应有尽有。这里买卖的习惯很特别，一件东西的价钱，完全是看买主对那件东西的兴趣来决定的。

当维多利亚号在空中出现的时候，这种混乱喧嚣的景象突然静止了。维多利亚号庄严地在空中飞着，而且，几乎是垂直地慢慢下降。一转眼的工夫，不管是男人、女人、孩子、奴隶、商人、阿拉伯人和黑人都不见了，他们都逃回家里去了。

“亲爱的萨梅尔，”凯乃第说，“假使我们老是这样到处引起骚动的话，那我们要想和当地居民做什么买卖，可太困难了。”

“现在，我们大可以在这里做一笔很简单的买卖，”乔插嘴道，“我们放心大胆地落下去，理也不去理那些商人，拿走他们最值钱的货物！这样，我们就能一下子发财！”

“咳，可没这么简单，”博士反驳道，“他们虽然都吓跑了，可是由于迷信或者好奇，他们马上会回来的。”

“会这样吗？”

“我们一会儿就知道了！不管怎么样，最好还是离他们远一点儿。要知道我们的维多利亚号不是装甲气球，它挡不住枪弹和箭的。”

“萨梅尔，你打算和这些非洲人打交道吗？”凯乃第问道。

“假使可能的话，为什么不呢？”博士回答，“我想，我们在这里可以遇到一些受过教育、已经开化了的阿拉伯商人。记得蒲尔顿和斯比克曾经夸赞过卡结赫人殷勤好客，我们也不妨冒冒险。”

维多利亚号不知不觉已经接近地面，一只锚钩住了市场附近的一棵大树。这时，居民们小心翼翼地伸出头来。接着，一个个从草房里走出来。有几个“万冈加”——当地的巫师（可以从他们的特殊记号——用贝壳做的圆锥形装饰物——认出来）大胆地在前面走着。他们的腰间挂着用油涂过的黑葫芦和施巫法用的东西，显出一副不修边幅的样子。

巫师们的身边，渐渐地聚集了一群女人和小孩。鼓儿像竞赛似的敲得咚咚地响，他们拍起了巴掌，接着又把手伸向天空。

“这是他们祷告的形式，”博士说明道，“假使我没估计错的话，我们将要在这里演一出好戏呢！”

“好极了，先生，那么您就演吧。”

“我亲爱的乔，就连你，恐怕也要变成一位神了。”

“行呀，先生，这一点儿也不叫我为难。要是他们向我叩头，我才高兴呢。”

一个巫师做了一个手势，登时静得鸦雀无声。巫师向这三位旅行家说了几句不知哪一国的话。

费尔久逊博士一个字也没听懂。他只好说几句阿拉伯话来碰碰运气，马上他得到了阿拉伯话的回答。

这位有演说天才的巫师说了一大套又讨好又动听的话。博士立刻就明白了，原来维多利亚号不折不扣地被他们当作“月亮”了。这位可敬的女神能带着她的三个儿子到这个城里来，对这太阳宠爱着的国土来说，是永远忘不了的光荣。

博士神气十足地告诉巫师，月亮女神每隔一千年，就要巡视一下她的领土，她感觉有必要让自己亲近亲近她的崇拜者。他请大家不要拘束，趁女神降临的机会尽量说出自己的要求和愿望。

巫师回答说，苏丹已经病了几年，需要上苍的保佑，因此他邀请月亮的儿子们到苏丹那儿去一次。

博士立刻把这事告诉了他的两位同伴。

“你真预备去见这位黑人国王吗？”

“当然，我觉得这些人的确是出于一番好心。现在一丝风也没有，我们完全不用为维多利亚号担心。”

“可是你到那儿去做什么呢？”

“亲爱的狄克，别担心，我多少懂得一点儿医道，总能应付过去的。”

之后，费尔久逊就向人群宣布：

“月亮神怜悯乌尼雅姆维济的儿女们所崇敬的国王，派我们来给他治病，叫他准备迎接我们吧。”

非常响亮的欢呼声和歌声再次响起，于是这蚂蚁窝似的黑压压的人群又骚动起来了。

“朋友们，”费尔久逊说，“现在我们要以防万一。必要的时候，我们得赶快飞走。所以，狄克，你留在吊篮里，照顾燃烧嘴的火头，使气球保持足够的升力。锚钩得很牢，用不着为它担心。我就下去了，乔陪我下去以后就留在绳梯下面等我。”

“怎么？你一个人到那黑人那儿去吗？”凯乃第不安地问。

“萨梅尔先生，您不要我陪您去吗？”乔叫道。

“不，我一个人去。这些老实人以为真是月亮女神到他们这里来了，我就靠他们的迷信来保护我自己。你们什么也不要怕，各人站在自己的岗位上吧！”

“既然你要这样……”猎人回答。

“狄克，请你注意氢气的膨胀。”

“放心吧，萨梅尔。”

土人的喊声越来越激动了，他们热情地祈求上苍的保佑。

“您听，您听！”乔叫道，“我觉得，他们对月亮女神和她神圣的儿子们，未免有些太鲁莽了。”

博士提着旅行药箱，跟在乔的身后下了地。乔俨然以月亮之子自居，显得十分庄严，学着阿拉伯人的样子盘起双腿，在绳梯旁边坐下。立刻就有一群人把他围了起来。

这时，费尔久逊博士在音乐声中随着宗教仪仗队向离城相当远的“天比”——苏丹宫——慢慢走去。那时是下午三点钟左右，太阳正普照着大地。在这种情况下，太阳也只有这样做才算相宜。

博士扮演得非常庄重。巫师们一面阻挡着人群，一面拥着他前进。过了一会儿，迎面走来一个翩翩少年欢迎费尔久逊，这是苏丹王的私生子——按照此地的风俗，除了合法的子女，他就是他父亲全部财产的唯一继承人。少年匍匐拜倒在“月亮之子”的面前，于是“月亮之子”用亲切的动作把他扶了起来。

在繁茂的热带植物覆盖的小径上走了三刻钟以后，这个兴高采烈的行列终于到了苏丹宫。这苏丹宫矗立在山坡上，是一所叫作“依第台尼亚”的四方形建筑物。在房子的外面，雕花的木柱沿着屋檐撑着茅草的房顶，形成独具一格的回廊。宫墙上嵌着一排用红色黏土做的人形和蛇形的浮雕：其中当然是蛇做得比较逼真。这房子没有窗户，只有一扇小门，因为屋顶不是直接连接着四面的墙壁，因此空气可以自由流通。

苏丹的卫兵和宠臣们毕恭毕敬地把费尔久逊博士迎了进去。这些人都是乌尼雅姆维济部族英俊魁梧而强健的典型代表。他们的头发编成许多小辫儿披在肩膀上。脸上，从鬓角一直到嘴都刺着黑色和浅蓝色的花纹。在那坠得很难看的耳朵上，挂着一些木

苏丹的卫兵和宠臣们毕恭毕敬地把费尔久逊博士迎了进去。

环子和硬树脂做的小片儿。他们身上穿的是色彩鲜艳的布衣服。战士们拿着长矛、弓、浸过毒草汁液带有倒刺的箭、猎刀、“西马”（一种带锯齿的长刀）和斧头。

博士走进了王宫。虽然苏丹在害病，这里仍是吵得要命。费尔久逊一眼看到门楣上挂着许多兔子的尾巴和斑马的鬣毛——这大概是一些驱邪的玩意儿。

苏丹的一群老婆在“乌巴土”（一种用铜锅底做的锣）的当当声和“吉林多”（一种挖空树干做成的鼓，有五尺高，由两个鼓手轮流用拳头敲）的咚咚声中走出来欢迎费尔久逊博士。这些女人大多数都生得很漂亮：她们笑嘻嘻地抽着黑烟斗，有着优美衣褶的长衫使她们显得更加苗条。她们在长衫外面还加了一条“吉尔特”（一种用葫芦树纤维做的短裙子）。其中有六个女人站在一边，等待着可怕的苦难，但是一点儿没现出忧愁的样子。假使苏丹死了，这六个女人也将被活埋在她们丈夫尸体的旁边，供她们的丈夫在九泉之下取乐。

费尔久逊把这幅情景扫了一眼之后，就走到苏丹的木榻前面。这人四十来岁，由于酗酒和荒淫无度的生活，已经完全变成了白痴，要想把他治好，当然是不可能的了。因为这种拖了好几年的病症实际上是一种长期酒醉不醒的表现。这个醉鬼差不多都没有知觉了，无论什么阿莫尼亚水也没法使他清醒。博士给苏丹看病的时候，宠臣们和女人们都弯着身子跪在地上侍候着。博士往苏丹的嘴里滴了几滴强烈的兴奋剂，使这个没有知觉的身躯复活了几分钟。苏丹轻轻地动了一下，本来，他几乎是一具死尸了，几个钟头以来就没有一点儿活人的样儿，现在这一动，立刻引起了一片向“月亮之子”致敬的欢呼声。

费尔久逊觉得他能做的已经做到了，于是他毫不迟疑地推开那些善男信女，走出王宫，向维多利亚号走去。这时是傍晚六点钟。

乔一直静坐在绳梯下面，等待着博士。周围的土人都深深向他表示敬意。他呢，就像真是月亮之子似的坐在那里理也不理。不过作为神来说，他的样子算是够老实的，他一点儿也不骄傲，甚至还对那些盯着他看的非洲少女献殷勤呢。

“礼拜吧，可爱的姑娘们，礼拜吧，”他对她们说，“我虽然是女神的儿子，可是终究是个好小伙子。”

人们给他献上礼物，这些东西平常都是摆在“姆气马”——供偶像的小房子——里当供品的，礼物是大麦和“彭别”——一种烈性啤酒。乔认为有必要尝尝这种饮料，但是对于他那已经喝惯了葡萄酒和威士忌的上颚来说，这种酒还是过于厉害的。他扮了个吓人的鬼脸，可围着他的那堆人还以为那是亲切的微笑呢。后来，年轻的姑娘们唱起了单调的曲子，绕着他跳起舞来。

“啊，你们在跳舞呀！”乔喊道，“好极了！我是不会欠你们这笔舞债的，我要让你们开开眼界，看看我们故乡的舞。”

于是乔便灵活地跳起了英国的一种水兵舞。他把浑身解数都施展出来了：又是屈背，又是弯腰，又是挺胸，跳出各种稀奇古怪的花样，挥动着两手，摆出许多叫人意想不到的姿势，有时还扮出调皮的鬼脸……总之，他给了土人一种概念——月亮上的神仙就是这样跳舞的。

跟猴子一样善于模仿的非洲人，立刻学着他的样子，摆动着大腿，做起鬼脸来。哪怕是一个动作或者是一个姿势，他们都没有遗漏，都没有忽略过去。这时，人群乱作一团了，大家那股狂热的劲儿简直没法用言语来形容。就在这热闹的当儿，博士回来了。

费尔久逊在纷乱嘈杂的人群中匆匆地走回来。巫师和酋长们好像都非常气愤，围着博士，在挤他，威胁他……

“坏了，变了卦了！出了什么事？苏丹是不是在这神医手里咽了气？”凯乃第的脑海里闪过这样一个念头。

凯乃第从他的岗位上看到了危险，但是不明白危险的原因。至于气球，被氢气胀得鼓鼓的，拉紧着锚索，好像等得不耐烦了，急着要飞上天空似的。

现在，费尔久逊已经走到绳梯下边了。迷信造成的恐惧还能控制得住人群，使他们不敢对费尔久逊行凶。博士很快爬上绳梯，乔也急忙跟在他后面。

“一分钟也不能耽误，”费尔久逊向他说道，“你不用解锚了！我们等会儿把锚索砍断。快跟我来！”

“可是到底怎么回事呢？”乔爬进吊篮，问道。

“出了什么事？”凯乃第准备好了马枪，追问道。

“你们看。”博士指指地平线，答道。

“那有什么呢？”猎人莫名其妙，问道。

“月亮！”

的确，又红又大的月亮像个火球似的升到蔚蓝的天空上来了。当然，这是真月亮。这便是说：世界上有两个月亮；要不然，那些陌生人便是骗子手、阴谋家、假神仙……

那群土人产生这种思想，这是很自然的，因此他们的情绪就变了。乔忍不住哈哈大笑。

那些非洲人一见到手的鸭子要飞走了，便大声叫嚣起来。箭呀，枪呀，都对着维多利亚号。

但是，有一个巫师摆了摆手，武器都放下了。巫师爬上树，想抓住锚索把气球拉到地上来。

乔握着斧头冲了过去。

“可以砍了吧？”他问道。

“等一等！”博士回答，“也许我们还能够保住这只锚，我是把它看得很宝贵的。锚索，我们什么时候都来得及砍断。”

巫师爬到树上以后，折断了几根树枝，竟然把锚解了下来。这时气球获得了自由猛地升了上去，把锚连巫师一起带走了。这倒霉的黑人出乎意料地骑着这匹飞马上天了……

下面的非洲人看见他们的一个巫师飞上天去，都万分惊讶。

“好哇！”当维多利亚号靠着它的升力迅速上升时，乔喊道。

“他拉得很紧，”凯乃第说道，“时间不长，他还不至于有什么危险。”

“怎么样，我们要不要把这黑人扔下去？”乔问道。

“嘘！”博士回答，“我们要让他安全着陆，我想，他有了这样一番经历，他的威信在土人中一定要大大提高啦！”

“也许，土人还会把他奉为神仙呢！”乔喊道。

维多利亚号已经离地几乎有一千尺高了。黑人拼命拉住锚索。他一声不响，眼睛凝视着。他又是害怕，又是惊讶。微弱的西风把维多利亚号从卡结赫送走了。

半个钟头以后，博士看到下面是一片荒凉，便减少了燃烧嘴

巫师飞上了天。

的火焰使气球往下降。在离地二十尺的光景，黑人便拿定主意，跳了下去。他脚一落地，就撒开腿向卡结赫的方向跑去。这时维多利亚号丢了额外的负担，又重新升上去了。

第十六章

暴风雨到来之前——月亮国——非洲大陆的未来——机器和世界末日——日落的奇景——植物和动物——暴风雨——火焰地带——星空

“不得月亮许可就做她的儿子，自然会有这样的结果！”乔说道，“地球的这个卫星简直跟我们开了个不小的玩笑！可是，您有没有用您的医术玷污了月亮的名誉？”

“那个卡结赫的苏丹怎样啦？”猎人插嘴道。

“一个半死不活的醉鬼，”博士回答，“他死了也未必有什么人会哭他。但是，这得出一个结论：富贵是不会长久的，不要过分向往它。”

“还更坏呢！”乔叫道，“老实说，这倒挺合我的意。想想看！装神仙，被人家礼拜……可没想到这时月亮出来了，而且通红通红的，好像它真的气急了似的……”

乔就这样一面信口开河，一面换了个位置打量着夜晚的月亮。这时，北方的天空密布着杀气腾腾的乌云。相当大的风在离地三百尺的空中，驱赶着维多利亚号向东北方飞去。维多利亚号上面的天空是明朗的，但显得很气闷。

晚上八点钟左右，三位航空家已经到了东经三十二度四十分、南纬四度十七分的地方。看样子暴风就要到来了，气流以每小时三十五英里的速度带着他们前进。牟福托地区一片片富饶的平原像波浪似的在他们的身下闪过。这幅景象是那样的美丽，真叫人赞不绝口。

“我们现在在月亮国的中心区，”费尔久逊博士说，“直到现在它还保留着它的旧称，大概在这里，无论什么时候，月亮都是被当作神来崇拜的。这真是个好地方！人们很难找到比这里更茂盛的植物了！”

“要是能把它搬到伦敦附近去就好了，这虽然不很调和，但是很叫人愉快。”乔说道，“为什么在这么不开化的地方还有这些好东西？”

“可是谁能担保这地方不会变成文明的中心呢？”博士反驳道，“也许，等到将来欧洲的土地贫瘠得养不活人的时候，欧洲人就要搬到这里来了。”

“你认为可能吗？”凯乃第问道。

“当然可能，亲爱的狄克。你注意一下事物发展的过程，回想一下各民族移民的历史，就可以得出这个结论了。亚洲是人类最早的哺育者，对不对？它大概繁荣富庶了四千年。后来，当那荷马时代曾经生长过金黄色谷子的土地上只生长石头的时候，亚洲的儿女们便离开了它那干枯憔悴的怀抱。我们知道，他们迁到了当时还是年轻力壮的欧洲，欧洲又养育了他们两千年。但是，在欧洲，物产也一天一天地减少了。每年侵袭着农作物的各种灾害、歉收、资源不足，这一切都是恶化和贫瘠的征候。现在我们已经可以看到：人们正投向美洲丰腴的怀抱。美洲虽然不能说是取之不尽、用之不竭的泉源，但在目前至少还没有枯竭。不过这个新大陆迟早有一天也会衰老的，由于工业上的需要，原始森林将要被人们砍得精光；由于过量地满足人们的要求，土地将要失掉它的活力；在过去一年双收的地方，现在因为土壤不肥了，连打一次粮食也都不大容易了。那么，非洲将要把在它的怀里孕育了千百年的财富献给新的种族了。轮种的办法和排水的措施将会改善对外来人口有害的气候；分散的水路将汇聚为一条巨流，形成一个通航的动脉。我们现在飞过的这个最肥沃、最富饶、最富于生命力的地方将会成为一个伟大的国家。在这里，将有人完成比蒸汽和电更惊人的新发现。”

“啊，博士，”乔说道，“我真想亲眼看到这一切！”

“我亲爱的，你生得太早了。”

“再说，”凯乃第说道，“最没有趣味的时代，就是工业为了自己的需要把一切都耗尽了的时代。人们发明了机器，总有一天要被机器吃掉的！我常常这样想，世界的末日就是一只烧到三亿大气压的大锅炉炸毁我们地球的那一天！”

“我再补充一句，”乔说道，“机器的发明，并不是到美国人就为止了。”

“是的，”博士答道，“在制造锅炉方面，他们是能手！我们不去研究这些问题吧。既然我们能够到月亮国来，那我们还是好好欣赏一下吧。”

太阳突破了乌云，用余晖把大地照得一片金黄。高大的树木、茂密的荒草、贴在地面上的苔藓，都分享着光的赐予。地面东一处西一处，像波浪似的涌起圆锥形的丘陵。天边看不到有山岭，大片大片不能通过的荆棘形成的藩篱隔开着拥有无数村落的空地。巨大的珊瑚状灌木，围绕着那些村落，就像天然的城墙。

不多时，坦加那依卡湖一条最大的支流马拉加萨里河开始在绿荫下面蜿蜒了。它容纳着无数的水流，这些水流，有的起源于黏土地层中的水塘，有的是在洪汛期间形成的奔流。三位航空家觉得那地方的整个西部，好像是一个瀑布网。

在茂盛的草原上，一群骆驼埋藏在深草里吃草。芳香的森林看来好像一些巨大的花束，不过在这些花束里，隐藏着躲避白天酷暑的狮子、豹、鬣狗、老虎。有时，一只大象出来了，小树梢马上被碰得摇摇晃晃，接着便传来树木在象牙下面折断的声音。

“这才是打猎的好地方呢！”凯乃第兴高采烈地喊道。

“我相信，往树林里随便打一枪，准可以打到一只挺不错的野禽或野兽。我们是不是可以在这里试一试呢？”

“亲爱的狄克，这可不成，天已经黑了，看样子随时都会下雷雨。在这些地方，雷雨是十分可怕的，大地就像一个巨大的蓄电池。”

“先生，您说的一点儿也不错。”乔插嘴道，“这会儿又热又闷，风也完全停了，似乎总会发生些什么。”

“是的，大气可以导电，”博士回答道，“动物们都能感觉得出这种在大自然发生剧变之前常有的迹象。说实话，我对这个从来也不敏感。”

“喂，我的朋友，咱们是不是应该向下降？”猎人说。

“狄克，正相反，我看倒不如升高一些。我只怕一件事：怕交错的气流会把我们冲出航线以外。”

“萨梅尔，莫非你想改变原来的方向吗？”

“狄克，要是办得到的话，我早就乐意一直北进七八度，或者飞到人们认为是尼罗河河源的那些地方。那样，也许我们可以在那儿看到斯比克大尉探险队，甚至赫格林骆驼队走过的痕迹。如果我计算得正确的话，我们现在正在东经三十二度四十分，我倒想一直飞到赤道上面去。”

“你瞧！”凯乃第打断了他朋友的话，喊道，“瞧瞧这些正从池塘里往外爬的河马吧……这简直是一堆堆血红的肉……再瞧瞧那些鳄鱼……它们吸空气吸得多么响呀！”

“它们好像喘不过气来似的。”乔说道，“咱们的旅行方法多好呀！咱们在上面满不在乎，这些凶猛的丑家伙……萨梅尔先生，凯乃第先生，你们看！那一大群野兽正紧紧地挤在一起跑着呢！足有两百只！我想，大概是狼。”

“不是狼，乔，是一群野狗。这种野兽，胆子很大，它们甚至敢向狮子进攻。一个旅行家碰见它们，那算是最倒霉了。他马上会被撕成碎块。”

“嗯，在这种情形下，乔可不敢去给它们戴口套。再说，既然它们的天性就是如此，又何必去怪它们！”

由于暴风雨就要到来，周围慢慢地宁静下来。稠密的空气似乎透不过一点儿声音，天空就像装上隔音垫子的房间一样，没有一点儿响动。野鹤、红色和蓝色的松鸦、画眉、鹟鸟等，都躲到大树的茂密枝叶中间去了。整个大自然呈现出一片大难来临之前的景象。

晚上九点钟，维多利亚号一动也不动地悬在姆先涅区的上

池塘里的河马

空，在黑暗中勉强可以辨别出下面一簇一簇的村落。有时，在黑色水面上荡漾着的回光，描画出分布得很规则的河渠。通过这点光亮，可以看到棕榈、枸树、枫树和大戟树的阴影。

“我简直闷得喘不过气来了。”凯乃第一面说，一面鼓起胸脯深深吸了一口气，“咱们一点儿也动不了了！要不要向下降？”

“可是暴风雨呢？”博士不安地答道。

“假使你怕被风吹走，我想，你就没有第二条路可走了。”苏格兰人反驳道。

“也许雷雨今天夜里还不会来，乌云还高得很呢！”乔插嘴说。

“就因为这个缘故，才犹疑不决，是不是要把气球升到乌云上面去。”费尔久逊答道，“现在要是升上去的话，就得升得非常高，高得看不见地了。这样一来，这一整夜就无法知道我们是不是在移动，而且也不知道我们是往哪里飞。”

“亲爱的萨梅尔，快决定吧，到紧要关头啦！”

“真可惜，风停了，”乔说，“要不然，风就会把我们送到没有雷雨的地方去了。”

“是的，朋友们，太可惜了，”费尔久逊说，“对于我们来说，乌云是非常危险的东西。因为乌云会带来方向完全相反的气流，这就可能把我们卷没在气流的旋涡中；因为乌云会带来闪电，这就可能把我们烧成灰烬。从另一方面说，假使我们把锚随便钩在哪一棵树上，暴风又会把我们扔到地上去。”

“那我们怎么办呢？”

“只好把维多利亚号维持在天地夹攻的半空中。幸亏我们的加热箱有足够数量的水，另外还有没动用过的两百磅压舱物。必要的时候，我还可以利用利用。”

“我们要和你一起值班。”猎人说。

“不，我的朋友们。你们把吃的东西收好就去睡吧。假使需要的话，我会叫醒你们。”

“可是，先生，现在还没有什么危险，您先去好好睡一会儿吧？”

“不，谢谢你，亲爱的乔，我还是不睡的好。我们现在停在这里不动了，要是情况没有变化的话，明天我们还是在原地。”

“先生，晚安。”

“晚安，但愿如此。”

凯乃第和乔钻进被子睡下了，博士还留在他的岗位上。

这当儿，头顶上的乌云渐渐地降低了，天色变得更黑了。阴森森的天空罩在地球上，好像想把它压扁似的。突然，一道耀眼的、惊人的闪光冲破了黑暗，在天空划开一条裂口，接着一声霹雳震得地动山摇。

“快起来！”费尔久逊喊道。

睡得正熟的两位旅行家已经被这可怕的响声惊醒了。他们一听到博士叫唤，马上就跳起身来。

“萨梅尔，我们是在下降吗？”凯乃第问道。

“不是，气球在下面是吃不消的。在乌云还没有变成骤雨以前，在狂风还没有刮到我们头上以前，我们得升上去。”

费尔久逊一面说话，一面加强了燃烧嘴的火力。

热带雷雨爆发的速度，和它的力量同等惊人。又一道闪电划开了乌云；紧跟着，又打了二十来个闪。像冰雹一样夹在大雨点里的电火花，在天幕上画出了许多道五光十色的斑纹。

“我们晚了一步，”博士说，“现在，我们只好乘着我们装满易燃气体的气球，冲过火焰地带了。”

“那就着陆吧！着陆吧！”凯乃第一再地要求。

“不过，就是到了地上，也一样有被雷烧的危险，而且树枝也很可能撕破我们的气球。”费尔久逊表示反对。

“萨梅尔先生，那我们就上升吧。”乔说。

“快！越快越好！”苏格兰人喊道。

在非洲的这一带地方，暴风雨的时候，一分钟内打三十个到三十五个闪是一点儿不稀奇的。天空简直成了火海，雷声连成了一片。

在这纷乱的大气中，风也趁机逞起凶来。它旋卷着炽热的乌云，看来就像有一架巨大的风扇，吹得这场大火愈烧愈旺。

费尔久逊使暖气箱保持最高的温度。气球膨胀起来，向上升去了。凯乃第跑在吊篮中间，拉住帐篷。气球旋转着，摇晃着，把这三位飞行家弄得头昏眼花。在气球的外壳里形成了许多空隙，风直往里面钻，波纹绸在风的压力下噼啪作响。冰雹带着嘈杂的响声，劈开空气，敲打着维多利亚号。但是，尽管这样，维多利亚号还是继续上升，上升。闪电贴着气球的圆周画着喷火的切线。维多利亚号被包围在火海当中了。

“我们只好靠上帝保佑了，我们在他的手里，只有他才能救我们。我们对一切意外，包括火灾在内，都要做好准备。”费尔久逊说，“也许，我们往下掉的速度不会太快。”

暴风雨中的维多利亚号

博士的话总算传到他的同伴们的耳朵里，这时他们借着闪电的亮光，看到他沉着的面容：他正在观察气球网套上滑动着的磷光现象。维多利亚号一边旋转着、摇摆着，一边不停地上升着。过了一刻钟，它已经飞出了有雷雨的云层。电火花在它下面闪烁着，仿佛是挂在吊篮底下的一蓬烟火。

这是大自然献给人类的一幕美景：下面是狂风骤雨，上面是恬静的星空——一轮明月正以它温柔的光芒照射着狂怒的乌云……博士看看气压表。气压表标示他们是在一万二千尺的高度。这时是半夜十一点钟。

“谢天谢地，危险已经过去了，”博士说，“我们只要保持这个高度，就行了。”

“刚才多可怕呀！”凯乃第承认道。

“不算坏！”乔回答，“刚才这段旅程，倒看到不少新东西！我一点儿也不反对从上头看看雷雨。没什么说的，真是一幅美丽的图画啊！”

第十七章

月亮山——绿油油的海洋——抛锚——被大象拖着走——长时间的兜风——厚皮动物死了——大自然怀抱里的炉子——草丛里的一餐——在地上过夜

第二天早上六点钟左右，太阳冒出了地平线。乌云四散。软风吹拂着曙光。三位旅行家的眼前又呈现出一片发散着清香的大地。维多利亚号一直在相反的气流之间转来转去，几乎没有离开那个老地方。博士使气球里的氢气收缩，气球降低了一些，他要寻找北去的气流。他找了半天，也没找到。风总是把气球往西吹送。现在，在浅蓝色的地平线上出现了一排高低起伏的山峦，这就是那环抱着半个坦葛尼喀湖的月亮山。这条山脉简直是一道阻挠探险家深入非洲内地的不可逾越的屏障。有些山峰上积着终年不消的白雪。

“我们现在是在一个从来没人来过的地方，”博士说，“蒲尔顿大尉虽然向西走了很远，但也没能到达月亮山。他甚至根本否认月亮山的存在。——而他的旅伴斯比克却肯定有这座山。蒲尔顿认为月亮山只不过是斯比克想象的结晶罢了。我的朋友们！现在，对于我们来说，这已经没有什么可以怀疑的了！”

“怎么样，萨梅尔，我们是不是要飞过月亮山？”凯乃第兴致盎然地问道。

“我不想这样做。我希望能找到顺风，再把我们向赤道那边送去。如果迫不得已的话，我甚至打算等一等。要知道，我们的维多利亚号跟船一样，在风头不顺的时候，就抛下锚。”

博士的预见果然成为事实了。维多利亚号试飞了几种高度以后，终于以平常的速度向西北飞去了。

“我们的方向很正确，”费尔久逊看了看罗盘说，“而且我们离地面只有二百来尺。我们正好考察一下这个尚且不知名的地方。斯比克大尉当年去寻找乌克列维湖的时候，是向东沿卡结赫上面的直线走的。”

“我们要是这么飞，得飞很久吗？”凯乃第问道。

“大概得飞很久。我们的目的是要飞到尼罗河的源头。这便是说，我们至少需要飞行六百英里，才能飞到从北方出发的探险家们所走到的最远的地点。”

“这么说，我们不着陆了。要是能活动活动腿脚，那多好！”乔说。

“要着陆。再说，我们也该节省些食粮。”博士答道。

“亲爱的狄克，最好你能供应我们一些新鲜肉类。”

“亲爱的萨梅尔，我一定办到！”

“我们还得装满水箱，”费尔久逊博士补充道，“说不定我们会飞到一个没有水的地方去。还是有备无患的好。”

中午，维多利亚号到了东经二十九度十五分、南纬三度十五分的地方。它已经从乌克列维湖的侧面飞过了乌约福村——乌尼雅姆维济的北界，不过现在还看不到乌克列维湖。

在赤道附近居住的部落，看样子比较开化，每一个部落有一个独揽大权的土皇帝。人口最稠密的地区是卡拉格瓦省。

三位旅行家商量好了，决定一有机会就立刻降落。他们打算多停些时候，好仔细地检查一下气球。他们把燃烧嘴的火头弄小了，锚从吊篮里扔了出去，一会儿就掠着一望无际的草原上的蒿草。从高处向下看，这片草原就像是平坦的草坪；实际上，这草坪足有七八尺深呢。

维多利亚号在草上轻轻掠过，就像是一只巨大的蝴蝶。一眼望去，这片草原简直是一片无边的绿色海洋。

“我们大概要这样飞很久。附近一棵树也看不见。”凯乃第说，“我看，打猎也没什么好指望的。”

“亲爱的狄克，你等一会儿，反正你也不能在这比你还要高的草里打猎。我们总能找到一块好地方的。”

实际上，这是一次愉快的游览，就仿佛真的在绿色透明的、在和风吹拂下荡漾着微波的海面上航行。维多利亚号的吊篮像游艇一样在划波前进。有时候，成群美丽的鸟儿发出悦耳的歌声，从草丛中飞出来。锚在鲜花的大海中沐浴着，像帆船在浪涛上留下的痕迹一样画出一道浅沟，这道浅沟在锚的后面转眼就消失了。

突然，气球猛地颠簸了一下，大概是锚钩住了草丛里的石头。

“钩住了！”乔叫道。

“妙极了！放下绳梯吧！”猎人喊道。

这句话还没说完，半空中就传来了一阵尖锐的叫声，三位旅行家不由得失声惊叫起来。

“这是什么？”

“好奇怪的叫声！”

“咦！咱们还在向前动呢！”

“这么说，锚索断了！”

“没有呀！锚还钩着呐。”乔拉了拉锚索，说。

“这是怎么回事？难道石头会走吗？”

草里的确是有什么东西在移动。过了一会儿，草里钻出一个弯弯曲曲、又大又长的玩意儿。

“蛇！”乔叫道。

“蛇！”凯乃第重复了一句。他一面说话，一面往马枪里装子弹。

“不对，这是象鼻子。”博士反驳道。

“萨梅尔，真的是象吗？”

于是凯乃第端起了马枪。

“别忙，狄克，别忙。”

“真的！这只象在拖着我们走呢！”

“亲爱的乔，它正好把我们往我们要去的地方拖。”费尔久逊说。

象走得相当快。不一会儿，到了一块空地上，这时，已可以看到大象的整个身躯了。根据它的高度，博士看出这是一头优种的公象。它那弯得非常好看的两颗白色的尖牙，至少有八尺来长。锚爪子正好牢牢地卡在这一对长牙之间。

大象想用长鼻子拉断拴在吊篮上的锚索，但完全是白费力气。

“前进！勇敢一点儿！”乔兴高采烈地喊道，“这又是一种新的旅行方法！用不着马了，有象听您的使唤。”

“不过，它把我们往哪儿拉呀？”凯乃第一面晃了晃他的马枪，一面说道。他是多么想放枪！

“亲爱的狄克，它正把我们往我们要去的地方拉。再忍耐一会儿吧。”费尔久逊安慰他的朋友道。

“用苏格兰农夫的话来说：Wig-a-more！Wig-a-more！前进呀！前进呀！”乔继续兴高采烈地喊叫。

象疯了似的飞跑起来，把它的长鼻子一下甩到左边，一

一只大象正拖着维多利亚号飞跑。

下又甩到右边。它往前蹿的时候，总要把吊篮带得冷不丁地晃悠。

博士手拿斧头，打算在必要的时候，马上砍断锚索。

“不过，不到万不得已的时候，我们不牺牲我们的锚。”他说。

大象拖着气球已经跑了一个半钟头，还没显出一点疲乏的样子。这种巨大的厚皮动物能够跑得很快，它们的体重以及行动的速度和鲸差不多，它们一昼夜也能跑很远的路。

“实际上，”乔叫道，“这是一条被我们叉中了的鲸。我们也只是在做捕鲸人外出捕鲸时用的办法。”

这时，地面上的情况变了，博士不能不换一种移动的方法了。在草原北面大约三英里的地方出现了一片密密的树林。现在必须让气球和它的司机分手了。

叫大象停住不跑，这自然是凯乃第的事了。他端起了马枪，可是，他的位置非常不利，不容易打中大象致命的地方，第一枪打在大象的脑袋上，好像打在钢板上似的滑过去了。大象丝毫也不在乎，只是听到枪声以后，像跑马一样跑得更快了。

“这简直是个妖精！”凯乃第嚷道。

“好结实的脑袋！”乔说。

“现在，我们试试，朝它打几粒圆锥形的子弹。”狄克一面说，一面细心地装弹药，接着开了一枪。

象怒吼起来，跑得更快了。

“狄克先生，我看，我得给您帮点儿忙了，”乔抓起枪来，说，“不然的话，这样永远也不会有什么结果。”

于是两粒子弹打中了大象的两肋。

大象停下了，扬了扬鼻子，又撒开腿朝森林那边跑。它摇晃着它那巨大的脑袋，鲜血从伤口像泉涌似的流了出来。

“狄克先生，我们再放几枪吧！”乔提议道。

“请注意，你们要不间断地放枪！我们离树林只有二十托瓦兹[①]远了。”博士指出。

又放了十来枪。大象拼命地蹿了一下。吊篮和气球噼里啪啦地乱响了一阵，简直像要散了似的。这一撞把博士手里的斧头震落到地上了。

现在，情况变得十分危急：紧紧地拴在吊篮上的锚索，既没法子解开，又不能用刀子割断，而维多利亚号已经到了森林跟前。突然，在大象仰头的那一刹那，一粒子弹打中了它的眼睛。它站住，身子摇了几下，跪倒在地上，把腰部朝着猎人。

“我瞄准它的心脏打。”狄克说完，就打出了他枪里的最后一粒子弹。

象发出了垂死的哀嚎。它把身子挺起来站了一会儿，甩了甩鼻子，之后就轰隆一声倒下了。它倒下去的时候，碰断了一根象牙。象死了。

“它的牙断掉一根了！”凯乃第喊道，“在英国，一百磅重的象牙值三十五基尼[②]呢。”

“这么值钱！”乔一边顺着锚索往下爬，一边说。

---

① 法国旧度名，1 托瓦兹约合 1.949 米。
② 基尼，古英国金币名，等于 21 先令。

“亲爱的狄克，有什么可惋惜的？”费尔久逊插嘴道，“难道咱们是做象牙买卖的吗？咱们到这里来是为了发财的吗？”

乔检查了一下锚。锚牢牢地卡在剩下的那颗象牙上。萨梅尔和狄克跳了下来，体积减小了一半的气球在死象的上面摇晃着。

“好一只大象！”凯乃第赞叹道，“我在印度也从来没看见过这么大的象。”

“亲爱的狄克，这一点儿不足为奇。我们知道，非洲中部的象是世界上最大的象。由于安德生和柯明等人拼命在开普[①]猎捕，所以它们都迁移到赤道附近来了，在赤道附近我们会经常遇到象群的。”

“我们来尝一尝象肉！”乔说，“我负责用它的肉做几道好菜。凯乃第先生可以打一两个钟头猎；萨梅尔先生来检查一下气球；我趁这个时候烧菜。”

“安排得太好了，”博士答道，“我们就这么办吧。”

“我真要好好利用一下乔分配给我的自由活动的这两个钟头。”猎人说。

“朋友，去吧。不过要小心点儿，不要走得太远。”

“放心吧，萨梅尔。”

狄克拿着枪，钻进了树林。

这时，乔便干起他的事情来。他先在地上挖了一个两尺深的坑，往坑里放了一些枯树枝。周围干树枝多得很，大概都是象折

① 在非洲南端。

“咱们到这里来是为了发财的吗？”

断的，因为这里象的足迹很多。乔把坑填满以后，又在坑上面堆了一个两尺高的篝火堆，并且把篝火点着了。

之后，他又回到离树林大约十托瓦兹躺着死象的地方。他灵巧地割下了象鼻子上半段最粗的部分（足有二尺多长），另外又加了一只象掌。这些的确是最好吃的部分，就像野牛背、熊掌或者野猪头一样好吃。等到篝火堆烧完，坑也被烧得很热了，于是乔就把坑里的热灰和火炭扒出来，把象肉用有香味的叶子包起来放进去，再盖上热灰，然后又在上面堆了一个篝火堆。等到这堆篝火烧完，肉也正好烤熟了。

乔从这个独出心裁的烤炉里把那些香喷喷的烤肉掏了出来放在鲜绿的叶子上。然后，他又拿来饼干、白酒、咖啡，还从附近的小河里弄来一些清水。他的酒席就这样在一块美丽的草地上全都摆了出来。

这样摆得整整齐齐的一桌“酒席”看起来就叫人满意，不过乔觉得现在还不值得骄傲，他认为吃起来更要叫人满意呢！

“这趟旅行倒不坏！既安全，又不累！”他絮絮叨叨地说，“饭按时开，吊床也随时有。还要什么呢？可是凯乃第先生还犹豫不决不肯来呢！”

这时，费尔久逊博士正在细心地检查气球。看来它一点儿也没有受到暴风骤雨的摧残。波纹绸和涂在气囊外面的树胶都出乎意料地经得起考验。费尔久逊研究了一下这一地区的海拔高度，又算了算气球的升力，他很满意地得出结论：氢气一点儿也没减少。也就是说，到现在为止气囊还不漏气。

三位航空家离开桑给巴尔岛只不过五天，干肉饼还没有开始吃。饼干和罐头肉也足够吃一些日子。只有水需要补充。直管子和蛇形管看来都还是好好的，因为装了橡皮关节，所以它们经得住气球的颠簸。博士检查过气球，整理了他的笔记。随后，他又把周围的景色画成了一幅很不赖的素描：那无边无际的草原、“卡马多尔”树林和飘浮在死象上面的维多利亚号……

过了两个钟头，凯乃第带了一捆肥鹧鸪和一只羚羊腿回来了。乔又去动手给他们的筵席添几道菜。

“开饭了！”过了一会儿，他兴高采烈地喊道。

三位旅行家就在绿色的草地上坐了下来。大家一致认为象鼻和象掌是最好吃的菜。他们照例为祖国的伟大而干杯，上等的雪茄烟第一次在这个世外桃源发散出它的香味。

凯乃第吃得多，喝得多，说得也多。他已经带了几分醉意，他一本正经地向他的朋友费尔久逊博士建议，就在这森林里住下来，用树枝搭个棚子过那非洲鲁滨逊的生活。

虽然乔表示情愿充当“星期五”的角色，可是话题也就到此为止。

周围一片寂静，看样子这一带是荒无人迹的，所以博士决定在地上过夜。乔把篝火堆在地上排成了一个大火圈，这是防御猛兽的一道不可逾越的屏障。果然，那些被象肉的香味吸引来的鬣狗、狮子和胡狼在四周徘徊了一夜。凯乃第不止一次地被迫向那些无礼的客人开枪，但是不管怎样，这一夜总算平安无事过去了。

第十八章

卡拉格瓦——乌克列维湖——岛上的一夜——赤道——过湖——瀑布——风景——尼罗河河源——本嘉岛——安德烈阿·德波诺的签名——英国国旗

第二天早晨，三位航空家从五点钟起就开始作继续飞行的准备。乔用斧头（幸亏斧头找到了）砍断了象牙。维多利亚号一摆脱羁绊，马上就以每小时十八英里的速度向东北方飞去了。

博士在前一天晚上就根据星座的位置算出了所在地的方位：南纬二度四十分，也就是离赤道一百六十英里。气球每飞过一个村庄，总要引起一片喊声，但是这三位旅行家一点儿也不去理会。费尔久逊一边看着一边画着下面的地形。气球飞过了鲁恩别山，鲁恩别山的山坡差不多和乌萨加拉山峰一样陡峭。不久，又到了坦卡山前，坦卡山是卡拉格瓦山脉最初的几个支脉，费尔久逊认为它们一定通到月亮山。据古代的传说讲，这些山是尼罗河的摇篮。显然，这种说法接近真实，因为它们的终点正是乌克列维湖，而科学家们认为尼罗河的源头就是乌克列维湖。

当维多利亚号到了卡福罗——一个出名的商业中心区——上空的时候，乌克列维湖终于在地平线上出现了。这个湖一直是无数人寻找的对象，1858年8月3日，才被斯比克大尉发现。

萨梅尔·费尔久逊心里很激动，他差不多就要飞到他要考察的主要地点之一了。他眼睛对着望远镜，看了又看，不放过这神秘地方的任何一个角落。

在他下面闪过的，是一片荒野，只有一些洼地是耕种过的。丘陵起伏的地面越靠近湖边越平坦。这里出现的不是稻田，而是大麦田。这里还生长着土人用以制酒的车前草和一种土人用来代替咖啡、叫作“姆瓦尼”的野生植物。有一个市集有五十来所圆顶茅舍，这就是卡拉格瓦的首邑。

博士清清楚楚地瞧见下面那些相当俊美的棕色面孔露出了惊讶的神情。一些非常肥胖的女人在田里拖着沉重的步子走着。费尔久逊告诉他的旅伴们，这里的人就是讲究胖，而她们之所以这么胖，是因为每天吃酸牛奶的缘故。这一番话使他的旅伴们听了十分惊奇。中午，维多利亚号飞到了南纬一度四十五分的地方；又过一个钟头，它已经在湖上飞翔了。

斯比克大尉曾经把这个湖叫作维多利亚尼杨查[1]。在这个地方，它可能有九十英里宽。斯比克大尉曾在它的南端找到一群小岛，他把那些小岛叫作孟加拉群岛。斯比克一直走到东岸的模安萨，在那里曾受到苏丹的殷勤接待。斯比克对湖的这一部分作了三角测量，但是他没能够找到一只小船，好渡过湖去看一看乌克列维岛。这个岛在退潮的时候只是一个半岛，上面的人口非常稠密，由三个苏丹统治着。

维多利亚号不停地向湖的北部飞行，博士很想看清它南部的轮廓，可是遗憾得很，那荆棘丛生的湖岸却被乌云般的黄蚊子遮盖得几乎看不见了。这里不能住人，所以也没有人住，只有成群

---

① “尼杨查”就是“湖”的意思。

的河马不是躺在高大的芦苇里，就是浮在白花花的湖水中。

从上空向下看，西面一片汪洋，简直跟大海一样。两岸之间的距离相当远，很难建立交通。这里常常有大风暴，因为风在这个又高又旷的地区是横行无阻的。

现在，博士很不容易控制他的气球了，他害怕气球会被吹到东面去。但是，还好，气流把它一直往北拉。晚上六点钟，维多利亚号停在南纬零度三十分、东经三十度五十二分，离岸二十英里的一个不大的荒岛上。

三位旅行家用锚钩住了一棵树。傍晚，风息了，气球稳稳地停在锚上面。至于下去，这简直连想都不用去想。这里，和湖岸上一样，飞舞着密密麻麻的大蚊子。甚至乔到树上去了一会儿，回来就被咬得满身疙瘩。不过，他一点儿也不恨它们，他认为这是十分自然的。

然而博士可不像乔那样乐观，他尽量放长锚索，离这些无情的昆虫越远越好，而它们已经发出叫人讨厌的嗡嗡声飞上来了。博士确定这个湖的海拔高度是三千七百五十尺，这和斯比克大尉算出的一样。

“我们原来在一个岛上！”乔一面说话，一面拼命搔痒。

“得快点儿瞧瞧，”猎人回答，“大概除了这些可爱的昆虫，一个人也没有。”

“我应该告诉你们，散布在这湖里的小岛，不外乎是淹没在水里的山峰。”博士说明道，“我们简直是侥幸在这儿找到一个避难所，因为沿湖一带都是残酷的部落。你们睡吧，上帝会保佑我们一夜平安。”

“萨梅尔，你不睡吗？”狄克问道。

“不，反正我也合不上眼。满腹心事把睡意都赶走了。我的朋友们，明天，要是顺风的话，我们就会一直向北飞。也许我们会发现尼罗河的源头，揭开这个至今还没有被猜破的谜。离这条伟大河流的源头这么近啦，我怎能睡得着！”

对这个问题，凯乃第和乔远没有博士那样关心，他们在博士守望的时候很快就睡着了。

4月23日，星期三，凌晨四点钟，维多利亚号起了锚。天还没有大亮，黑夜依依不舍地离开了浓雾笼罩着的湖面。但是没多久，大风就把雾驱散了。维多利亚号飘摇不定地左右摇摆了几分钟，之后就一直向北飞去。

费尔久逊乐得直鼓掌。

“我们走的路线很对！”他喊道，“要么我们今天会看见尼罗河，要么也许我们永远也看不见！朋友们，我们现在正在赤道上，马上就要到我们的北半球了！”

“噢！先生，这么说，下面就是赤道了？”乔问道。

“正是在这里，亲爱的。”

“那么，先生，恕我直言，我认为赶紧用水浇一浇它才好哩！”

“好呀，去拿杯鸡尾酒来！”博士笑着说，“乔，你理解宇宙的方法一点儿不傻。”

在维多利亚号上，就这样举行了跨越赤道的仪式。

维多利亚号迅速地往前飞行。西方出现了参差不齐的低低的河岸，再过去，就是乌冈达和乌索加高地。风速越来越大，现在差不多每小时三十英里。

湖水就像海浪一样汹涌澎湃。看得出，湖是非常深的。他们在湖上飞过的这段时间，只看见一两只粗糙的独木舟。

“由于地势高的缘故，这个湖，”博士开始讲道，“显然已经成为非洲东部各大河的天然水库，老天爷把它支流的水变成蒸汽带走，又变成雨还给它。我觉得，尼罗河的河源应该在这里。”

“等着瞧吧。”凯乃第说。

早上九点钟左右，气球飞近了树木成林、没有人烟的西岸。风开始把气球向偏东的方向吹送，湖的对岸已经可以看见了。河岸弯了过去，以至在北纬二度四十分的地方形成一个角度很大的拐角。在湖的尽头，高山上显露出无数陡峭的山峰，然而在那些高山之间，有一条曲折幽深的山峡，山峡里流着翻腾的河水。

费尔久逊一面驾驶着气球，一面目不转睛地看下面。

“看呀，朋友们，看呀！”他突然喊道，“阿拉伯人的传说是正确的！他们说有一条河是乌克列维湖向北流的支流。现在，这条河就在你们面前！我们正在这条河的上面飞行。河水流的速度，和我们飞行的速度差不多。在我们下面流淌的河水的水滴，当然是会混合在地中海的波浪里的。这就是尼罗河！”

“这是尼罗河！”凯乃第重复道，他也跟着他的朋友兴奋起来。

“尼罗河万岁！”乔喊道，他一高兴，就不由自主地欢呼起来。

巨大的礁石，有的在这里，有的在那里，阻挡着这条神秘之

“这就是尼罗河！”

河的水流前进。水翻腾着浪花，形成激流和瀑布。这更加使费尔久逊相信他的预见是正确的。成百条瀑布冒着白沫从周围的山上直泻下来。人们可以看到分散的细流怎样涌出地面，它们一路上怎样相遇和汇合，怎样争先恐后地流向这条刚刚形成的小河，而小河容纳了它们便变成了一条大河。

“这的确是尼罗河。”博士深信不疑地重复道，“这条河名字的来源，就和这条河的发源地一样引起了许多学者的兴趣。‘尼罗’这个词，有人说来自希腊文，有人说来自柯普特文①，又有人说来自梵文②，不过这些毕竟都无关紧要，反正这条尼罗河已经把它的发源地向我们公开了。”

“可是，萨梅尔，你怎么能肯定这就是北方的旅行家们考察过的那条河呢？”猎人问道。

“假使一小时内还是顺风的话，我们就可以得到不容争辩的证据了。”博士答道。

山分开了，仿佛是给无数村庄、芝麻田和甘蔗田腾出地方似的。地上的土人显然非常激愤，而且对三位旅行家怀着极大的敌意。看起来土人丝毫没有把他们当作神，而是把他们当作外国人，所以与其说土人在崇拜，不如说土人在生气。因此，维多利亚号只好在土枪射程以外的空中飞行。

“在这里，着陆恐怕很困难。”苏格兰人说。

---

① 柯普特文是希腊柯普特族的文字。

② 一位拜占庭学者认为“Neilos”（尼罗河）这几个字母是几个数字的总和。N是50，E是5，I是10，L是30，O是70，S是200，这数字加在一起的总和恰巧等于一年的天数。——原注

“唔，”乔答道，“这些土人更倒霉，因为我们不叫他们有和我们谈话的乐趣。”

“不过，不管怎么样，我们也得着陆，就是停一刻钟也好，”费尔久逊说，“否则的话，就不能看到我们这次探险的成绩了。”

“萨梅尔，这有必要吗？”

“完全必要，即使动用武器，我们也得着陆。”

“这倒合我的味口！”凯乃第一面往马枪里装子弹，一面喊。

“一句话，先生，您说什么时候降落，就什么时候降落。”乔一面说，一面作战斗的准备。

“为了科学而拿起武器，这是常有的事。”博士说，“过去有一位法国科学家，在西班牙的深山里测量地球子午线的时候，就是这样。”

“请你放心吧，萨梅尔，你就信赖你的两个保镖吧。”狄克说。

“先生，咱们现在就降落吗？”乔问道。

“还早。我们先升上去了解一下这地方的地形。”

氢气膨胀了。不到十分钟，维多利亚号就在二千五百尺的高空里飞翔了。从这里，清清楚楚地看到无数纵横交错的小河汇聚到大河里，其中大多数都是从西边山冈间和沃野中流来的。

“我们现在离刚多科罗最多只有九十英里，离从北方来的探险家到达的地点不到五英里。”费尔久逊指着地图说，“好吧，我们现在小心地下降吧。”

当维多利亚号下降了二千多尺以后，博士警告道：

“现在，朋友们，要随时准备应付各种意外！”

“我们准备好了！”狄克和乔异口同声地回答。

“好极了！”

维多利亚号保持一百尺左右的高度，它沿着河床向前飞行。这地方，尼罗河的宽度最多只有一百多米。两岸村庄里的土人乱哄哄地骚动着。在北纬二度的地方，河水形成一片水头冒起十尺多高的瀑布，所以这里是没法行船的。

“这大概就是德波诺说的那个瀑布！”博士欢呼道。

河面变宽了，萨梅尔·费尔久逊博士贪婪地看着那些分布在河里的岛屿，他好像在寻找他那还没有找到的目标。

气球下面有几个黑人划着一只小船。凯乃第放了一枪向他们致敬。这一枪没有打到他们，但是却逼得他们赶紧往岸边逃……

“一路平安！”乔向他们喊道，“要是我是他们的话，我决不冒险往回跑，我一定会被这个会放雷火的怪物吓个半死。”

这时，费尔久逊拿起望远镜，对着河中心的小岛望去……

“四棵树！”他嚷道，“你们瞧，喏，就在那儿！”

真的，在小岛的顶头有四棵树。

“这是本嘉岛。对，正是它！”博士又补充了一句。

“唔，怎么样？”狄克问道。

“我们顺从上帝的意思，就在这里降落。”

“可是，那岛上好像有人，萨梅尔先生。”

“乔，你说得对，如果我没有看错，喏，那儿有一群土人，总共有二十来个。”凯乃第证实道。

“我们把他们赶走，这并不太难。”费尔久逊回答。

“对，说办就办。”狄克回答。

本嘉岛

维多利亚号向小岛降落时，太阳正在当顶。

那些黑人（属于马加多族）拼命地叫起来。其中有一个挥动着树皮做的帽子。凯乃第瞄准那顶帽子砰的一枪，帽子碎了。

这样一来，那群黑人慌乱得不得了，他们纷纷跳进河里泅到对岸去。马上，从那里飞来了冰雹般的枪弹和雨点般的箭，但是一点儿也打不着用锚钩住岩石缝的维多利亚号。乔溜到了地上。

“放下绳梯！”博士喊道，“凯乃第，跟我来！”

“萨梅尔，你想干什么？”

“狄克，咱们下去吧，我需要请你作见证人。”

“遵命！”

“你呀，乔，当心看着。”

“放心吧，先生，一切由我负责……”

“狄克，来吧！”博士说着，脚已下地了。

他领着他的朋友往岛顶头高耸着岩石丛那边走去。到了那里，他在荆棘丛里搜索了好久，好像找什么东西，他的手都划破了流出血来。突然，他一把抓住猎人的肩膀。

“你瞧！”他说道。

“有字！”凯乃第喊道。

真的，岩石上清清楚楚地刻着两个字母：

A.D.

“A.D.！安德烈阿·德波诺的亲手签名！这位探险家沿着尼罗河走得比任何人都远。”博士说明道。

“这不能不叫人相信哪，亲爱的萨梅尔！”

“现在，你到底相信了？”

“这是尼罗河，我们不可能怀疑了！”

费尔久逊细心地把那个宝贵的简写名字，按照大小和形状描了下来。之后，又向这两个字母看了最后一眼，说道：

“回维多利亚号去吧。”

“不能再耽搁了，”凯乃第补充道，“要不，你瞧，有几个土人打算过来了。”

“现在，我们不在乎了。风把我们再向北吹送几个钟头，我们就要到刚多科罗了，到了那里，我们就可以和我们的同胞握手了。”

过了十分钟，维多利亚号已经大模大样地升到空中去了。费尔久逊博士挂出了英国国旗，以庆祝他们的成就。

第十九章

尼罗河——“发抖山”——思乡——阿拉伯人的传说——“尼雅姆-尼雅姆”——乔的合理的想法——“维多利亚号”受到严格的考验——布兰莎尔夫人

“我们往哪个方向飞？”凯乃第看到他的朋友在看罗盘，便问道。

“往西北偏北飞。”

“见鬼！不是正北！”

“当然不是，狄克。恐怕我们很难飞到刚多科罗去……真遗憾。不过，我们已经把来自东方和北方的这两个探险队的事业联结起来了，我们用不着抱怨什么了。”

维多利亚号离尼罗河愈来愈远了。

“唉，现在让我们向这一带再看最后一眼吧，这儿是连顶勇敢的旅行家都没有能越过的界线呀！”费尔久逊说，“彼特利克、达尔诺、米阿尼和纪廉·列让都曾经说过，住在这里的是那不好客的部落。按理说，我们应当感谢列让，因为关于尼罗河上游，他做了不少有价值的工作。”

“那么，我们的发现和科学的假定是符合的了？”凯乃第问道。

“完全符合。白尼罗河①的源头，就藏在一个像大海一样的湖里，这湖正是尼罗河的源头。毫无疑问，诗篇的记载显然是站不住脚的，它们往往喜欢把这河中之王说成是天上来的；古人把它叫作大洋，并且异想天开地认为它是直接由太阳上流下来的！不过，我们对这些说法不要信以为真，我们应该一步一步地接受科学的说法。科学家不会常有的，而诗人却随时都可以找到。”

“那儿还有瀑布。”乔说。

“这就是马克多瀑布，它在北纬三度。”费尔久逊回答，“对，就是它。可惜我们没能在尼罗河上再多飞几个钟头。”他又补充了一句。

---

① 白尼罗河是尼罗河的两条主要支流之一。

“那儿，就在我们前面，出现了一座山峰。”猎人说。

“这是罗格维克山，阿拉伯人管它叫‘发抖山’[①]，”博士说明道，“德波诺曾化名为拉提夫·埃芬吉到过这一带。尼罗河两岸的部落经常彼此为敌，不断地进行流血战争……你们想想看，在这种环境下，德波诺要冒多大的危险！”

这时，风开始把维多利亚号往西北方吹送。为了避免撞在罗格维克山的高峰上，他们不得不寻找斜一点儿的气流。

“朋友们，”费尔久逊向他的两个旅伴说，“实际上，我们横越非洲的飞行现在刚刚开始。到现在为止，我们差不多还是沿着先前的探险家的足迹走的；从此，我们要进入从没有人去过的地方了。我们有足够的勇气吗？”

“当然有！”狄克和乔不约而同地喊道。

“好，前进吧！——但愿老天保佑我们！”

这三位旅行家飞过了许多山谷、森林和疏疏落落的村庄，晚上十点钟，到了发抖山的山腰，他们沿着险峻的斜坡飞行。

在这个值得纪念的一天（4月23日），维多利亚号在大风的吹送下，十五小时飞了三百一十五英里。

但是在航程的最后一段路上，三位航空家的情绪很颓丧。大家一声不响，吊篮里静悄悄的。费尔久逊是不是在醉心于他的新发现呢？他的两个旅伴是不是在想着他们这次在陌生地区当中的旅行呢？这些当然都有关系。但是另外还有一个原因，就是他们想念故乡和朋友了。只有乔一个人还是显得无所谓的样子，他认

---

① 传说中说，只要穆斯林的脚一踏上这座山，它便开始颤抖。——原注

发抖山

为一切都十分自然，既然故乡不在身边，那就不去想它吧。不过他也不去打搅费尔久逊和狄克。

晚上十点钟，维多利亚号在发抖山旁边下了锚。三位旅行家在这里饱饱地吃了一顿，舒舒服服地睡了一觉。睡觉时还是轮流值班守卫。

第二天早上，他们的心情又都平静下来了。天气很好，刮的是顺风。吃早饭时，乔把他的两个旅伴逗得非常快活，他们的情绪又好转了。

他们现在经过的那个区域非常广阔，它几乎有欧洲那么大，月亮山和达尔福尔山矗立在它的边界上。

“我们现在飞过的地方，据说是乌索加王国。”博士说，“有些地理学家认为在非洲中心有一个很大的洼地，洼地上有一个大湖。我们来看看他们说的对不对。”

“可是他们根据什么作这样的假设呢？”凯乃第问。

“根据阿拉伯人的传说。阿拉伯人非常会编故事，甚至还会无中生有。还有些去过卡结赫或大湖区的旅行家，曾遇到从中非洲来的奴隶，他们向奴隶们打听关于中非洲的情况，搜集了不少资料，得出了种种假设。但是不管怎么说，这里面总有些真实的东西。而且，我们知道，关于尼罗河河源的假设是正确的。”费尔久逊补充道。

“是的，再正确不过了。”猎人答道。

“学者们根据这些资料已经绘出了地图，这种地图的精确性当然是非常不够的，”博士说，“我这儿有一张，必要时，我预备在路上修正它。”

“这地区有人住吗？”乔问道。

“当然有人住，而且住的都是些不招人喜欢的人。”博士回答。

“我早就这样想了！”

“这些部落，人们用‘尼雅姆-尼雅姆’这个名称来称呼他们，”博士答道，“这名称不外乎是个形容嚼东西的象声词。”

“好极了！”乔赞扬道，“‘尼雅姆-尼雅姆。’”

“可是，亲爱的乔，假使这个形声字和你本人有直接利害关系，那么我想，你就不会说是好极了。”

“先生，您这话是什么意思？”乔喊道。

“就是说，人们把这些土人都看成是吃人的人。”

“这话可靠吗？”

“十分可靠。以前人们还以为他们像四条腿的动物一样，还长着一条尾巴，后来才发现那尾巴是他们身上披的兽皮上的。”

“可惜他们没有尾巴，要不，用尾巴来赶蚊子多方便。”乔说。

“也许挺方便，不过这应该是无稽之谈，就像旅行家布略恩-罗列说他看见有些部落的人长着狗头一样。”

“狗头！唔，那么叫起来和吃起人来太方便了！”

“不幸，这是千真万确的，”博士继续说，“这些部落的人非常残忍，而且很爱吃人肉，他们心里惦记着的就是人肉。”

“这，我希望他们对我别发生兴趣！”乔叫道。

“瞧，你想到哪儿去了！”猎人说。

“对，对，狄克先生。假使将来有一天东西吃光了，我一定得让人吃掉的话，我宁愿您和博士吃掉我。可是，喂野人，呸！我一辈子也不干！我羞也要羞死了！”

“好吧，亲爱的乔，”凯乃第答道，“一言为定，到时候，我们就指望你啦。”

“二位先生，我愿为你们效劳。”

“乔跟我们这样讲，”博士插嘴道，“是为了叫我们多给他点儿好东西吃，养肥他。”

“这也很可能。”乔同意道，“因为人是非常自私自利的动物呀。”

午后，地上升起的热雾笼罩了整个天空，从上面几乎一点儿看不出地上的东西。博士生怕撞在山峰上，到了五点钟的时候，决定停下来。一夜平安无事地过去了，但是，在这一片漆黑里，自然少不了要加倍警惕。

第二天早上，刮起了很大的季风。风直往气球下面的凹部灌，而且猛烈地摇撼着往气球里插氢气管子的附属零件。他们不得不用绳子把管子拴紧了，乔非常敏捷地完成了这件任务。他拴的时候，看出气球还是和原来一样不漏气。

“这对我们顶重要。”费尔久逊说，“首先，我们要避免损失宝贵的氢气。其次，我们不要在我们周围留下容易着火的东西。否则，一引起火灾，我们就完了！”

“是啊，要是旅行碰上这种事，那才倒霉呢！”乔说。

“在那种情形下，我们能立刻着陆吗？”狄克问道。

“立刻？办不到！氢气将慢慢地燃烧，我们就慢慢地降落。法国女飞行家布兰莎尔夫人就遇见过这种事。她在放焰火的时候，不留神烧着了气球。可是，这位不幸的布兰莎尔夫人，要是吊篮不撞在烟囱上而是被甩在地上的话，她也不会掉下来摔死的。”

“但愿我们不要碰到这种事。”猎人说，“到现在为止，我还没觉得我们有什么危险，我也没预见到有什么障碍会妨碍我们到达目的地。”

“我也同意你的意见，亲爱的狄克。”费尔久逊说，“再说，发生这类不幸的事，都是由于自己粗心，或者气球装备得不好。一般说来，这种事情，在几千次飞行中，也数不出二十次。对于飞行家说来，着陆和起飞最危险。因此在这方面，我们也要特别小心。”

“现在我们该吃早饭了，”乔说，“在狄克先生还没有想出请我们吃野味的办法以前，我们只好吃罐头肉喝咖啡了。”

第二十章

从天上掉下来的瓶子——棕榈无花果树——巨杉——“战争树”——有翅膀的车子——两个部落的战争——屠杀——神的干涉

风变大了，变成一阵一阵的了。维多利亚号时时改变飞行方向：它一会儿被风往北推，一会儿又被风往南抛，怎么也遇不到稳定的气流。

“我们好像飞得很快，可是实际上并没有前进。”凯乃第看到罗盘上摇摆不定的磁针，说。

“维多利亚号现在飞行的速度每小时至少是三十英里，”费尔久逊答道，“你们弯腰看看，就可以看见下面的景物消失得多么快。快瞧！这片树林好像冲到我们面前来啦！”

“树林现在已经换成草地了。”猎人指出。

“现在，不是草地，是村庄了。”过了几分钟，乔说，“瞧，这些黑人的面孔显得多么慌张呀！”

“这是很容易理解的。”博士回答，“从前，法国农民头一次看见气球的时候，他们就曾向气球放枪，以为它是个怪物。想想看，连法国农民都会如此，还向苏丹的黑人苛求什么呢？他们见到我们的维多利亚号会瞪眼睛，这是完全情有可原的。”

“要是您许可的话，我真想扔个空瓶子下去！”维多利亚号在一百尺左右的高度飞过一个村庄的时候，乔说，“只要这只瓶子完完整整地落到黑人跟前，他们一定会向它叩头。要是摔碎了，他们也会拾一块当作驱邪的护符。”

说着说着，乔就往下扔了一只瓶子。瓶子立刻摔得粉碎，土人们吓得尖叫起来，连忙逃回他们的房子里去了。

“瞧，一棵奇怪的树！”过了一会儿，凯乃第喊道，“它上半截是一种树，下半截又是另一种树。”

“好一个怪地方！这里的树是这一棵长在另一棵上面的！”乔嚷道。

“这是一棵无花果树的树干，在这树干上积了一些肥土。有一天，风吹来一粒棕榈树的种子，这粒种子就会像在地上一样生

这里的树是这一棵长在另一棵上面的。

根发芽。”

“这倒是个好法子！”乔叫道，“我一定把这法子介绍到我们英国去。对于伦敦的公园来说，这法子倒很有用。不待说，用这法子还可以增加果园里的水果产量！我们那儿就会有高空花园了：这玩意儿一定挺对土地少的小农户的胃口。”

这时候维多利亚号升高了，因为要飞过一片三百多尺高的上百年的榕树树林。

“多美的树呀！”凯乃第欢呼道，“我想不出还有什么比这些雄伟的树林更美的了。萨梅尔，你瞧！”

“是的，亲爱的狄克，这些榕树真的高得不得了。”费尔久逊回答，“不过，我告诉你，这么高的树要是生长在美洲的森林里，就不足为奇了。”

“怎么？世界上有比这还高的树吗？”

“是的，当然有，就是人家常说的‘猛犸树’。比方说，在加利福尼亚，就有一棵西洋杉四百五十尺高，这比国会大厦上面的塔和埃及金字塔还要高。树干下部周长有一百二十尺，根据它的年轮来判断，它有四千多岁。”

“先生，那么，这就一点儿也不足为奇了：活了四千多年，当然会长得很高！”当博士和乔在那里一说一答的时候，森林已经过去了，接着出现了一簇茅舍，茅舍排列成圆形，当中有一个广场，在广场中心孤零零地长着一棵树。乔一看见这棵树就立刻喊道：

“啊呀，要是这棵树四千年来都开这种花，那我可不敢恭维！”

他指指一棵又高又大的枫树，树干的四周围堆满了人骨头。乔所说的那些花正是刚割下不久用匕首挂在树干上的人头。

“那些吃人肉的人管这种树叫‘战争树’。”费尔久逊解释道，“印第安人只剥牺牲者的头皮；而非洲人是把牺牲者的头颅整个割下来。”

“这是个方式问题。”乔说。

那挂着鲜血淋淋的头颅的村庄已经渐渐从视野里消失了，现在展开在眼前的是同等令人犯恶心的景象：腐烂的死尸、陷在灰土里的骷髅、零零落落的肢体，都成了鬣狗和豺狼的饲料。

“这大概是罪犯的尸体，”博士说，“据我所知在阿比西尼亚，人们是把罪犯扔在荒野里喂野兽的。”

“这不比绞刑残忍多少。”苏格兰人回答，“只是脏一些罢了。”

“在非洲南部，”博士继续说，“人们把罪犯连他的牲口，甚至连他的一家都关在他自己的草房里，然后放上一把火烧得精光，这才叫残忍呢。我同意凯乃第的说法，绞刑没有这残忍，不过同样是野蛮的。”

这时，乔用他锐敏的目力看到空中有成群的猛禽在翱翔，他便指给他的旅伴们看。

“这是老鹰！”凯乃第一面用望远镜瞧，一面喊道，“真是奇异的鸟啊！它们飞得和我们一样快。”

“但愿它们不要侵袭我们，”费尔久逊说，“对于我们来说，这些老鹰比野兽和野人还要可怕！”

战争树

“算得了什么！我们放几枪就把它们赶跑了！”猎人回答道。

“亲爱的狄克，我认为，还是不要施展你的本事吧，”费尔久逊说，“因为气球的波纹绸，只要叫它们啄一下，就不得了啦。——不过还好，我们的气球不会把这些可怕的鸟引过来，相反，会把它们吓跑。”

“嗨，我有了一个好主意！”乔叫道，“要是我们能想法把这些老鹰系在我们的吊篮上，它们就可以拖着我们在空中飞了。”

“的确有人提出过这个办法，”博士说，“不过，恐怕这方法对于这种生性倔强的鸟是不适用的。”

“我们可以把它们训练一下，”乔继续发挥他的高见，“我们不给它们戴口嚼，而给它们戴上眼罩——这种眼罩可以一会儿把它们的左眼盖起来，一会儿把它们的右眼盖起来，叫它们向左转或向右转。把它们的两只眼睛都遮上的时候，就是叫它停下。”

“亲爱的乔，我宁可利用顺风，也不愿驾驭你的老鹰，因为顺风既可靠，又不用喂食。”博士回答。

“先生，就算您说的对吧，但是，我还是不能放弃我这个念头。”

那时正是中午。几个钟头以来，维多利亚号飞得慢一些了，大地已不是在气球下面跑，而只是走了。

突然传来了呼啸的声音。三位旅行家弯下腰一看，是一幅使人触目惊心的情景：两个部落正在你死我活地打着，箭像雨点一般。由于战士们正在互相残杀，他们没有注意到维多利亚号的出现。大约有三百人卷进了这场殊死搏斗，其中大多数人已经是血淋淋的了。整个场面惨不忍睹。

后来，维多利亚号被他们看到了。战争停止了一会儿，但是号叫声却变得更吓人，而且有箭向吊篮射来了。有一支飞得非常近，乔一把就抓住了。

“我们升高一点儿，升到箭射不到的地方去吧。”费尔久逊喊道，“我们要尽可能小心一点儿！我们不能冒险。”

屠杀又开始了，斧头、长矛又一齐出动了。敌人一倒下，对方就马上把他的脑袋砍下来。这场战争还有不少女人参加，她们专管把砍下来的血淋淋的人头收拢起来，堆在战场的一头。为了争夺这些可怖的战利品，她们也常常扭打起来。

“真是一个可怕的场面！”凯乃第嫌恶地喊道。

“真是些可恶的东西，”乔说，“不过，话又说回来了，要是给他们穿上军装，他们一定会和任何国家的大兵一样神气。”

“我简直忍不住要干涉这场战争！”猎人挥舞着他的马枪，脱口说。

“绝对不行！”费尔久逊叫道，“我们何必多管闲事呢？你想去扮演上帝的角色，可是你知道他们谁对谁不对？快离开这讨厌的地方吧！……要是那些长官能像这样从上头看看他们建立功勋的场面，他们一定也会对流血和战利品失掉兴趣的。”

一个酋长以他魁梧的身躯和惊人的体力而显得特别出众。他一只手举着长矛频频向敌人堆里刺去；一只手握着一把板斧，残酷无情地挥舞着。蓦地，这个勇士把他血淋淋的长矛抛得远远的，直奔到一个受伤者的跟前，一斧头砍下他的胳膊，抓住它就津津有味地啃了起来。

“哎呀！一只万恶的野兽！”凯乃第叫道，“不，我可忍耐不下去了！”

凯乃第的枪声一响，酋长的脑袋就被打了个窟窿，仰面朝天地倒下去了。

立刻，他的战士们都怔住了。酋长的意外死亡把他们吓得魂飞魄散，同时却鼓舞了他们的敌人。一眨眼的工夫，就有一半士兵从战场上逃走了。

“我们找一个高一点儿的气流，快点离开这里吧。”博士说，“老实说，这个场面真叫我恶心。”

但是费尔久逊没能及时地飞走。旅行家们看见了胜利者怎样扑到战败者身上去；他们怎样彼此抢夺还没凉透的人肉，贪馋地大嚼。

“呸！这太叫人恶心了！”乔叫道。

现在，维多利亚号的体积已经变大，开始上升了。这群人疯狂的叫声继续了一会儿才渐渐从三位旅行家的耳朵里消失。气球向南飞去，离开了这残杀和人吃人的场面。

这时，地面显得坎坷不平了，无数溪流向东流去。它们无疑是流入纪廉·列让曾经生动描述过的努湖和羚羊河的支流。

维多利亚号这一天飞了一百五十英里。黑夜来临了，它在东经二十七度、北纬四度二十分的地方抛下了锚。

第二十一章

奇怪的喊声——夜袭——凯乃第和乔在树上——两声枪响——“救命！救命！”——用法国话回答——清晨——传教士——救人

夜非常黑暗。博士不能确定他们是在什么地方。锚钩住了一棵很高的树，这棵树的轮廓在黑暗中几乎看不出来。和平时一样，博士从晚上九点钟起值第一班；到了午夜，凯乃第来和他换班。

“狄克，可要当心，要好好地守望。”博士吩咐他道。

“难道有什么新鲜事儿吗？”

“好像没有。不过，我觉得下面似乎有什么喊叫声。我不知道风把我们刮到哪儿了，多加小心总不会有什么害处。”

“萨梅尔，你大概是听见什么野兽的叫声。”

“不是的，不像是野兽的叫声……唉，总而言之，只要有一点儿动静，你就赶紧叫醒我。”

“你一点儿也不用担心。”

博士又仔细倾听了一番，没听到什么，于是他便倒在床上，很快睡着了。天空密布着乌云，但是没有一丝微风。维多利亚号只靠一只锚停泊着，一动也不动。

凯乃第倚在吊篮边上注视着还没有熄灭的燃烧嘴，同时打量着这片宁静的黑暗。他像那些神经过敏的人一样，觉得下面有时似乎闪过一道微弱的光。他甚至以为他清清楚楚地看见有一道光就在离他二百步远的地方，但是只那么一闪，就消失了。大概，这是眼睛在黑暗中产生的一种错觉。凯乃第定了定神，又狐疑不定地注视黑暗，这时突然传来一阵刺耳的声音。

这是什么？是野兽的吼声，夜鸟的啼声，还是人的喊声？

凯乃第意识到处境的紧急，打算叫醒他的两个朋友，但是他又想到，不管这是什么——是人，还是兽——反正不会离得很近。狄克检查了一下他的枪，又开始向黑暗里仔细瞧。

过了一会儿，他觉得，有一些黑乎乎的影子在偷偷地向他们那棵树走来。这时，从乌云后面溜出了一道月光，凯乃第清清楚楚地看到有一群什么东西，在黑暗里移动着。

他想起了狒狒的事情，便不再迟疑，立刻推了推博士的肩膀。博士马上醒了。

"咱们小声点儿说话。"凯乃第低低地说。

"出了什么事吗？"

"对了，得叫醒乔。"

等乔跳起身来，猎人便把他看到的讲给他们听。

"难道这些该死的猴子又来了吗？"乔轻轻地说道。

"可能是的。但不管怎样，我们应该做好一切准备。"费尔久逊说。

"我和乔两个人顺绳梯爬到树上去。"凯乃第说。

"我趁这时候，准备好一切，我们说升就升上去。"博士补充道。

"那么，就这样办。"

"好，咱们这就下去吧。"乔说。

“你们要注意，不到万不得已的时候，不要开枪。”博士说，“在这个地方，叫别人发现我们，是没有什么好处的。”

狄克和乔点头示意。他们无声无息地溜到树上，坐在钩着锚的那个粗壮的树丫上。他们躲在树叶子里一动也不动，默默地倾听着。突然，他们听到一阵由于摩擦树皮发出的沙沙声。乔一把拉住了凯乃第的手。

“听见了吗？”他悄悄地问。

“听见了，有一个什么东西过来了。”

“也许是蛇。您不是刚才听见什么尖啸声？”

“不是的，那有点像人的声音。”

“顶好是野人，”乔心里想，“我顶讨厌爬行动物了。”

“声音越来越大了。”过了几分钟，凯乃第又低声说。

“对，有人在向上爬。”

“你看着这边，我看着那边。”

“好吧。”

他们两人待在一根从这棵叫作锦葵树的茂密枝叶里挺伸出来的粗树枝上。枝叶里一片漆黑。忽然，乔凑到凯乃第的耳边，指着树下面，说：

“黑人。”

他们甚至听见了底下的人低低讲话的声音。

乔端起了枪。

“等一等。”狄克拦住了他。

野人们真的在往上爬。他们从四面八方涌来，像蛇似的沿着树枝爬着，他们爬得很慢，但是很有把握。他们的身上抹着一种很臭的油，从那种气味就可以知道他们来了。过了一会儿，凯乃第和乔看到在和他们占据的树枝一般高的地方，露出了两个人的脑袋。

“开枪！”苏格兰人说。

砰砰两声枪响，像雷鸣一样传了出去，在痛苦的呻吟中消失了。一转眼工夫，那群野人都逃得无影无踪了。

但是在这哀叫声中，突然发出了一个人的喊声——奇异的、突如其来的、不可思议的喊声！那个人清清楚楚地用法国话在喊：

“救命呀！救命呀！”

凯乃第和乔惊讶得不得了，赶紧爬回吊篮里去。

“你们听见了吗？”费尔久逊问道。

“当然听到了！那奇怪的声音喊的是：‘救命呀！救命呀！’”

“一个法国人落到了这群野蛮人的手里！”

“大概是个旅行家！”

“或者是个传教士！”

“真可怜！”猎人叫道，“他们在虐待他，也许要杀他。”

费尔久逊掩饰不住他激动的心情。

“准是这么一回事，”他说，“一个不幸的法国人落到这些野人手里了。当然，在我们没有救出他以前，我们是不能离开这里的。他听到了我们的枪声，一定会明白，是有意外的救星来了，他一定认为这是神来干涉这件事了。真的，朋友们，我们不叫他失掉这最后的一线希望。你们以为怎样？”

两声枪响过后，野人们都跑了。

“我们完全同意你的意见，萨梅尔！我们等待你的吩咐！”

“现在，我们商量一下我们应该怎么办。天一亮，我们便想法去救他。”费尔久逊说。

“可是我们怎么对付这些下流的野人呢？”凯乃第问道。

“我看到这些野人逃走的样子，就知道他们没见过火器，”博士继续说，“这就是说我们还可以利用他们的恐惧心理。不过，我们等天亮了，观察一下地势，再研究救人的办法吧。”

“这个不幸的人一定就在附近，”乔说，“因为……”

“救命呀！救命呀！”又传来了那个声音，但是已经微弱一些了。

“野蛮人！”乔急得浑身发抖，说，“他们今天夜里是不是要杀他？”

“听见了吗？萨梅尔，”凯乃第抓住他朋友的手，说，“他们夜里是不是要把他弄死呢？”

“这不大可能，朋友们。野蛮部落通常是在白天杀他们的俘虏，因为他们需要太阳。”博士说明道。

“我们是不是可以利用黑夜偷偷地摸到这个不幸者那儿去？”苏格兰人说。

“狄克先生，我也跟您去。”乔提议道。

“且慢，且慢，朋友们！你们的好意和你们的勇气固然值得赞美，不过你们会叫我们大家都有危险；而且这样，对我们要救的人会更加不利。”

“为什么呢？”凯乃第反驳道，“这些野人不是已经被吓跑了？他们不会再来了。”

“狄克，求求你，听我的话吧！相信我，我是为了大家好。假使一不小心你落到了他们的手里，那就什么都完了。”

“可是这个可怜人呢？他在等待着，盼望着呀！如果没有人去理他，也没有人去救他，他还以为他听到的枪声只是个错觉呢。”

“我们可以安慰他一下。”费尔久逊博士说。

博士用手合成一个传话筒，放到嘴边，用法语高声喊道：

“不管您是谁，不要绝望！有三个朋友在关心着您哪。”

一片可怕的叫嚣声答复了费尔久逊的喊话，毫无疑问，这叫声盖过了俘虏的回答。

“他们在杀他啦！就要弄死他啦！”凯乃第叫道，“我们的干涉只不过把他的死期提前了。应该马上采取行动！”

“可是怎么个行动法呢？狄克！你想想，这么黑，我们能有什么办法呢？”

“唉，现在要是白天就好了！”狄克慨叹道。

“好的，那么假使现在是白天的话，你怎么办？”博士用一种特别的声调问道。

“萨梅尔，再简单不过，”猎人答道，“我下去开枪赶走这群恶棍。”

“乔，你怎么办呢？”费尔久逊又问乔道。

“先生，要是我，就要做得细心一些。我就要先通知俘虏，告诉他应该往哪个方向跑。”

“可是你怎么通知他呢？”

“我在箭上绑一个字条——这根箭是野人射来被我抓住的，

或者把这话喊给他听——好在野人不懂我们的话。”

“我的朋友们，你们的计划都是没法实现的。这个受难的人即使能逃脱刽子手的手掌，但是，光靠逃跑也很难保住自己的性命。至于你的计划，亲爱的狄克，凭着你的勇敢，我们开枪示威，也许可以把他们赶跑。但是，万一失败了，你就有送命的危险。那时，我们将不是要救一个人，而是要救两个人了。不成！得用别的方法，要让一切成功的机会都属于我们。”

“不过要赶快采取行动。”猎人坚持说。

“也许，我们就这么办。”费尔久逊好像要强调这几个字，加重语气说道。

“先生，您有本事驱散这黑暗吗？”

“谁知道呢，乔……”

“哎呀，先生！假使您做得到这件事，我马上宣布：您是世界上第一流的学者！”

博士沉默了几分钟。大概他在考虑一个计划。狄克和乔二人都激动地望着他。他们被这特殊的局面弄得心慌意乱。过了一会儿，费尔久逊说：

“我的计划是这样的：我们的两百磅压舱物还没有用过。我想，这个俘虏被折磨得精疲力竭了，他的重量绝不会超过我们任何一个人。如果万一需要上升得更快一点儿，我们还可以扔掉剩下的六十磅压舱物。”

“你打算怎么办？”凯乃第问道。

“狄克，你也明白，假使我能够把那个俘虏救上来，我就扔掉和他体重相等的压舱物，这样，就一点儿也没变动气球的平衡。可是，假使需要尽速上升离开这群黑人，我就得用比我的燃烧嘴更有效的方法了。因此，在紧要时刻，就得把剩下的压舱物扔下去。”

“大致不差。”狄克同意道。

“不过，这样也有不好的一面。”费尔久逊继续说，“以后再想降落时，我就只好放掉和压舱物相等的氢气了。当然，氢气是很宝贵的东西。不过，在救一个人的时候，就顾不得这许多了！”

“萨梅尔，你说的一点儿也不错。为了救人，我们应当不惜任何牺牲。”

“现在我们就动手吧。”费尔久逊说，“首先，你们把压舱物挪到吊篮的边上去，以便随时一下子就把它扔下去。”

“这么黑，怎么办呢？”

“现在黑暗正好掩护我们做准备工作，等我们准备好了，黑暗就消散了。预备好枪。也许需要放枪。我们用马枪放一枪，用两支猎枪放四枪，用两支手枪放十二枪一共十七枪。这十七枪在十五秒钟内可以放完。不过，或许我们用不着放枪。你们准备好了吗？”

“准备好了。”乔答道。

压舱物搬到了吊篮的边上，枪也装好了弹药。

“很好，”博士赞许道，“你们要当心点儿。等一会儿，乔，你扔压舱物；狄克，你救人。不过，没有我的命令，不要行动。乔，你先去解锚，马上回吊篮来。”

乔沿着锚索滑了下去，过了几分钟，他就回来了。维多利亚号得到自由以后，几乎一动也不动地悬在空中。

这时，博士相信混合箱里有足够的气体来供应燃烧嘴的需要，暂时还用不着求助于本生电池。之后，他拿了两根用来分解水的绝缘导线，他又在他的旅行皮包里掏了一会儿，掏出两块削得尖尖的炭条，接在每一根线的顶头。

他的两个朋友莫名其妙地看着他，一声也不响。费尔久逊做完了他的工作，便站在吊篮中间，两只手各拿着一根炭条，把它们的顶端往一起凑。

突然，在两根炭条的尖端之间一闪，发出了明亮的、耀眼的光芒。顿时这一团电光划破了夜的黑暗。

“哎呀，先生！”

“别说话！”博士低声说。

第二十二章

一团电光——传教士——电光下救人——拉撒路派的牧师——希望不大——博士的关怀——一生舍己为人——火山上空飞行

费尔久逊用那道明亮的电光向四面照射，最后，把电光停在那发出可怕的叫声的地方。狄克和乔对着那里凝视着。

一片草地当中有一棵高大的锦葵树，维多利亚号就几乎一动也不动地停在这树的上空。在芝麻田和甘蔗田当中，散布着五十来所圆锥形屋顶的矮屋，周围群集着无数土人。差不多就在维多

一团电光划破了夜的黑暗。

利亚号下面大约一百尺远的地方，竖着一根木柱。木柱脚下躺着一个三十岁光景的青年，他的头发又长又黑，半裸着身子，骨瘦如柴，遍体血迹和伤痕，把头低在胸前，好像钉在十字架上的耶稣。但他头顶上的头发较短，一看就知道他曾受过剃发礼。

“这是个传教士！”乔喊道，“牧师！”

“可怜的人！不幸的人！”狄克叫道。

“我们要把他救出来，”博士肯定地说，“一定要救出来。”

当黑人们看到这带着闪、尾巴像扫帚星似的气球，全吓得魂飞天外。那俘虏听见他们号叫，便抬起头来。他的眼睛里闪起了希望的光，他也不管是怎么一回事，向他意想不到的救星伸出了两手。

“他活着哪！他活着哪！”费尔久逊高兴地喊道，“谢天谢地！野人们可吓得没魂儿了。我们去救他吧！朋友们，准备好了吗？”

“准备好了，萨梅尔。”

“喂，乔，熄掉燃烧嘴。”

博士的命令立刻得到执行了。小得几乎觉察不出来的微风把维多利亚号轻轻送到被俘的人那里去，同时，气球随着气体的收缩慢慢地下降。维多利亚号在光的波浪里又漂浮了十分钟。费尔久逊继续用那道炫目的光向人群照射，把那些黑人吓得纷纷逃回自己的矮屋里。黑人跑光了。博士把希望寄托在黑夜发射阳光的维多利亚号的神异上，这件事算是做对了。

吊篮接近地面了。有几个胆大的黑人，看到他们的虏获物要从他们手里脱逃，立刻又叫着走回来。凯乃第抓起他的马枪，但是博士不许他开枪。传教士甚至没有被绑在柱子上——反正他已经奄奄一息了，绑也是多余的。他跪在那里，连站起来的力气都没有了。当吊篮触到地面的时候，猎人放下马枪，一把抓住传教士，把他拖上吊篮。就在这时候，乔把两百磅的压舱物扔出去了。

博士原以为维多利亚号会非常快地升上去，但是，跟他预料的正相反，它上升了三四尺，就停住不动了。

“谁在拉着我们！”博士惊慌地叫道。

有几个野人疯狂地叫着奔过来。

“嘿！”乔在吊篮边上弯下腰一看，叫道，“有一个黑人抓住我们的吊篮了。”

“狄克！狄克！”博士喊道，“水箱！”

狄克立刻明白了他朋友的意思，他搬起一个一百多磅重的水箱，一下子就推到吊篮外面。

维多利亚号减轻了重量，立刻向上腾高了三百来尺，黑人们看到俘虏在耀眼的光芒中逃脱了，发出了一片狂暴的咆哮。

“好哇！”凯乃第和乔快活地喊道。

维多利亚号又往上一腾，一下子上升了一千多尺。

“出了什么事？”凯乃第问道。由于气球的冲力，他险些跌倒。

“不要紧，”费尔久逊答道，“只不过是那个坏蛋离开我们罢了。”

乔在吊篮边弯下腰来，还看见那个野人摊开两手在空中翻着

猎人一把将传教士拖上吊篮。

跟头，最后栽到地上去了。

博士把两根导线一分开，周围立时又一片漆黑了。那时正是半夜一点钟。神志昏迷的法国人现在睁开了眼睛。

“您得救了。”费尔久逊对他说。

“得救了，我不至于死于非命了。”法国人苦笑着，用英语答道，“老兄们，谢谢你们！不过，我活一天算一天，甚至活一小时算一小时了。我活不了多久了。”

传教士说完这话，已衰弱不堪，又昏迷过去了。

“他死了！”狄克喊道。

“不会的，不会的。”费尔久逊欠身看着法国人说，“不过他虚弱得很。让他躺到帐篷底下去吧。”

他们小心翼翼地把这个遍体刀伤与火伤、枯瘦的可怜人抬到帐篷里。博士先替他洗净了伤口，之后，把手绢撕成碎片敷在伤口上。这种护理工作他做得非常熟练，和一个真正的医生一样。之后，他又从他的药箱里拿出一瓶兴奋剂，往传教士的嘴里滴了几滴。传教士有气无力地咕哝着：“谢谢，谢谢。”

博士知道病人需要安静，便把帐篷四周的帘幕放了下来，自己就去照料气球了。维多利亚号由于添了一个乘客而丢掉了一百八十磅的压舱物，因此，它不借助于燃烧嘴也能浮在半空中。黎明时分，微风轻轻地把维多利亚号送往西北方。费尔久逊走到昏睡着的传教士跟前打量了他一会儿。

“这是老天给我们送来的旅伴，假使我们能够救活他，该多好！”猎人说道，“有点儿希望没有？”

“有希望，狄克，现在我们把他照顾得很好，而且是在空气这么好的地方调养。”

“这个人受了多少罪啊！”激愤的乔说道，“他的勇气真比我们大，竟然一个人跑到这些部落里来！”

“当然。”猎人答道。

博士一整天都没叫醒传教士。实际上，传教士并不是真在睡觉，而是处在断断续续的呻吟和昏迷状态中。这终究叫费尔久逊担忧。

傍晚，维多利亚号停住了，在黑暗里待了一夜。乔和凯乃第二人轮流照顾病人。费尔久逊独自负责大家的安全。

第二天早晨，维多利亚号向略微偏西的方向飞去。看起来，这一天有希望是个好天。病人能够用大一些的声音和他的新朋友们说话了。帐篷的帘幕卷起来了。他愉快地呼吸着清晨新鲜的空气。

“您觉得怎么样？”费尔久逊问道。

“好像好点儿啦。”病人回答，“朋友们，到现在为止，我还以为我是在梦中看见你们。老实说，我很难理解，究竟发生了什么事。你们是谁？我永远不会忘记你们，我要永远为你们祈祷。”

“我们是英国的旅行家，”费尔久逊说，“我们要乘气球飞越非洲，在半路上，很幸运地救了您。”

“科学有科学的英雄啊！”传教士说道。

“宗教有宗教的殉难者。”苏格兰人答道。

“您是传教士吗？”博士问道。

“我是圣拉撒路教会的一个传教士。上帝派你们来救我。但是我的生命已经告终了。你们是从欧洲来的。请你们给我讲讲欧洲、讲讲法国吧！我已经整整五年得不到消息了！”

“五年！一个人在这些野人中间待了五年！”凯乃第感叹道。

“那是些需要赎罪的灵魂，”年轻的传教士答道，“那是些愚昧无知的弟兄们，只有教会才能够开导他们。”

费尔久逊给传教士讲了半天关于法国的事情。传教士贪婪地听着，眼泪簌簌地顺着两颊往下流。他用滚烫的手一会儿拉拉凯乃第的手，一会儿又拉拉乔的手。博士给病人倒了几杯茶，病人很愉快地喝了下去。这个可怜的人能够抬起身子了，他看到自己在晴朗的天空飞行，微笑了。

“你们是勇敢的旅行家，”他开始说道，“你们英勇豪迈的事业一定会成功的；你们一定能够和你们的亲人、你们的朋友、你们的故乡见面，你们……”

这时，不幸的传教士支持不住了，不得不立刻让他再躺下去。他虚脱了几个钟头，好像死了一样。费尔久逊守在他身旁，很是不安。他感觉到，这人就要死了。博士心想：“我们好容易从刽子手那里救出了他，难道这么快就要失掉他吗？”博士把病人惨不忍睹的伤口又重新包扎了一下，而且不得不牺牲大量的存水，用来使病人烧得滚烫的身体凉爽一些。总之，他对他照顾得无微不至。法国人又慢慢清醒过来，恢复了知觉，可惜并没能挽回他的生命。

临死的人用断断续续的语句给博士讲了他自己的经历。他刚一开始讲，费尔久逊就请他讲法国话，费尔久逊说：

“我懂法国话，您讲法国话，可以省力一些。”

传教士是布列塔尼半岛莫尔比昂省中部阿拉顿村人。他很早就热衷于传教士的职业。他除了过这舍己为人的生活，还要出去冒险。他加入了文生·德·保禄创办的拉撒路教派的传教士的组织。

他在二十岁的时候，离开祖国，到了非洲这不好客的地方。从此，他克服了重重困难，受尽了千辛万苦，一路祷告，徒步走到了聚居在尼罗河上游的部落那里。过了两年，土人们还是不肯听他布道，对他的热情还是表示冷淡，而且歪曲地解释他的博爱。后来，他被一个最残暴的部落娘巴拉人俘虏了去，受到种种虐待。可是，他还是继续教导、布道、祷告。俘虏他的那个部落时常和邻近的部落激战。有一天，在某一次大战以后，野人们以为他死了，把他扔在战场上就各自逃窜了。但是他还是不认为他自己应该回祖国。他忠于传教事业，继续在非洲流浪。对于他来说，最安宁的时期，倒是他被认为是疯子的那个时期。他每到一个地方，就学习当地的方言，顽强地继续他的事业。他以上帝赐予他的超人的精力，在这些地方又流浪了漫长的两年。最近一年以来，他是在一个叫作“巴拉夫利”的最野蛮的部落（尼雅姆-尼雅姆族之一）里度过的。几天以前，那个部落的酋长死去了，不知为什么土人却把酋长的暴死归罪于这个倒霉的传教士。于是他们决定拿他来作祭品。他差不多已经受了两天两夜的酷刑了。正如博士所料，传教士在第二天午日当空时就要被处死。他一听到枪响，自然而然地大叫起来：“救命呀！救命呀！”当安慰的话从天上传到他的耳边时，他还以为是做梦呢。

“我牺牲我的生命，并不后悔。”他补充道，“我的生命是属于上帝的！”

“不要绝望，”博士对他说，“有我们在您的身边，我们一定要把您从死亡中救出来，就像我们把您从苦难中救出来一样。”

“我不向上帝提出更多的要求。”传教士简洁地答道，“愿上帝让我在临死以前握握朋友们的手，听到祖国的语言，我就很满足了。”

传教士又变得衰弱了。这一天是在希望与恐惧之间度过的。凯乃第非常懊丧，而乔也偷偷地抹眼泪。

维多利亚号微微地移动着，仿佛风要让濒死的人得到安宁。

傍晚，乔看到西边有一片火光。如果是在纬度较高的地区，人们也许会以为这是北极光。天空像火烧一般。博士仔细地观察着这种现象。

“这不会是别的，是座活火山。”他说。

“现在风正好把我们往那儿送。”凯乃第惊惶地说。

“那也好！”博士回答，“反正我们没有危险，我们飞高一些越过它就是了。”

过了三个钟头，维多利亚号已经飞到火山的上面了。它的位置是在东经二十四度十五分、北纬四度四十二分。在它的下面，一个火光熊熊的火山口流出熔岩的洪流，同时高高地喷出岩石块。这无数道的火流落下来就像是万条瀑布，叫人看得眼花。这个景致实在壮丽，不过很是危险，因为风还继续不变地将维多利亚号向着那片火海驱送。

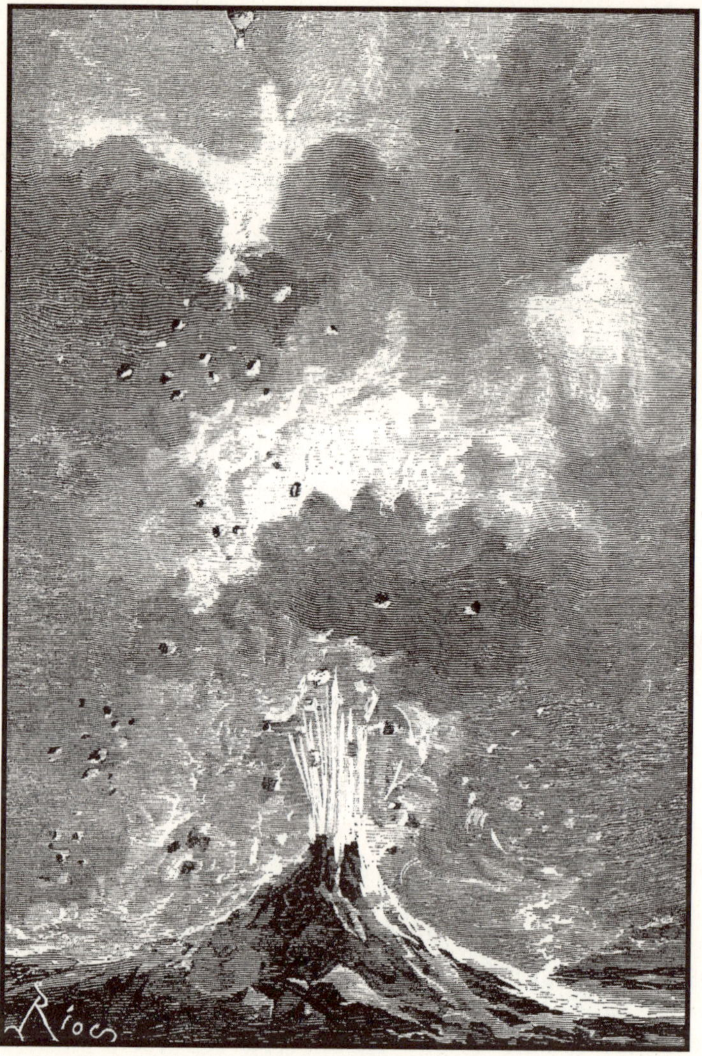

火山口高高地喷出岩石块。

既然没法绕过这个障碍，就只好从它上面飞过去。燃烧嘴的火头烧到最大限度。维多利亚号升到了六千尺的高度，在离火山三百托瓦兹的上空飞过。濒死的传教士躺在那儿，正好看到这正在喷发着火焰的火山口。

“多好看呀！”他说，“上帝的力量是无边的，在最可怕的自然现象中，我们都能感觉到它的存在。”

熔岩的洪流像火的地毯把山坡覆盖起来。维多利亚号的下部被照得烁亮。吊篮里热得叫人吃不消了，费尔久逊博士赶紧离开了这个危险地带。晚上十点钟光景，火山在地平线上只剩下一个红点子了。维多利亚号降低了一些，继续静静地向前飞去。

第二十三章

乔的愤怒——一个诚实的人死了——守灵——不毛之地——葬礼——石英块——乔的幻想——宝贵的压舱物——测量金矿山——乔失望得很

爽朗的夜晚来临了。虚弱的传教士在静静地昏睡着。

“不，他不会再醒过来了，”乔说，“可怜的年轻小伙子！他最多三十岁！”

“他就要离开人世了，”博士绝望地说，“他的呼吸越来越弱，我已经没有办法救活他了。”

“哼，坏蛋！”乔憋着一肚子气喊道，“这位牧师还想出话来可怜他们，替他们辩护，原谅他们！”

“乔，你看，上帝给他多么美好的一夜，也许是他最后的一夜！他再也不会受罪了，死，对他来说，不过是安静的睡眠罢了。”

法国人若断若续地咕哝着。费尔久逊走到他的身边。病人的呼吸变得困难了，他要求透透气。帐篷的帘幕卷起来了。他轻松地吸了几口夜晚清凉的空气。繁星射出闪烁的光芒向他致敬，月亮给他穿上了白色的光的寿衣。

“朋友们，”他上气不接下气地说，“我要走了！愿上帝帮助你们完成你们的事业吧。愿上帝来替我报答你们对我的恩惠吧。”

“不要失望，”凯乃第回答他道，“这不过是暂时的虚弱。您不会死的！怎么会在这么美丽的夏夜里死呢！”

“死神已经来了，”传教士说道，“我心里明白！没什么！让我面对面地和它相见吧。死是永生的开始，是人世烦恼的结束。兄弟们，求你们扶我跪起来吧！”

凯乃第扶起了他。他软弱无力地跪了下来，那样子叫人看了真心酸。

“主啊，主啊！”垂死的传教士叫道，“可怜可怜我吧。”

他的脸上充满了喜悦，离开他从来没有享受过喜悦的尘世，在这向他投送恬静光辉的夜里，在他走向天国的途中，这一切对他来说，就仿佛是他的新生活已经开始了。

他做了个手势，为他那几个和他仅仅相处一日的好友祝福。接着，他就倒在凯乃第的怀里了。凯乃第的脸上簌簌地滚下了大颗的泪珠。

“他死了，”博士低头看着传教士说，“死了。”

于是三个朋友不约而同地都跪了下去，默默地祈祷。

“明天早上，”过了一会儿，费尔久逊说，“我们把他安葬在被他的鲜血灌溉过的非洲的土里。”

下半夜，博士、凯乃第和乔三人轮流守灵。他们没说一句话，一直保持着静默：他们都在流泪。

第二天早晨，刮起了南风，维多利亚号慢慢向一片辽阔的高地上空飞去。这里不是死火山，就是荒瘠的谷地，一滴水也没有。层层叠叠的岩石、滚来的石块和白色的石灰坑，这些都证明了这里是不毛之地。

大约中午时分，为了埋葬传教士，博士决定在原始岩地中的谷地降落。四周的高山倒是很好的屏障，同时，这里没有树木，也给气球提供了着陆的有利条件。可是现在，费尔久逊告诉他的朋友，为了降落，必须要放出一定数量的氢气：因为在救传教士的时候，不得已把全部压舱物都扔掉了。博士打开外面大气球的活门，放掉了一些氢气，于是维多利亚号就稳稳地落下来。

气球一触到地面，博士便立刻关闭了活门。乔一纵身跳了出去，他一只手拉着吊篮的边缘，另一只手开始向吊篮里扔石头，一直扔到它们的重量和他自己的体重相等为止。现在，他可以使用他的两只手了。等到乔往吊篮里放了五百多磅石头以后，博士和凯乃第也从吊篮里出来了。维多利亚号保持均衡不动了，它的升力不能使它从地面升起。

费尔久逊立刻注意到：用来维持平衡的石头并不需要很多，

因为乔搬来的那些石头都重得不得了。地上到处都是石英和云斑石。

“真是个奇怪的新发现！”费尔久逊心里想。

这时，凯乃第和乔二人正在离他不远的地方寻找墓地。在这四面高山的山谷里，热得令人难忍，就像在一个烧得滚烫的火盆里一样。正午的太阳几乎垂直地投射出灼热的光。

首先他们捡干净了那里乱堆着的石块，收拾出一块地方。之后，掘了一个很深的墓穴，深得不让野兽可以把尸体拖出来。

三位朋友毕恭毕敬地把法国人的遗体放到墓穴里。之后，用土把墓穴填起来，上面铺了几块大石块做成坟墓的样子。

博士呆呆地站在那里，沉思着。他的朋友叫他，他甚至也没听到，他也不跟他们一起去找个地方避避暑。

“萨梅尔，你在想什么？”凯乃第问道。

“我在想天地间各种各样的巧事和叫人奇怪的对比。你知道这个好心肠的舍己为人的人现在是葬在什么地方吗？”

“萨梅尔，你这话是什么意思？”苏格兰人问。

“你想得到吗？这位立志过苦日子的传教士现在却长眠在金矿里了。”

“在金矿里？！”凯乃第和乔异口同声地喊道。

“在金矿里。”博士平静地答道，“你们这样满不在乎地用脚踢来踢去的石头，里面都含着黄金！”

“不可能！不可能！”乔反复地说。

“在这片青色的岩石的裂缝里，你们可以很容易地发现大块的生金。”博士继续说。

三位朋友毕恭毕敬地把传教士的遗体放到墓穴里。

乔听到这话，像疯子似的向遍地散布着的石头扑了过去。凯乃第也不反对他这样去做。

“冷静点儿吧，我亲爱的乔。”费尔久逊对乔说。

“嗯，先生，您爱说什么，就说什么吧。”

“你怎么啦？乔！凭你这么一位道学家……”

“嗨！先生，现在可顾不得那些了！”

“我亲爱的，你好好想一想：我们要这些东西有什么用？反正我们也带不走呀！”博士劝他道。

“怎么？我们带不走？”

“对于我们的吊篮来说，这太重了，乔。早知道我也不告诉你了，省得叫你平白添一番心事。”

“怎么？把这些宝贝全扔了！”乔一个劲儿地喊，“放弃我们的财富！……要知道这的的确确是我们的。把这一切都扔了吗？”

“小心点儿吧，我的朋友，可不要得了那种所谓‘黄金热’的病。”博士笑道，“难道你没从你刚刚埋葬的那个人那里受到教育吗？世上一切都是空的！”

“话虽如此！”乔回答道，“不过，这是金子呀！凯乃第先生，”乔继续说，“您能帮我捡这价值百万的石头吗？就是捡几块也是好的。”

“可是我们拿它去干什么呢，我的可怜的乔？”凯乃第忍不住微笑起来，答道，“要知道，我们到这里来不是为了发财，再说我们也没法把它运走。”

“这些价值百万的石头那么重，又没法装在口袋里。”博士补充道。

“那么就不能把这种矿石代替沙子当作压舱物来带走吗？”乔被逼得没有办法了，只好退一步说。

“好吧，我同意。”费尔久逊回答，“不过，当我们需要把这值几千英镑的压舱物扔出去的时候，你可别愁眉苦脸。”

“几千英镑！”乔重复道，“先生，莫非这真的都是黄金吗？”

“是的，我的朋友，这地方是个金库。千百年来，大自然不停地向里面贮藏它的财宝。这些黄金足够叫几个国家富裕起来。这里的黄金，足有澳洲和加利福尼亚的加在一起那么多。”

“这些黄金都要白白地扔掉吗？！”乔叫道。

“可能。不过，不管怎么样，我亲爱的，为了安慰你，我预备这样办……”

“先生，要安慰我不太容易。”乔懊丧地打断了他的话。

“你听着。我现在把这个金矿的位置确定一下告诉你。假使你认为黄金能使你的同胞们幸福的话，那你回到英国以后，可以把这件事告诉他们。”

“当然啰，先生，我也认为您的话很对。好吧，既然只有这一个办法，那就只好听您的了。这么说，我们就把吊篮装满这种值钱的矿石吧！旅行结束了，能剩下一些，也总算是发了不小的财。”

说着，乔就精神百倍地动起手来，不一会儿的工夫，就往吊篮里装了一千磅左右的贵重石块。博士微笑着看着他忙。博士自己也趁这机会测定了传教士坟墓的位置，他算出是在东经二十二度二十三分和北纬四度五十五分。

费尔久逊向那法国人长眠的地方最后看了一眼，就回吊篮去了。他本想给这僻处非洲沙漠中的坟墓立一个十字架，即使是一个简单、粗糙的也好，但是附近连一棵小树都看不到。

“上帝会知道这个地方的。”他说。

博士还非常忧虑。此时，他宁可付出大量的金子去买很少的一点儿水。也该补充水了，因为在黑人拉住吊篮底的时候不得已扔掉了一箱水。但是在这干燥的地区，是不会有水的，这不能不使博士担忧。费尔久逊发觉甚至用来解渴的水都不够了，他决定不放过任何补充水的机会。这时贪心的乔已经把吊篮装满了石头。博士走到吊篮跟前，一句话没说就爬了进去。凯乃第也回到他待惯了的地方，乔跟着他们爬了进去，他还忍不住向山谷里剩下的财宝贪婪地看了一眼。

博士点着了燃烧嘴，烧热了蛇形管。过了几分钟，气体开始膨胀，但是维多利亚号并没动地方。乔一声也不吭，提心吊胆地望着气球。

“乔！”博士对他说。

乔并没搭腔。

“难道你没听见我的话吗？”博士又说了一遍。

乔做了一个手势，表示他听是听见了，但是不愿意听懂。

“乔，劳驾，扔掉一些矿石吧。”费尔久逊说。

“可是，先生，您不是答应我……”

“我答应过你把矿石用来代替压舱物，仅此而已。”

“可是……”

“怎么，你要我们一辈子留在这荒野里吗？”

乔失望地瞧了凯乃第一眼，但是凯乃第做了个手势，表示无能为力。

“怎么样？乔！”

“先生，难道燃烧嘴不起作用了吗？”倔强的乔问道。

“燃烧嘴已经点着了，你也看得清清楚楚。但是你不扔掉一些压舱物，气球是升不上去的。”

乔搔了搔耳根，拿起一小块石英，用这只手掂掂，又用那只手掂掂，往上抛了抛——它有三四磅重。最后，它终于被扔掉了。维多利亚号仍然一动也不动。

“怎么，”他说，“还没上升？”

“还没上升，”博士回答，“接着扔吧。”

凯乃第忍不住笑了出来。

乔又扔掉了十多磅，维多利亚号还是一动也不动。乔的脸色变得苍白了。

“瞧你，可怜虫！”费尔久逊说，“狄克、你和我——我们三个人的体重加在一起，如果我没算错的话，就有四百多磅左右。既然有这么重，那你起码得扔掉这么重的矿石。”

“要扔掉四百磅！”乔可怜巴巴地说道。

“是的，比四百磅还得多一点儿，气球才能上升。好啦，快点儿扔吧！”

乔一面唉声叹气，一面往外扔石块。他时常停下来问：

“上升了吗？”

他总是得到这样的回答：

“没有，还是在原来的地方。”

“气球动了！”他终于喊道。

“还要扔掉一些，还要扔掉一些！”费尔久逊重复道。

“可是维多利亚号正在上升呀，我很确信是这样。”

“还要再扔掉一些！”凯乃第插嘴道。

乔没精打采地又搬起一块石头，扔到吊篮外面去。维多利亚号立刻上升了一百来尺，同时它在燃烧嘴的帮助下，很快就越过了附近一带的山峰。

“乔，现在你还留有一笔不小的财产，”博士说，“假使能够把这些保存到我们旅行完毕，那你一辈子也不愁穷了。”

乔什么也没回答，懒洋洋地躺在他的矿石上。

“狄克，你想想看，”费尔久逊向他的朋友说，“黄金甚至对于一个世界上最好的人，都起这么巨大的作用。总之，这样一个金矿不知会引起多少人的欲望和贪心，使多少人犯罪！这太叫人痛心了！”

在这一天，维多利亚号向西飞了九十英里。按直线来计算，它现在距离桑给巴尔岛一千四百英里。

第二十四章

风停了——接近沙漠了——缺水——赤道之夜——萨梅尔·费尔久逊的焦虑——真实情况——凯乃第和乔的坚决答复——又过了一夜

维多利亚号钩住一棵孤零零的枯树，平静地度过了一夜。三位旅行家正好甜甜地睡上一觉，说实在话，他们也需要好好休息了。这几天，一路上他们脑子里留下的都是痛苦的回忆！

早上，天空又是万里无云，太阳又射出炽烈的光芒。维多利亚号升到了空中。博士试了几次，好容易找到了一股微弱的气流，把气球向西北送去。

“我们完全没有前进，”费尔久逊说，“如果我没有弄错，我们在这十天当中已经完成了我们的一半旅程。可是根据目前的飞行速度来看，剩下的一段路，恐怕要好几个月才能走完。更叫人伤脑筋的是：我们就要没有水啦！”

“我们会找到水的，”狄克答道，“在这么大的地方，不可能找不到河川或者水塘。”

“但愿能找到。”

“会不会是乔的货载使我们的速度慢下来了呢？”凯乃第问道。他故意逗弄逗弄这小伙子。他说这话也并没有什么恶意，他自己也一度有过乔那样的幻想。不过，他装得镇静，没露出这种心情罢了。现在他终于可以开开人家的玩笑了。

乔抱怨地望着苏格兰人。但是博士对于凯乃第的问题一个字也没有回答。他一想到那辽阔无边的撒哈拉沙漠，不能不暗自胆寒。他知道，在那里，有时骆驼队走好几个星期，也找不到一滴可以喝的水。因此，费尔久逊非常细心地注视每一个哪怕是很小很小的山谷。

这种忧虑和最近几天的事件大大改变了这三位旅行家的心情。他们很少说话，大家都怀着一肚子心事。

可爱的乔自从看到那黄金的海洋以后，简直好像变了一个人。他沉默寡言，贪婪地打量着堆在吊篮里的石头。这些石头今天一个钱不值，可是明天就是无价之宝！

再说，非洲这一带的风景，看了也会叫人有不安的感觉。所到之处越来越荒凉了。不仅看不到村庄，就连孤零零的草棚子都看不到。高大的树木没有了，只有一片片低矮的植物，很像苏格兰的石南田。在白茫茫的沙土和火红的石头之间，稀稀落落地可以看到几棵半死不活的乳香树和一些带刺的灌木。到处现出了地壳的原始石层，那是些有锋利棱角的岩石。这干旱的种种征兆更加重了费尔久逊博士的心事。

看样子，骆驼队从来也没到过这没有人烟的地方，否则这里总会留下骆驼队露营的痕迹甚至是人和牲口的白骨。然而什么也没有，人们预感到这一片凄凉的地方马上就要被无边的沙漠占有。

现在想后退也不可能了，只有前进。博士并没有什么过高的要求，他只希望来一场风暴把他们刮出这片地区。但是，天上连点儿云丝也没有。这一天，维多利亚号一共走了不到三十英里。

假使水不缺的话，那一点儿不在乎！但是水统共只剩下三加仑了！华氏九十度（三十二摄氏度）的天气实在热得叫人吃不消，于是费尔久逊从这三加仑里拿出一加仑预备用来解渴，剩下的两加仑留下给燃烧嘴用。这两加仑水只能制造出四百八十立方尺的气体，而燃烧嘴每小时大约要消耗九立方尺，也就是说，还能维持五十四小时。这数字是绝对精确的！

“一共只能飞五十四小时了！”博士向他的朋友们宣布，“为了不错过任何小河、泉水，甚至水洼，我决定夜里不飞行，

维多利亚号正在接近沙漠。

这样我们还可以维持三天半。这三天半，我们无论如何也得找到水。我认为我应该预先跟你们说清楚：喝的水，我只留了一加仑，所以我们得尽量省着喝。”

“没关系，由你配给好了。”猎人答道，“现在还不到失望的时候，你不是说，我们还可以维持三天半？”

“对，亲爱的狄克。”

“我们要抱怨，三天以后再抱怨也不迟。三天里面，我们总来得及想出什么主意的。现在咱们就特别留神吧。”

吃晚饭的时候，每人只分到很少的一点儿水，不过水酒里的酒精分量增加了一些。可是对这种饮料得小心，因为它不但不能叫人清爽，反而更勾得人口渴。

维多利亚号在山谷里的一块高地上过了一夜，这高地的海拔高度只有八百尺。这给博士带来了希望，他想起地理学家曾经说过：在非洲中央可能有一个大湖。假使真有这湖的话，也得飞到它跟前去才行。可惜现在空中仍然是静静的，没有一点儿要变天的样子。

恼人的白昼和炙热的太阳代替了宁静的黑夜和美丽的星光。从清晨起，天气就热得叫人难忍。五点钟，博士发出了出发的信号，但是在和铅一样沉重的空气里，维多利亚号半天也没动地方。费尔久逊本来可以升到上面的空气层里避开这个炎热的地方，但是这样做就需要消耗相当多的水，这是绝对不能的。他只使气球维持在一百尺的高度，一阵几乎觉不出来的微风轻轻地把它向西吹送。

早饭是少量的罐头肉和干肉饼。到中午的时候，维多利亚号只勉勉强强飞了几英里。

“我们不能飞得再快了，”博士说，“要知道，不是我们在指挥风，而是风在指挥我们。”

“亲爱的萨梅尔，现在如果有个推进机，那就一点儿也不在乎了。”

“狄克，除非推进机用不着水就能发动，否则，情况还不是一样？再说，到今天为止还没有发明出一种气球上用的推进机呢。目前，气球还停留在蒸汽机发明以前的船舶阶段。要知道，经过整整六千年，才发明出桨叶和螺旋推进器。所以，看来我们还需要等待很久啊！”

“真热得讨厌！”乔擦着额头的汗，嚷道。

“假使我们有水的话，热，甚至还可以为我们服务呢，”费尔久逊说，“因为热可以使氢气膨胀，所以燃烧嘴的火头就不需要这么大了。说真的，假使我们的水够用的话，我们又何必这么担心。哼，该死的野人！为了他，我们扔掉了一箱宝贵的水！”

“萨梅尔，你莫非是对所做的事情后悔了吗？”

“不后悔，狄克。我们能够叫那位不幸的法国人免于惨死，我们还后悔什么！不过，我们扔掉的那一百磅水，毕竟对我们是有用的，足以保证我们维持十二三天的旅程。有这么多日子，我们当然可以飞过撒哈拉沙漠了。”

“难道说，我们连一半路都没飞完吗？”乔问道。

“就距离来说，有一半路了。可是就时间来说，假使风不帮忙的话，还没有一半。真糟糕，风是越来越小了。”

“唉，先生，我们何必抱怨。”乔插嘴道，“到现在为止，我们一直都能够顺利地渡过难关，不管以后怎么样，我也不会失望的。我对你们说，我们一定会找得到水的。”

这时，地势一英里比一英里低了下去。高低起伏的金矿山在逐渐消失，仿佛大自然在做最后挣扎。这里没有像在东方生长的那种高大的树木，只偶尔看到稀稀落落的荒草，一块块干巴巴的草地还在向着进犯它们的流沙作斗争。从遥远的山峰上落下来的岩石，起初变成尖角棱棱的石块，后来变成了沙子，最后变成了微细的尘埃。

“乔，这就是你从前所想象的非洲，”博士开口道，“我前些日子告诉过你‘等着瞧吧！’总算说对了。”

“没什么，先生，”乔答道，“热和沙，这是理所当然的。在这样的地方，要想看到什么别的东西，那是妄想。老实说，我根本就不太相信您说的什么森林和草地。”他笑着补充道，“真的，如果我们走那么远，是为了看到英国式的村庄，那简直太荒谬了。说实话，我现在才感觉到自己是在非洲，我一点儿也不反对尝尝它的滋味。”

傍晚，费尔久逊看出，在这炎热的一天里，维多利亚号只勉勉强强地飞了二十英里。当太阳在轮廓鲜明的地平线后面消失，一片闷热的黑暗立刻就吞没了气球。

第二天是星期四，5月1日。一天一天就这样枯燥无味地过去了。今天的早晨都和昨天的早晨一样，今天的中午也和昨天的中午一样，太阳还是向大地投射着灼热的光。夜把分散的热聚集在它黑暗的洞穴里，让明天的白天又转交给明天的黑夜。几乎叫人觉不出的微风，活像一个垂死的人的呼吸，仿佛就要断气似的。

在这种困难的情况下，费尔久逊并没有气馁。他仍然保持着冷静和沉着。他手里拿着望远镜，仔细看着地平线。最后，丘陵看不见了，植物也绝迹了，面前展开了一望无际的沙漠。压在他心里的责任感使他非常痛苦，然而他并没有流露出这种心情。因为是他，靠着友情或义务的力量，把他的朋友狄克和乔领到这里来的。他这样做对不对呢？他该不该用这种行不通的办法呢？他这次旅行是不是逾越了不可能的界线呢？是不是上帝要推迟几个世纪，才让人了解这荒凉的大陆呢？

这些念头，就如同人们在灰心的时候那样，一连串地在博士的脑海里闪过，不由自主的联想竟把他引向逻辑的理性以外去了。既然认为不应该这么做，他自然要想一想现在应该做什么。是不是就不能向回转呢？上面的大气层里，有没有一种气流，能够把他们送到不像这里一样荒凉的地方去呢？走过的地方，他是知道的；但是前面有什么在等待着他们，他可一点儿也不知道了。由于良心的驱使，费尔久逊决定和他的两个朋友开诚布公地谈谈。他给他们明明白白地描述了目前的处境，说明已经做了什么和还有什么没做。万不得已的时候，可以回去，或者至少可以这样尝试一下。他要求他们也表示一下他们的意见。

“我除了博士的意见，没有别的意见，”乔答道，“只要他能忍受得了的，我也能忍受，甚至比他还能忍受。他走到哪里，我也到哪里。”

“凯乃第，你呢？”

“我，亲爱的萨梅尔，我不是那种一碰到困难就悲观失望的人。我比任何人都知道，作这种旅行会遇到什么样的危险。不

太阳在轮廓鲜明的地平线后面消失。

过，既然你要冒这些危险，那我也就不再去想它们了。我的身心整个交出来听候你的吩咐。我认为，在这种处境中，我们应该坚决走到头。而且，我的看法，要是后退的话，危险并不会少一些。因此只有前进！你只管相信我们！”

“亲爱的朋友们！谢谢你们。”深深感动的费尔久逊答道，“我相信二位对我是忠实的，可是我还是需要听听你们这种鼓舞的话。我再一次向你们表示感谢！”

于是三个人彼此热情地握起手来。

“现在，你们听我说，”费尔久逊说，“根据我的测算，我们距离几内亚湾最多只有三百英里。几内亚湾沿岸有人居住，而且有人曾经深入内地考察过。这样看来，这沙漠不会是没有边的。必要的话，我们可以向几内亚湾飞去，而且说不定我们在路上会碰到绿洲或水井，那么我们就可以补充一下水。不过，我们现在缺少的，是风。没有风，我们的维多利亚号就只能一动也不动地悬在空中了。”

“那咱们就听天由命地等着吧。”猎人说。

在这仿佛永远也过不完的一天里面，三位航空家都在仔细地向四处观望。但是，可惜，他们没有看到任何可以引起一点点希望的东西。到了日落时分，地面上起伏的丘陵完全没有了。太阳的光芒像些火带子似的平躺在辽阔的平原上。这是道道地地的沙漠。

三位旅人在这一天里，前进了还不到十五英里，和前一天一样，燃烧嘴消耗了一百三十五立方尺的气体，解渴用掉了两品脱水（一共有八品脱水）。

夜，静静的，太静了！博士一夜没睡着。

第二十五章

谈谈哲学——地平线上的乌云——在雾里——突然出现的气球——信号——和维多利亚号一模一样——棕榈树——骆驼队的痕迹——沙漠中的井

第二天，天空还是那样晴朗，空气还是那样静止。维多利亚号升在五百尺的高空慢慢向西移动。

“我们现在到了撒哈拉沙漠的中心了。”费尔久逊说。

“看，这无边无际的沙漠！真是奇景！大自然的布置多怪！在同样的纬度，在同样的阳光照耀下，为什么那边树木繁盛，而这边却寸草不长呢？”

“亲爱的萨梅尔，我不管为什么，”狄克反驳道，“我只关心事实。问题的关键，就是如此。”

“亲爱的狄克，谈谈哲理，并没有害处。”

“咱们就谈吧，我不反对，反正我们有的是时间。要知道我们是在勉勉强强地移动。风好像不敢刮了，它睡着了。”

“这种情形不会长久的，”乔说，“我觉得东方出现了乌云。”

“乔说得对。”博士答道。

“不错，不过，我们能不能保证这乌云就给我们迎面带来好风好雨？”凯乃第问道。

“咱们瞧着吧，狄克，咱们瞧着吧。”

“可是，先生，今天是星期五呀。我想，星期五不会有什么好事。[①]”

“那又怎么样！我希望你今天不要再固执己见了。”

“唉，但愿这样！”乔一面擦脸，一面说，“热是件好事儿，尤其是在冬天。可是夏天，这么热干吗？”

“你不怕炎热的太阳光会损害我们的气球吗？”凯乃第问博士。

“不怕。用来浸透波纹绸的树胶能经受比这高得多的温度。气囊里的温度有时高到一百五十八度[②]，一点也没有什么影响。”

“乌云！真是乌云！”乔突然叫道。他那敏锐的眼睛根本不需要用什么望远镜。

真的，在东方的地平线上，升起了一片云幕！这云幕很浓很密，仿佛在逐渐扩大，这是聚集在一起而又各自保持原状的小块乌云。博士由此作出结论：那个地方的空气一点儿也不流动。

这堆乌云在早上八点钟就出现了，一直到十一点钟才遮住太阳——太阳像在一幅厚厚的帘子后面消失了。就在这时候，地平线上却变得十分晴朗了。

“单单就这一片乌云，我们不能抱太大希望。”博士说，“狄克，你留神看，它的形状完全和早上一样。”

“一点儿也不错，萨梅尔，看样子这片乌云既不会带来风，也不会带来雨。”

“看来是这样，因为乌云老是停在很高的地方。”

---

① 耶稣受难是在星期五，所以欧洲人把星期五看作不吉利的日子。
② 相当于 70℃。

“萨梅尔，你认为怎么样？既然这块乌云在我们头上不散，那我们就飞上去，怎么样？”

“这样做，似乎不会有太大的益处，”博士答道，“这徒然多消耗气体，还要消耗大量的水。可是在我们现在的处境下，一丁点儿机会也不能够忽略，我们姑且升上去吧。”

费尔久逊弄大了燃烧嘴的火头，烧热了蛇形管，不一会儿，温度大大升高了，气体也膨胀了，维多利亚号径直升了上去。在大约一千五百尺高的地方，维多利亚号一接触到乌云，便被浓雾包围起来，它停止上升了。在这里，仍然没有一丝微风，甚至雾里的水分似乎也很少，吊篮里的东西几乎都没有发潮。维多利亚号在雾里荡漾着，好像飞得快了一些，这就是唯一的收获。

费尔久逊也知道这次行动获得的成效不大，心中闷闷不乐。这时，他突然听见乔用无限惊讶的声调喊道：

“哎呀，这是什么呀？”

“乔，怎么回事？”

“博士！凯乃第先生！这可太奇怪了！”

“什么奇怪呀？”

“这里除了我们以外，还有别人。这里有一些阴谋家。他们偷走了我们的发明！”

“他是疯了怎么着？”凯乃第说。

乔呆若木鸡，好像一座做出惊讶神情的塑像。

“是不是太阳太热了，使这个可怜小伙子精神失常了？”博士把身子转向乔，说，“你能不能告诉……”

“先生，您自己瞧呀！”乔用手指头指着空间，愤愤地说。

“我敢发誓！……”这回，凯乃第也嚷了起来，“真的，这真叫人料想不到！萨梅尔！萨梅尔！看呀！看呀！”

“看见了。”博士冷静地答道。

“我的天！还有一个气球，那只气球上也有人。”苏格兰人激动地说。

真的，在离他们二百来尺的地方，也有一只气球。气球下面也挂着吊篮，吊篮里也有旅客，而且它还紧跟着维多利亚号飞过的航线飞行。

“那么，”博士说，“我们没有别的办法，只有给它发个信号。凯乃第，把我们的国旗拿出来。”

这时候，那只气球上的旅客，好像也想出了这么个主意，也有一个人同样摇着一面旗帜在打招呼。

“这是什么意思？”猎人惊讶地嘟哝道。

“那是些猴子！”乔喊道，“您瞧，它们还逗弄我们呢！”

“很简单，这是你自己在回答你自己的信号，我亲爱的狄克。”费尔久逊笑着说，“也就是说：那只吊篮里的人，就是我们自己；那只气球，就是我们的维多利亚号。”

“唉，先生，请您原谅，这话我可一辈子也不能相信。”乔声明道。

“乔，你站到边上来，招招手，你就会相信啦！”

乔立刻这样做了，他看到他的动作被对方照样重复了一遍。

“这不是别的，只不过是一种幻影，”博士继续说，“由于空气的密度不同而引起的光学现象。如此而已。”

“这可真够奇怪！”乔还在反复地说。他说什么也不能相

奇怪！还有一个气球！

信，他挥着手试了又试。

“这玩意儿真有趣！”凯乃第说，“看看我们可爱的维多利亚号，倒很有意思的！它的样子多动人，多庄严。”

“不管你们怎样解释，”乔插嘴道，“我还是认为这有些稀罕。”

过了一会儿，这幻影逐渐隐没了。乌云撇下维多利亚号升得更高了。现在维多利亚号也不想追它了。过了一个钟头光景，乌云也在太空中散得无影无踪了。

风，几乎觉不出来，好像变得更小了。博士也知道没有希望了，便开始把气球向地面降落。

刚才，三位旅行家看到那有趣的幻影，几乎都忘掉了他们的心事，现在，酷热又来折磨他们了，使他们又产生了悲观情绪。四点钟左右，乔看到在一望无际的沙漠中好像有什么高起来的东西。过了一会儿，他才认清楚那是两棵距离很近的棕榈树。

“棕榈树！”费尔久逊喊道，“既然有树，就一定有水源或者水井。”

他抓起望远镜一看，证实了乔的眼睛并没有看错，他高兴地嚷道：

“到底是有水了！有水了！我们得救了！不管我们飞得怎么慢，我们总算是在向前进，我们最后总会飞到那儿的！”

“那么，先生，现在我们要不要把剩下的水喝光？”乔提议道，“实在热得受不了啦！”

“我亲爱的，我们喝吧。”

他们谁也不跟谁客气就大喝起来。一品脱水一会儿就喝光了，现在统共只剩下三品脱半水了。

“啊！喝了水，人就有精神了！”乔叫道，“这水多好喝哇！彼尔金斯牌啤酒也从来没叫我这样高兴过。”

“这就是没吃没喝的优点。”博士说。

“这并不是什么优点，”猎人说道，“我宁可一辈子也不享受喝水的快乐，只要永远有水喝就行了。”

晚上六点钟，维多利亚号已经在棕榈树上面飞翔了。这是两棵干枯的小树，简直可以说是两个没有叶子的老树妖。与其说它们是活的，还不如说它们是死的。费尔久逊看了大吃一惊。

树下，有一堆显然被水浸蚀过的石头，现在这些石头已经被太阳晒得裂缝条条，似乎就要变成石粉了。四周围连一点儿有水的迹象也没有。萨梅尔心里闷闷不乐，他正想把他的忧虑告诉他的朋友们，这时却听见了他们的喊声。

西面，有一排一眼看不到头的白骨，在一个泉井的周围散布着一堆一堆的骷髅，看来是有一个骆驼队到过这里，因此沿途留下了这成堆的骨头。大概身体弱的就一个一个地死在沙漠里了；而身体壮的，到了这期望很久的水源附近，也就精疲力竭地死了。

三位旅行家脸色苍白，你看看我，我看看你。

“我们不必降落了，”凯乃第说，“快离开这恶心的地方吧。显然，这里是一滴水也找不到的。”

“狄克，不对！”费尔久逊反驳道，“应该看个究竟。再说，在这儿过夜，比任何地方都好。趁这个时候，我们把这口井彻底检查一下。从前，这口井里既然有过泉水，说不定现在里面还能留下一点儿。”

维多利亚号着陆了。乔和凯乃第向吊篮里倒了和自己体重相等的沙土，然后就向井那里奔去。他们沿着井里几乎完全坍塌了的阶梯走下去。在井底，他们看到，水源大概在好多年以前就已经干涸了。他们掏了掏那干燥而松软的沙土，可惜，那里面连水的影子都找不到。他们满头大汗、浑身尘土、垂头丧气、疲惫不堪地从井里爬了出来。

费尔久逊知道：他们的搜寻徒劳无功。不过，对于他说来，这并不是意料以外的事，因此他一句话也不说。博士感觉到，从现在起，他一个人必须拿出三个人的勇气和毅力来。

乔把从井里拾上来的几块变硬了的皮囊碎块，愤愤地向周围乱堆着的白骨上面一摔。

晚饭的时候，三个人都没说一句话，大家没精打采地吃了一顿。

实际上，他们还没尝过真正口渴的痛苦呢。现在，他们只不过是为他们未来的命运担忧罢了。

第二十六章

一百一十三度——博士在沉思——没希望的搜索——燃烧嘴熄灭了——一百四十度——撒哈拉沙漠——在夜里散步——孤独——昏迷不醒——乔的计划——展期一天

前一天，维多利亚号飞了还不到十英里，却用掉了一百六十二立方尺的气体。星期六早晨，费尔久逊发出了出发的信号。

“燃烧嘴只能烧六个钟头了。”他宣布，“假使在这六个钟头以内我们找不到水源，也找不到井，我们的命运，那只有上帝才知道了。”

“先生，今天早上风怎么这么小？”乔说，“过一会儿，也许会起大风。”他看到博士闷闷不乐的样子，便又补充了一句。

白白的指望！空中一丝风也没有，像死一般的沉寂。在热带的海里，如果船碰上了这种情况，它会像被锁住了似的一动也不动。天气热得愈来愈吃不消了。这时，挂在帐篷下面的温度表已经指到一百一十三华氏度（四十五摄氏度）。

乔和凯乃第两人并排躺着，闭起眼睛——就是睡不着，打打盹儿也好——拼命不去想他们困难的处境。这种迫不得已的安闲更使他们度日如年。要知道，一个人不能用工作来摆脱自己心事的时候是痛苦的。现在，没有什么可管的，也没有什么可做的，一句话，什么事也没有。既然不能改变环境，那就只好让环境去摆布了。

口渴越来越使他们感到难受了。白酒不仅不能解渴，喝了白酒，反而更渴得厉害，非洲土人给它起个名字叫“老虎奶”，是有道理的。统共只剩下两品脱左右的水了。他们每一个人都眼巴巴地打量着这一点点宝贵的水，但是谁也不肯用它来润润嘴唇。两品脱水，在沙漠里意味着什么啊！

费尔久逊博士沉浸在自己的心事中。他在扪心自问，他做得对不对头。当初若是不白白地把水用在制造氢气上，而把那一点水留着喝岂不是更好一些吗？不错，他们前进了一些，但这又有什么益处呢？横竖是没有水，在这里待着，或者在六十英里以外的地方待着，还不是完全一样？假使能起风，这里那里，还不是一样？假使起东风的话，恐怕这里的风还没那里的大呢。但是，希望驱使费尔久逊前进！两加仑宝贵的水，就这样白白地浪费了。这点儿水够在沙漠里维持九天呢。在这些天里，什么样的变化都可能发生啊！

“还有，”博士想，“当初在上升的时候，应该多扔掉压舱物而多保留一些水。不过，要是那样，在下降的时候，就不能不牺牲一些氢气了。可是，氢气，对维多利亚号来说，就是它的血液，就是它的生命！”这些念头接二连三地在费尔久逊的脑海中掠过。费尔久逊低下头，整整几小时动也不动地坐在那里。

“唉，还应该最后努一把力！”早晨十点钟光景，他自言自语地说，“应该再试一试，看看能不能找到把我们送走的气流。我们最后一次碰碰运气吧！”

当费尔久逊的两个朋友在那里打盹儿的时候，他把气球里的氢气加到很高的温度，于是由于氢气膨胀而变得鼓鼓的气球在中午的日光下一直向上升去。博士在各种不同高度——从一百尺到五千尺——的大气里都试过了，但是即使是一股最微弱的气流也没找到。气球一点儿没有前进，仍然还是停在它起飞地点的上空。大气层从头到底似乎都充满着死一般的沉寂。

最后，留来制造氢气的水用完了，燃烧嘴也灭了，本生电池不再起作用了，维多利亚号皱缩成一团慢慢往下落，位置还是在刚才那块地方，沙土上还保留着吊篮的印迹呢。

这时已经是正午了。博士计算出他们正在北纬六度五十一分、东经十九度三十五分的地方，离乍得湖大约五百英里，离非洲西岸大约四百英里。

当维多利亚号的吊篮触到地面的时候，狄克和乔从痛苦的昏睡中醒过来了。

“我们停下来了吗？”苏格兰人问道。

“是的，只好这么办。”费尔久逊沉重地回答。

他的两个朋友都很明白他这句话是什么意思。由于地形越来越低，这里的高度正好和海平面相等，因此气球保持着十分平衡和静止的状态。

吊篮装上了与三位乘客重量相等的沙土，于是他们下了地。他们各人想各人的心事，几个钟头也没有互相交谈一句。乔做好了晚餐——其中包括饼干和肉饼，但是三个人谁也吃不下。他们每人喝了一口热水，就草草结束了这一顿。夜里，谁也没有值班，但是，谁也没能合眼。实在热得难受。第二天，只剩下半品脱水了。博士把这点水保留着，预备到万不得已的时候才去动它。

“我喘不上气来了！”过了不多一会儿，乔叫道，“好像热得更厉害了。唉，难怪，”他瞧瞧温度表，补充道，“一百四十度啦（六十摄氏度）！”

“沙烫得好像刚从火炉里倒出来的一样。”猎人附和道。

“在这火热的天空中连一小块云也没有！真是岂有此理！”

“我们不要悲观失望。”费尔久逊说，“在这一带地方，这样热一阵子以后，一定会有暴风雨的，而且暴风雨说来就来，别看天空晴得这样叫人难受，要不了一个钟头，就可能发生巨大的变化。”

“萨梅尔，你这话有什么根据，难道有什么要起风暴的苗头啦？！”凯乃第反驳道。

“对！”博士答道，“我似乎觉得气压计下降了一些。”

“咳！萨梅尔！但愿老天能听见你的话！不然，我们简直像只翅膀受了伤的鸟，困在地上飞也飞不起！”

“亲爱的狄克，所不同的是，我们的翅膀是完整的，我还希望能利用它们为我们服务呢。”

“咳！我们需要风呀，需要风呀！”乔喊道，“有了风，我们能够找到小河或者水井，我们就什么也不缺了！吃的东西，我们足够；只要有水，我们即使等上一个月也无所谓。要知道，口渴这玩意儿不管对谁都是残酷无情的！”

的确，口渴就够难受的了，再加上看到这永远也看不完的沙漠，更加叫人心烦。周围不仅没有一座沙丘，甚至连一块石头也看不到。这一片无边无际的沙漠使人生厌，使人产生一种叫作“沙漠病”的病态。瓦蓝的天空和黄色的沙漠显得死气沉沉，使人有恐惧之感。在这火烧一般的空气中，热气颤巍巍的，好像在烧得通红的炉子上一样。人们一看到这片宁静，就会失望，人们也不敢相信这种情况会有所改变，因为“无边”也就意味着“永久”！

三位不幸的旅行家在这样酷热的天气里没有水喝，开始有点神经错乱了，他们的眼睛睁得大大的，目光也变得没有神采了。

天黑以后，费尔久逊决定用快步走来压制这种不安的心情。

他打算在沙漠里走几个钟头，这并不是为了寻找什么东西，而只是为了活动活动。

“一道去吧。”他劝他的两位旅伴道，“请相信我的话吧，这对你们会有好处的。”

“不行，”凯乃第答道，“我一步也走不动了。”

“我宁可还睡我的觉。”乔说。

“不过，我的朋友们，睡觉和不动会给你们带来不幸的后果。要向消极情绪作斗争。喂，走吧！”

但是博士并没有说服他们，于是他就在这夜晚的星光下一个人去了。费尔久逊一开始走得很吃力，就像一个病人或者是一个不会走路的人一样。但是，过了一会儿，博士就发觉运动对他的健康很有益处。他向西走了几英里，他的精神又振作起来。可是，他突然感到头晕，他似乎是面临着深渊，他的两腿发软，这片无边无际的沙漠使他害怕了。费尔久逊觉得自己是几何学里的一点，是一个无穷大圆周的中心，也就是说是乌有。维多利亚号消失在黑暗里了。费尔久逊——这位勇敢、沉着的旅行家——竟被无法克服的恐惧笼罩起来了。他很想往回走，但走不动；他开始喊叫，但是没人应他，甚至连回声都没有。他的喊声像石头落在无底洞里一样消失在空间里了。费尔久逊一个人在寂静无声的沙漠里，失去了知觉，倒在地上了。

半夜里，费尔久逊在他忠实的仆人乔的怀抱里清醒了过来。乔因为博士很久还不回来，非常担心，因此便顺着沙地上清清楚楚的脚印找去，结果找到了他，他已经昏过去了。

“先生，您怎么啦？”乔看到博士清醒过来，问道。

撒哈拉沙漠之夜

“没什么，亲爱的乔，只不过是一时没力气罢了。”

“当然，这算不了什么。现在我扶您回到维多利亚号那里去吧。”

乔扶着博士，沿着原路往回走。

“先生，您自己太不小心，不能这么冒险，”乔开始说道，“您也许会被人劫走呢，”他用开玩笑的口吻补充道，“不过，现在我们严肃地谈谈吧。”

“说吧，我在听着呢。”

“我们一定得想出个办法。我们像这样再拖几天就不行了。到那时候，要是再没有风，那我们都得送命了。”

博士什么也没回答。

“需要有一个人为了大家的利益来牺牲自己，”乔接着说，“这自然是我了。”

“这话是什么意思？你打算怎样？”

“我的打算非常简单：带一些吃的东西，一直往前走，直走到一个地方为止——反正早晚总会走到一个地方的。假使在此期间刮起了好风，那你们也不必等我，就飞走吧。假使我能走到一个村庄，我就靠你们预先给我在纸上写好的几句阿拉伯话来应付应付。那时，我将回来救你们，不然的话，我一定是在那里牺牲了。您认为我的计划怎么样？”

“这个计划很笨，乔。不过，从这个计划里却可以看出你的一片好意。这是办不到的，你不要离开我们。”

“可是，先生，终究要想个办法的。这对你们丝毫也没有损害，我再重说一遍，反正你们用不着等我，至于我呢，很可能会搞出点名堂来。”

“不行，乔，不行！我们不能分开，这会更使我们多一分心事。现在我们陷入绝境，也可能最后我们会找到出路。所以，我们还是耐心等一等再说。”

“先生，听您的。不过，我要预先告诉您：我给您一天的期限，我只能等一天。今天是星期日，或者说得正确一些，是星期一，因为已经是子夜了……这就是说：如果在星期二我们还不能出发，那我就要走了——我是坚决决定这样做了。”

博士什么也没回答。过了不多一会儿，他们已到了维多利亚号跟前了，他们爬进吊篮，在凯乃第身旁睡下。凯乃第并没睡着，可是他也一声不响。

第二十七章

热得可怕——幻觉——最后几滴水——绝望之夜——自杀的念头——热风——绿洲——雄狮和雌狮

第二天早晨醒来，博士头一件事，就是看气压表。水银柱几乎一点儿也没降低。

“一点儿变化也没有，一点儿变化也没有。”他咕噜道。

费尔久逊走出吊篮，看看天气。还是那样热，还是那样晴朗，还是那样平静。

“难道一点儿希望没有了吗？！”他叫道。

乔没有搭腔，他正在出神，想着他自己的冒险计划。

凯乃第起来了，他那样子完全像个病人，叫人看了感到不安。他受尽了口渴的折磨，他费劲地蠕动着他发肿的嘴唇和舌头，可是发不出声音。

还剩下一些些水，这，大家都知道，大家都惦记着，大家都想喝，但是谁也没有表示。

这三个同伴，这三个朋友，像饥饿的野兽一样投出凶狠的目光，你看着我，我看着你。这在凯乃第身上表现得最为明显，因为，他身高体壮，没有水喝，比别人更受不了。他整天疯疯癫癫，走来走去，沙哑地嚷着，咬着自己的拳头，简直就像要咬破自己的血管，喝自己的血了。

“啊！‘渴之国’！”他喊道，“你简直可以称作‘绝望之国’！”

之后，他就陷入虚脱的状态，只听到他干裂的嘴唇里发出呼吸的声音。

到了傍晚，乔也开始精神错乱了。他突然把这无边无际的沙漠当作一个洋溢着满满一池清水的大池塘。这个可怜的人曾不止一次地扑到滚烫的地上大喝起来。他爬起来时，满嘴都是沙土。

“该死！是咸水！”他狠狠地叫道。

这时，乔看到费尔久逊和凯乃第躺在那儿一动也不动，他克制不住自己，竟想把剩下的最后一点点水喝掉。他不由自主地跪着走到吊篮旁边，眼睛盯着那一瓶水，抓起水瓶来便把瓶口往嘴里塞。在这一刹那，从他身旁发出了凄惨的喊声：

“喝水！喝水！”

凯乃第向他爬来。这位不幸的猎人样子十分可怜：他跪在地上，痛哭流涕地哀求乔；乔眼里也含着眼泪，他把水瓶子递给凯乃第，于是凯乃第便将那瓶水喝得干干净净，连一滴也没有剩。

“谢谢你。”他喃喃地说道。但是乔没有听见，他在苏格兰人身边倒下了。

这可怕的一夜究竟是怎样过去的，谁也不知道。早晨，在太阳倾泻下的火雨下面，这三个不幸的人感觉到他们的身体正在一点一点地干涸下去。乔想爬起来，可是就不成，他已经是力不从心了。

乔望了望周围。在吊篮里博士阴郁地坐着，双手交叉在胸前，呆呆地凝视着天空。凯乃第的神情很可怕：他的头左右摇晃着，好像笼子里的野兽。突然，猎人的目光落在马枪上了——马枪的枪托翘在吊篮外边。

“啊！”他叫道，他用非凡的力量抬起身子，像个疯子似的向马枪扑了过去，他抓住马枪，用枪口对准了自己的嘴。

“先生！先生！”乔喊叫着向他奔去。

“别管我！滚开！”凯乃第气喘喘地叫道。

他们两人激烈地斗起来了。

“滚开，要不，我把你打死！”凯乃第重复着这句话。

乔拼命扭住了他。他们两人这样搏斗，费尔久逊好像没看见似的。在这短短分把钟的恶斗中，马枪忽然砰的响了一声。博士听见枪声，便挺直身子站了起来，他活像一个妖精似的。突然，他的眼睛变得有生气了，他把手伸向远方，用不像人的嗓音喊道：

“那儿！那儿！瞧那儿！”

他的喊声和手势竟发生了那样大的效力，使得乔和凯乃第立刻停止了搏斗，两个人都望着费尔久逊。

辽阔的平原上翻腾起了波浪，仿佛风暴中汹涌的大海一样。沙浪在疯狂地起伏着，一个巨大的沙柱，以不可思议的速度旋转着从东南方过来了。在这一刹那，太阳隐没在阴暗的乌云后面了，那巨大的暗影一直伸向维多利亚号。微细的沙尘像水的飞沫一样轻盈地飞驰着，这翻腾着的沙海正在向他们逼近。费尔久逊的眼睛里闪烁着充满希望的光芒。

“热风[①]！”他喊道。

“热风！”乔重复道，虽然他不明白“热风”是什么意思。

“更好了，”凯乃第绝望到极点地叫道，“更好！我们要死了！”

“更好，”费尔久逊重复道，“不过，好的是我们有救了。”

他急急忙忙地把吊篮里当作压舱物的沙土往外倒。

他的两个朋友终于明白是怎么一回事了，也来帮忙，之后就各自占据了吊篮里的位子。

“乔，现在把你的矿石再扔掉五十磅吧。”博士命令道。

乔毫不犹豫地这样做了，不过他到底有点儿心痛。

维多利亚号开始上升了。

“到时候啦！”博士叫道。

---

① 撒哈拉沙漠的南风。

热风的确在用闪电般的速度逼近。再晚一步，维多利亚号就会被压扁、被撕成碎片，甚至被消灭掉了。巨大的龙卷风已经追上了它，向它撒来了冰雹般的沙子。

“再扔掉一些压舱物！”博士喊道。

“是。”乔一面答道，一面往地上扔了一块很大的石英石。

维多利亚号很快地升到龙卷风上面，被强大的气流托住了，它用不可思议的速度飞过了汹涌翻腾的沙海。

萨梅尔、狄克和乔都不作声。这旋风使他们感到很凉爽，他们心里抱着希望，注视着前方。

三点钟，热风停了，沙土又落在地上形成了无数小沙丘。天空中又笼罩着一片死寂。维多利亚号停住了。三位旅行家看见前面有一个耸立在沙漠海洋中的绿岛——绿洲。

“水！那里有水！”博士喊道。他立刻打开上面的活门，放出一些氢气，于是维多利亚号就轻轻地在离绿洲两百步远的地方落下来。

这一回，三位航空家四个钟头飞了二百四十英里。往吊篮里装上沙子以后，凯乃第和乔二人就先后跳到了地上。

“带着枪吧！”费尔久逊喊道，“当心点儿。”

狄克跑过来拿他的马枪，乔抓起了一杆猎枪。他们很快地向树林奔去，转眼之间，他们就钻进了给他们提供大量泉水的绿树丛里了。他们因为太兴奋了，所以没注意到地上到处都有新印的脚印。

突然，在离他们二十来步远的地方，发出了一声咆哮。

“这是狮子叫！”乔说。

“太好了！”猎人无情地喊道，“让我们来斗一斗吧。要斗的话，气力还是拿得出来的。”

“小心点儿！狄克先生，小心点儿！你一个人的生命，就关系着大家的生命！”

但是凯乃第把这句话当作了耳边风，他眼睛冒着火花，手里端着枪勇敢地向前冲去了。

在一棵棕榈树下，一只黑色鬣毛的狮子正摆出准备进攻的架势。狮子一看见猎人，便纵身扑过来。然而还没等到它的脚爪落地，一颗枪弹就已经打中了它的心脏。它倒在地上死去了。

“乌啦！乌啦！”乔欢呼起来。

凯乃第奔到井跟前，沿着潮湿的台阶走下去，趴在水源前，开始贪婪地喝起水来。乔也照他那样做。这会儿，只听到像兽类喝水时发出的那种用舌头吸水的声音。

“狄克先生，我们当心一点儿吧，”乔气喘吁吁地说，“别喝得太多了。”

可是狄克什么也没回答，仍然在喝水。他把头和双手浸在这救命的水里。他好像醉了似的。

“可是费尔久逊先生呢……”乔开口道。

这个名字立刻使凯乃第清醒过来。

他把他带去的一只瓶子装满了水，顺着梯子迅速爬上去。这时，有一个黑乎乎的庞然大物拦住了井口，他见了大吃一惊！跟在凯乃第后面的乔也吓得倒退了几步。

“井口被拦住了！”乔喊道。

“简直叫人料想不到，这是怎么回事？”

“让我们来斗一斗吧。”

狄克的话还没说完，一声吓人的咆哮使他们明白了，他们又碰上了一个可怕的对手。

“又是一只狮子！”乔喊道。

“不是雄狮，是雌狮。哼！该死的畜生！你等着瞧吧！”

猎人一面喊，一面急忙往他的马枪里装子弹。

他砰地放了一枪，于是狮子就不见了。

“上去吧！”凯乃第指挥道。

“不，狄克先生，先别出去。您并没把这只狮子打死！假使打死了，它会掉到井里来的。现在，它大概正在等着呢，我们一出去，它准会扑住第一个人。那可就完蛋了。”

“那怎么办呢？总得出去呀。再说萨梅尔等着我们呢。”

“我们得把这只野兽引诱过来。”乔答道，“您拿着我的猎枪，您把您的马枪交给我。”

“你想了个什么主意？”

“您一会儿就知道了。”

乔脱下自己的外衣，套在马枪的枪筒上，把这个当作诱惑物竖在井口外边。狂怒的狮子向短外衣扑了过来，凯乃第立时砰地放了一枪，打伤了它的肩部。狮子一边吼叫一边从梯阶上滚了下来，撞倒了乔，乔似乎觉得巨大的狮爪已经扑在他身上了。这时，突然又是一声枪响，接着费尔久逊手里握着还在冒烟的猎枪在井口出现了。

乔赶快爬起身来，跳过狮子的尸体，沿着梯阶跑上去，把盛满水的瓶子递给博士。博士接过瓶子举到唇边，一口气喝掉了半瓶。三位旅行家衷心感谢上帝像显圣似的拯救了他们。

第二十八章

美好的夜晚——乔的烹调艺术——关于吃生肉的辩论——杰姆斯·布留斯的事迹——露宿——乔的幻想——气压表下降了——气压表又上升了——准备起飞——飓风

我们这三位旅行家饱餐了一顿，又喝了不少茶和白酒，在茂密的合欢树下度过了一个美好的夜晚。

凯乃第走遍了这块小小的绿洲，仔细搜索了它的每一个树丛。毫无疑问，他们三个人是这个人间乐园里仅有的生物。他们躺在毯子上度过了宁静的一夜。这一夜使他们忘记了不久以前的苦难。

第二天，5月7日，太阳放出它全部的光芒，但是并没有透过密密的树叶。好在食物还足够吃，博士决定在这里等待顺风。

乔从维多利亚号的吊篮里取出他的行军灶，兴致勃勃地做起各种菜肴来。现在，他满不在乎地浪费水了。

“想不到昨天还愁眉不展，今天却欢天喜地！”凯乃第叫道，“真是绝后逢生，苦尽甘来！不然的话，我都快成疯子了！”

“是的，亲爱的狄克，”博士说，“若不是乔，你也就不和我们在一块了，你也不能发表什么人世沧桑的哲理了。”

“谢谢你，亲爱的朋友！”狄克一面把手伸给乔，一面喊道。

“不值得谢，”乔答道，“将来说不定您也会救我。不过，最好还是不要再发生这样的事了。”

“说起来，人是多么的可怜！”博士说，“这么一点儿小事就泄气了！”

“先生，您是说，没有水喝是小事吗？”乔问道，“不过，水对于人的生活来说究竟是不可少的呀！”

“当然啰，乔！人不吃能比不喝活的时间长。”

“这话我相信。再说，一个饿得要死的人会看见什么吃什么，甚至吃他的同类，尽管吃下去会恶心半天，他也还要吃。”

“在这方面，野人才不在乎呢。”凯乃第插嘴道。

“所以他们才叫作野人，他们习惯吃生肉。我就讨厌这种习俗呢！”

“对了，这的确叫人反感，所以当初有些旅行家说非洲土人吃生肉，谁也不愿意相信。那时，杰姆斯·布留斯曾碰到过一件怪事情。”

“先生，请您讲给我们听听吧，我们反正没有事干。”乔安闲地躺在碧绿的草地上说。

“行，讲给你们听。杰姆斯·布留斯是苏格兰斯特尔林郡人，他也曾经寻找过尼罗河的源头。从1768年到1772年，他走遍了阿比西尼亚，一直走到嘉纳湖。后来他回到英国，到1790年才发表他的游记。读者对他讲的事情都半信半疑，将来我们也会碰到这种情况的。阿比西尼亚人的风俗习惯和英国人相差太远了，所以总没有人相信。顺便说一句，布留斯曾肯定地说，非洲东部的部落是吃生肉的。这曾引起所有人的反对，说他信口开河，反正谁也不会去核对他的话。布留斯是个非常直爽、非常急躁的人。他见人家不相信他的话，非常气愤。有一天，有一个苏格兰人在爱丁堡的一个沙龙里，当着他的面取笑他。最后，这位苏格兰人直截了当地说，关于吃生肉的事，是难以置信的，是不可能有的。布留斯一句话也没说，就出去了。过了一会儿，他回来了，手里拿着一块照非洲的法子撒了盐和胡椒末的生牛排。‘先生，’他向苏格兰人说，‘您怀疑我讲的话，这对我是一种莫大的侮辱。您认为这种事不可能有，那是您错了。为了向大家证明您错了，请您把这块生牛排吃下去，否则您就要对您的话向我负责。’苏格兰人吓坏了，只好乖乖地把生牛排吃了下去。这时候，杰姆斯·布留斯补充道：‘纵使我讲的事情是撒谎，可是至少您不会再坚持，这种事是不可能有的了。’”

“布留斯有办法，”乔说道，“如果那个苏格兰人得了消化不良症，才是活该呢。等我们回到英国去，假使有人对我们讲的事情怀疑……”

“那么你预备怎么办，乔？”

“我就从维多利亚号上撕下一块布，不搁盐，也不撒胡椒末，叫他吃下去。”

乔的办法把大家都逗笑了。

这一天就这样在愉快的谈话中度过了。精力恢复了，希望也产生了；希望产生了，勇气也有了。过去的很快地过去了，代替它的是未来。

过去的很快地过去了，代替它的是未来。

乔说，他永远也不想离开这个魅人的地方。这儿正是他幻想的王国，他感觉在这里完全像在家里一样。在乔的要求下，博士测算了这地方的方位，乔一本正经地在他的旅行笔记本上记了下来：东经十五度四十三分，北纬八度三十二分。

至于凯乃第，他感到遗憾的只有一件事，就是在这样小的树林里无猎可打。据他估计，这里不会有什么野兽。

“你怎么那么健忘呢，我亲爱的狄克？”博士反驳道，“那只公狮子，还有那只母狮子呢？”

“嗨，这算得了什么！”凯乃第带着一个猎手对打死了的野兽看不起的神气，说，“这绿洲上有这么一对狮子，这就说明，附近有肥沃的地区。”

“你的推测不太有根据，”博士说，“那些野兽在饥渴的逼迫下往往会跑上很远的一段路。今天夜里，我们要加倍小心，最好烧起篝火来。”

“这么热，还烧篝火？”乔叫道，“当然，如果这很必要的话，那就烧吧！不过，说老实话，我真担心会烧掉这片美丽的树林，我们曾受过它的好处！”

“是的，得尽量当心点，不要引起火灾，”博士说，“让别人有一天还能找到这个沙漠中的避难所！”

“我们会当心的，先生。您是不是认为有人知道这块绿洲呢？”

“当然有人知道。这是来往非洲中部的骆驼队的休息站！乔，你要是和他们碰上了会不愉快的。”

“难道在这里也有那种可怕的‘尼雅姆-尼雅姆’人吗？”

“当然啰。要知道，这是本地人的通称，住在这一带的部落，都是一个种族，所以性情和习惯也都相同。”

“呸！”乔脱口道，“毕竟，这是很自然的事。假使野人会有绅士的趣味，那野人和绅士之间还有什么不同呢？那些未开化的人不等人请就会狼吞虎咽地把那块生牛排吃下去，甚至还顺便把那苏格兰人一起吃掉。”

乔发完这番议论以后，就去烧篝火了，他尽可能把篝火堆得小一些。所幸，这一夜并没碰到什么事，他们每个人都轮流睡了一觉。

第二天，天气一点儿没有变化，还是那样平静无风。气球停在那里摇也不摇一下，从这一点就可以看出连一丝风都没有。

费尔久逊又不安起来了。他想：“假使老这么下去，吃的东西就要不够了。渴没渴死，却注定了要饿死吗？”

但是他看到气压计的水银柱显著地下降，马上又放下心来，因为这是天气就要起变化的预兆！他决定为起飞作好准备，一有机会就马上升到空中去。所有水箱（不管用的还是喝的）都满满地装上了水。

之后，费尔久逊要恢复气球的平衡，乔自然又要被迫牺牲他的一部分金矿石了。不过，随着健康的恢复，他自私自利的思想又产生了，所以他愁眉苦脸，不去执行博士的命令。博士向他指出，维多利亚号不能承载过多的重量，叫他在水和金子之间选择一样。乔终于不再犹豫，把大量的宝贵矿石从吊篮里扔到地上去了。

“唉，这属于在我们之后到这里来的人了。”乔说。

“我想，他们在这地方找到这笔财富，一定会十分奇怪。”

“假使一位博学的旅行家碰到这些石头……”凯乃第说。

“亲爱的狄克，毫无疑义，他一定非常惊讶，会马上把这奇遇写上好几页的长篇大论发表的。”博士答道，“我们总有一天会听到在非洲沙漠里发现金矿的妙事。”

“这都是乔干的好事。”凯乃第道。

乔一想到将来会有某一个科学家上他的当，心里很高兴，脸上露出了笑容。

博士等待天气的变化，白白等了一天。气温上升了，要不是有浓密的树荫，一定会热得人吃不消。在太阳下，温度表是一百四十九度（六十五摄氏度）。到现在为止，这是最高纪录。空气就像火焰一样。

晚上，乔又生起了篝火。在博士和凯乃第值班的时候，没有发生什么新的事情。但是在凌晨三点钟左右，乔值班的时候，气温突然下降了，天空布满了乌云，夜变得黑沉沉的了。

“起来吧！起来吧！”乔唤醒他的两位同伴，“起风了！”

“到底起风了！”博士打量着天空，说，“风暴要来了！快上维多利亚号！”

的确，一分钟也不能耽搁了。气球已经被飓风刮得贴近地面，吊篮被拖得直跑。万一碰巧从吊篮里倾出一部分压舱物的话，气球就会飞走了。腿快的乔奔上去，一把拉住了吊篮。这时候，整个气球躺在地上，险些儿被扯破了。

博士回到他的原位，点着了燃烧嘴，扔掉多余的压舱物。

三位旅行家对这片绿洲看了最后一眼，只见树木在风暴的袭击下都低下了头。不一会儿，他们在二百尺高的空中，乘着东风，消失在黑夜里了。

第二十九章

植物的出现——一位法国作家的幻想——世外桃源——阿达马乌王国——把斯比克和蒲尔顿的研究工作跟巴尔斯的研究工作联系了起来——阿特兰提卡山——别努埃河——依奥拉城——巴热列山——曼吉夫山

三位旅行家一直以极快的速度飞行着。他们希望快一点儿离开这差一点儿使他们送命的撒哈拉沙漠。

早晨九点一刻的时候，他们开始看到在这片沙海上漂浮着的青草了。这些青草就像告诉哥伦布一样告诉他们陆地不远了，绿色的萌芽畏畏缩缩地从石子里探出头脑——这些石子就要被这片沙海里的小岛代替了。

在地平线上，无数丘陵像波浪一样起伏着。它们在浓雾的笼罩下，显出模模糊糊的阴影。那种沙漠里的单调气氛消失了。

博士兴高采烈地向这个新地方致敬，他几乎要像值班的水手那样喊出："陆地！陆地！"

过了一个钟头，三位旅行家的眼前出现了大陆，这片大陆虽然还非常荒凉，但已经不是那样一望无边，那样光秃秃的了。灰色的天边出现了树木的轮廓。

"我们到了文明的地方了？"猎人问。

"文明的地方，先生？"乔叫道，"只是说说罢了！您瞧，连一个人都还没看见呢！"

"不过，从我们前进的速度估计，我们很快就可以看见人了。"费尔久逊说。

"萨梅尔先生，我们是不是还在黑人的地区？"

"是的，乔，一直到阿拉伯人地区为止，都是黑人地区。"

"阿拉伯人，先生？有骆驼的道地的阿拉伯人？"

"不，没有骆驼，骆驼在这里是很稀少的，或者不如说，这里还没有人知道这种动物。要向北上行好几度以后才能碰见骆驼。"

"真可惜！"

“乔，为什么可惜？”

“否则，假使碰到逆风的时候，它们还可以为我们服务呀。”

“怎样服务？”

“先生，我现在有这么一个念头：要是把骆驼套在我们的维多利亚号的前头，叫它们拉我们。您认为这个主意怎么样？”

“我的可怜的乔啊！你的主意并不是新发明。一位聪明的法国作家梅利在一本小说里已经用过这个办法了。这本小说中的主人公就是用骆驼拉着他们的气球走，忽然，也不知从哪儿来了一只狮子，吃掉了骆驼，连拖索也吞了下去，于是狮子就代替骆驼，来拉气球。你看，这套话多么荒唐，和我们用的办法简直没有一点儿共同之处。”

乔一听说他的主意早已有人想过了，未免有些不好意思，他在想还有什么野兽能吃掉狮子。可是，他想了半天，还是想不出来，便又去看下面的风景了。

他看到一个不大不小的湖，湖的四周环绕着一些还不够资格叫作山的丘陵。在这些丘陵之间，蜿蜒着无数羊肠小道，长满了各种各样的树木。其中最多的是那种叶子长达十五尺，树干上生满了尖刺的油棕；木棉树委托从它旁边经过的风带走它毛茸茸的种子；香杉——阿拉伯人称为“干达”——的强烈香气一直散到天空，甚至在维多利亚号飞过的高度都闻得到；叶子呈掌状的木瓜树、苏丹核桃树、锦葵树、香蕉树等更补足了热带植物的品种。

“多么好的地方啊！”博士赞叹道。

“瞧，已经出现动物了。”乔宣布道，“看样子，离这儿不远就有人了。”

“嘿！好大的象呀！”凯乃第喊道，“能不能打一会儿猎？”

“狄克，这么大的风，我们怎能停得下来？亲爱的，你只好尝尝‘望梅止渴’的味道了。这机会以后可多得很哪！”

的确，打猎的瘾头不知给什么引上来了！狄克的心在胸膛里噗噗地乱跳，手指头不耐烦地握住枪筒。

这个地方的动物和这地方的植物比起来谁也不稍逊色。野牛隐没在茂密的深草里；身材高大的象——有灰色的，有黑色的，也有黄色的——像飓风似的在森林中横冲直撞，一路上留下破坏的痕迹。在树木丛生的山坡上，瀑布哗哗地在响，溪水淙淙地在流。一群河马喧嚣地在水里沐浴；许多长达二十尺、形状像鱼的海牛，露着被奶汁胀得圆鼓鼓的乳房，躺在岸上休息。

这简直是一些放在不可思议的玻璃房里供展览的珍奇动物，这里面，无数五颜六色的飞鸟在像树一样的植物间闪闪发光。

博士根据大自然这样的丰富多彩，知道他们是到了阿达马乌王国的上空。

“我们已经踏上现代发现的地方了，”他说，“我们在继续一些旅行家半途而废的事业。真幸运，朋友们，我们可以把蒲尔顿大尉和斯比克大尉的劳动跟巴尔斯博士的研究工作结合起来了，我们已经离开这两个英国人去看汉堡人了，不久，我们就要到这位英勇的科学家曾经到达的地界了。”

“如果根据我们走过的路程来判断，”凯乃第说，“似乎在

这两批人到达的地方当中，还有很大的一块空白。”

“这不难计算，你把地图拿出来，看看斯比克所走到的乌克列维湖的南端是东经多少度。”

“大约是三十七度。”

“我们今天晚上将要飞过的依奥拉在哪儿呢？这正是巴尔斯到过的地方。”

“大约在十二度。”

“这就是说：相差二十五度；一度是六十英里，一共有一千五百英里。”

“对于步行的人说来，这种远足可真够味儿。”乔插嘴道。

“这早晚总会有人做到的。李温斯顿和莫法特曾经深入到非洲大陆的内地，他们所发现的尼亚萨湖，离蒲尔顿所发现的坦噶尼喀湖不很远。等不到下一个世纪，这片广大的地区就一定都会有人考察过了。”博士看看罗盘，又补充了一句，“可惜风把我们向西方送——我本来想往北方飞呢。”

十二小时以后，维多利亚号到了苏丹王国的国境。在这一带最先看到的居民，是赶着牲口游牧的苏阿–阿拉伯人。阿特兰提卡山巍峨的山峰高耸在地平线上。这些山还没有过欧洲人的足迹，高度在二千六百米左右。非洲这一带的河流，都沿着西面山坡向海洋里奔流。阿特兰提卡山就是当地的“月亮山”。

最后，在这三位航空家的眼前出现了一条真正的大河。博士看到两岸大片大片像蚂蚁窝似的土房子，就肯定这条河是尼日尔河的支流之一——别努埃河，当地人把这条河称作“万水之源”。

“这条河，”博士对他的同伴说，“将来，总有一天，会变成苏丹国内的天然交通线。有一次，普丽叶号轮船在我国一位勇敢船长的指挥下，就已经沿着这条河流一直航行到依奥拉城了。你们看，我们已经到了被考察过的地方了。”

无数奴隶在高粱地里忙着，高粱是他们的主要粮食。他们张大了眼睛，惊讶地注视着那像流星一样飞过去的维多利亚号。

晚上，博士决定在距离依奥拉城大约四十英里的地方停下休息。曼吉夫山的两座尖峰高耸在远方。费尔久逊下令抛锚，于是维多利亚号在一棵大树的树梢上钩住了。但是一阵一阵的急风吹得气球左摇右摆，有时候，都把气球吹得平躺下来，吊篮几乎就要翻了。

费尔久逊一夜也没合眼。他好几次想要砍断锚索，避开暴风。风暴终于平息了，维多利亚号轻轻地颠簸着，这再也没什么叫人不放心的了。

第二天，风显得小了一些。但是遗憾的是，风已经把维多利亚号吹得离依奥拉城很远了。费尔久逊本想看看这座不久前由福拉人建设起来的城市，但是，现在无可奈何，也只好向北甚至向偏东北方向飞去了。

凯乃第建议在这个猎物丰富的地方停留一些时候。乔也认为能储存一些鲜肉也好。但是土人们已经向维多利亚号开了好几枪，他们的这种野蛮作风和敌对态度使得博士不能不继续赶路。这时，他们飞过了一个地方，那里到处是屠杀和火烧的景象，看样子仗还没有打完。那些土王们在战争中是不惜以自己的王位作为残杀的赌注的。

下面闪过无数有长长的小房子、人口密集的村庄。村庄周围铺展着一片辽阔的牧场，牧场上遍开着紫色的花朵。好像蜂房一样的茅舍，隐藏在栅栏的后面。凯乃第一再提到，那些险峻的小山坡，使他联想到苏格兰山地的风光。

不管博士怎么努力，维多利亚号还是被风一直向东北方，也就是隐没在乌云后面的曼吉夫山那边吹去。这座山把尼日尔河流域和乍得湖流域分隔开了。

过了不多时，巴热列山出现了。十八个村庄像婴儿靠在母亲的怀里似的贴在山坡上，这幅景色从上面看下来，真是美丽极了。山谷里到处是稻田和花生田。

三点钟，维多利亚号飞到了曼吉夫山跟前。既然不能避开它，只好飞过去。费尔久逊把温度升高至一百八十度（一百摄氏度），使气球的升力差不多增加了一千六百磅，因此气球上升了

曼吉夫山熄灭的火山口

八千多英尺。维多利亚号自从出发以来，还是第一次飞得这么高，这里的气温很低，博士和他的两位旅伴只好用被把身子裹起来。

费尔久逊不久又急忙下降，因为维多利亚号的气囊很可能就要爆炸了。这时，博士从容地看清楚了这座山早年是一座火山，它那熄灭了的火山口现在只是些无底的深坑。在曼吉夫山的山坡上，堆积了厚厚的一层鸟粪，看起来就像石灰岩。这么多的鸟粪如果用来肥田，恐怕供应整个英国都够了。

下午五点钟，维多利亚号有山为它挡住了南风，得已轻轻地沿着山坡落下，停在一块没人的空地上。气球的吊篮一落地，博士就采取了必要的措施使它停稳了。这时，凯乃第抓起马枪就向倾斜的谷地上跑去。不多一会儿工夫，他就带了半打野鸭和一只田鹬回来了。乔也正好显一显他的本领了。这一顿饭吃得很舒服，夜也过得十分安宁。

第三十章

莫斯菲亚城——阿拉伯族长——邓南姆、克拉柏尔顿、奥德纳和福格尔——罗古姆的首府——徒尔——在克纳克城的上空——土王和他的大臣们——袭击——火鸽子

第二天，5月11日，三位航空家继续勇敢地向前飞行。现在他们信赖他们的维多利亚号，就像水手信赖自己的船一样。

要知道，维多利亚号已经受过各种考验了。可怕的飓风，热

带的酷暑，在危险的情况下上升或下降……这一切，不管在什么时间、什么地点，它都幸运地应付过来了。至于费尔久逊驾驶气球的技术，可以说是十分高明的。正因为这样，虽然博士还不知道他们旅行的终点是哪里，但是他并不为旅行的前途担忧。不过，在这样野蛮和迷信的地方，他自然要加倍小心，他吩咐他的两位朋友要随时随地注意。

风慢慢地把他们向北方送去，早上九点钟左右，他们看到了一座大城市——莫斯菲亚城，这座城坐落在两个高山当中的高地上。它居高临下，简直是一座攻不破的堡垒，只有一条蜿蜒在森林和沼泽之间的小路可以上去。

气球飞过的当儿，一个阿拉伯族长正进城去。有一队服装鲜艳的卫兵护送着他。走在前面的，是一些喇叭手和清除沿途树枝障碍的开路兵。

博士想飞低一些，好仔细看看那些土人，因此开始使气球下降。阿拉伯人看到气球越变越大，也就越发害怕。过了一会儿，他们有的撒开腿，有的打起马，都一溜烟地逃走了。只有阿拉伯族长一个人没动地方。他拿起他长长的火枪，装上子弹，满不在乎地等着。

博士把气球降到离地大约一百五十尺高的时候，他大声用阿拉伯话向阿拉伯族长打招呼。阿拉伯族长一听到天上有人说话，立刻翻身下马，匍匐在地上。费尔久逊想尽方法，也没能够叫他站起来。

“这一点儿也不奇怪。”博士说，“欧洲人初到这里来的时候，都被他们当作神仙，不用说，我们更会被他们当作天神了。

以后这位阿拉伯族长和别人讲到这件事的时候，他一定会发挥阿拉伯人幻想的天才，把这件事讲得天花乱坠。不难想象，将来我们也会成为神话中的人物。”

“这就太遗憾了，”猎人说，“还不如让他们把我们当作凡人呢。这样，他们就会极力赞扬欧洲人的文明了。”

“狄克，我同意你的话。不过我们有什么办法呢？你要向当地的学者讲气球的构造，不管你讲多长时间，他们也一点儿都不会明白的，他们还是认为这是靠了神的力量。”

“先生，”乔问道，“您曾讲到很早就有一批欧洲人到这个地方来过了。您是不是可以告诉我，他们是些什么人？”

“亲爱的，我们现在正好走上邓南姆少校走过的路线。在莫斯菲亚城，他受到了曼达拉苏丹的款待。他离开了波尔努，他伴随阿拉伯族长去远征菲拉塔哈人。他参加了一次攻城战，那次战斗城里的人进行了英勇的抵抗，他们用阿拉伯人原始的火箭炮把阿拉伯族长的军队打得大败而逃，这一切只不过意味着杀人、抢劫和争地罢了。少校被抢劫一空，连衣服也被剥得光光的，要不是靠了他的那匹马，让他躲在它肚子底下，后来又让他骑着逃出敌人阵地，他恐怕永远也回不了波尔努的首府库卡了。”

“他，这位邓南姆少校是什么人？”

“一个大胆的英国人……1822年到1824年，他曾经率领一个到波尔努去的探险队。随同去的还有克拉柏尔顿大尉和奥德纳博士。他们3月里从的黎波里动身，到了费桑的首府莫祖克。他们就沿着后来巴尔斯博士回欧洲走的那条路前进，1823年2月16日，他们到达乍得湖畔的库卡。邓南姆考察了波尔努、满达拉和乍得湖的东岸；克拉柏尔顿大尉和奥德纳博士在1823年12月15日和他分手，深入苏丹内地，一直到索卡图。奥德纳由于劳累过度，死在木尔木尔城。”

“这么说，非洲的这部分地区，已经有不少人为科学而牺牲了？”凯乃第问道。

“唉！这真是个造孽的地方！我们现在一直向巴希米王国飞行，福格尔在1856年到瓦达伊国去，曾经路过这里，后来他就在瓦达伊国失踪了。这人还很年轻，只有23岁，他是被派去协助巴尔斯博士工作的。他们两人在1854年12月1日见的面，后来福格尔就开始在当地考察。1856年，他在他最后的几封信里提到他打算去考察瓦达伊国，当时这个国家欧洲人还没去过呢。他走到瓦达伊国的首府瓦拉，有人说他被俘了，也有人说他被打死了，因为他想攀登附近的一座圣山。不过，我们不应轻信任何关于某一个旅行家去世的传说，因为这样就等于说我们不必去找他了。比方说，就有过好几次，传说巴尔斯博士死了，这难怪引起他本人的愤慨！很可能，瓦达伊国的苏丹把福格尔关了起来，等人去赎。涅满斯男爵已经动身去瓦达伊国了，可是1855年到了开罗就死了。我们现在知道，欧格林带着从莱比锡派出的探险队正在找着福格尔。不久，我们就可以知道这位年轻有为的探险家的命运了。[①]”

过了一会儿，莫斯菲亚城就消失在地平线后面了，曼达拉已经在三位航空家的眼前出现了，这是一个异常富饶的地方：这

① 博士出发以后，人们接到探险队的新队长爱里·奥别达从门秦格尔寄来的信，证实福格尔已死亡。——原注

里有皂角树林，有红花遍开的草场，有靛青田和棉田。沙里河（shari）汹涌的河水在奔流着，它将流入八十英里以外的乍得湖。

博士指着巴尔斯的地图对他的两个朋友说：

“你们看，这位学者的工作做得非常仔细。我们正在飞向罗古姆地区，也许会飞到它的首府克纳克。可怜的徒尔就是在这里死去的，那时他才二十二岁。这个英国青年是第八十旅的中尉，他在非洲参加邓南姆少校的工作只有几星期，就死了。唉！人们真可以把这片广大的地区叫作欧洲人的坟墓。”

几只五十来尺长的木船在沙里河里下行。在一千尺左右高空里飞翔的维多利亚号并没引起土人的注意。风，一直相当大，可是现在开始变小了。

“难道我们又要碰到完全平静无风的那种情况吗？”博士说。

“唔，先生，不管怎么样，我们现在不用怕水不够用，也不用怕沙漠了。”乔说。

“不过，这里住的人也许更可怕呢。”博士说。

“瞧，这地方很像座城市。”乔说。

“这是克纳克城，”费尔久逊答道，“不管风怎么小，可是它正是把我们往那里送。假使我们愿意的话，我们可以给这个城画个精确的平面图。”

“我们可不可以降低一些？”凯乃第问道。

“再容易也没有了，狄克。我们正好在城的上空。让我把燃烧嘴的火头弄小些，我们就要开始下降了。”

过了半小时左右，维多利亚号就一动不动地停在了离地二百尺高的空中。

“现在我们离克纳克非常近了，”博士说，“顶多像在圣保罗教堂屋顶上看伦敦一样。现在我们可以好好地看看这座城了。”

“这从四面八方传来的、好像木槌敲东西的声音，是什么声音呢？”

乔仔细地瞧……原来是些织布工人在露天敲打绷在大树干上的麻布。

现在，克纳克——罗古姆的首府——一览无余了。它是一个像样子的城市，有一行行的房子和一条条相当宽阔的街道。在一个广场上，可以看到一个奴隶市场，那里聚集着许多买主。手足纤小的曼达拉妇女销路很广，而且利润很大。

和过去几次的情况一样，维多利亚号一出现，土人首先是发出一片喊声，接着是惊慌失措，最后扔下买卖、工作就逃。全场寂静无声。三位旅行家一动也不动地停在空中，欣赏着这座人烟稠密的城市。他们甚至还降低到离地只有六十尺左右的高度。

这时，一位酋长——罗古姆的土王——手举绿旗从他的家里走了出来，一队拼命吹着牛角的吹手跟在后面。土人们开始聚拢在这位土皇帝的周围。费尔久逊想和他说话，但是一点儿也没有达到目的。

罗古姆人的额角很高，头发卷曲，鼻子呈鹰钩状，样子显得骄傲、聪明。但是维多利亚号的出现却使他们大吃一惊，乱成一团。这时有一些骑马的人往四面八方奔跑。过了一会儿，事情就十分明了了。原来土人已经把军队集合起来准备和不平凡的敌人打仗了。乔把各种颜色的手绢都挥舞过了，但全是白费，什么结果也没有。

在这个当儿，被一群侍从蜂拥着的酋长打了个手势，叫大家静一静。接着，就讲了一大番话，可是，费尔久逊一个字也没听懂——这是一种阿拉伯语和巴希米语混合的语言。不过，靠了手势这种国际性语言，博士很快就明白了：酋长要求他们赶快离开此地。博士自己当然也巴不得快点飞走，但是，没有风，要走也走不了。酋长看到维多利亚号动也不动，发火了。他的大臣们大叫起来，想把这个怪物吓跑。

这些大臣都是些样子滑稽透顶的人，每人都穿着五六件花花绿绿的衬衫，挺着大肚子——看来其中有的是假的。博士告诉他的两位朋友，这是向苏丹讨好的一种方式，两位朋友听了大为惊奇。在这里，肚子挺，表示一个人志向大。这些胖家伙们都一面嚷，一面指手画脚。其中有一个人最突出，根据他胖的程度来判断，他大概是宰相。一群土人也跟着号叫起来，并且像猴子一样模仿着他们的手势，上万只手臂在同时做着一样的动作。

他们看到这样恐吓没有效果，就开始采取比较厉害的措施了。许多拿着弓箭的士兵摆下了阵势，但是这时维多利亚号却已膨胀起来，沉着地上升，升到箭射不着的地方了。酋长端起火枪，瞄准了气球。但是一直在注意着他的凯乃第，抢先放了一枪，打断了他手里的火枪。

这意外的一枪使土人们惊慌到了极点。一眨眼的工夫，他们都逃回他们的小房子里去了，全城一个人影也看不到了。

夜来临了，没有一丝风。维多利亚号只好停在离地三百尺的空中。下面是一片漆黑，一点灯光也没有。死一般的静寂。在这

酋长打手势要求他们赶快离开。

种情况下，博士加倍地警惕，因为很可能在这静寂当中暗藏着什么埋伏。

费尔久逊这样小心，是有道理的。大约在午夜时，整个城市好像起了火一般，上百道火光像火箭似的交织在空中。

“真奇怪！”博士说。

“上帝保佑我们！”凯乃第说，“这片火好像在上升，好像正向我们烧来。”

果然是这样。这片大火在可怕的喊声和枪声中，向维多利亚号升来了。乔准备着扔压舱物。费尔久逊马上就明白了这是怎么一回事。

原来土人向维多利亚号放出了成千上万只在尾巴上拴了燃烧物的鸽子。鸽子被吓得四处乱飞，在空中画了无数道火的曲线。

凯乃第把什么枪都拿了出来向冒着火焰的鸽子开火，但是他怎么对付得了这么多的敌人呢！鸽子已经在维多利亚号周围飞绕了，气球映着火光，似乎被罩在一张火网里。

博士不假思索地扔下去一块石头，马上气球就升到这群危险的鸽子上面去了。开始，他们还可以看到东一处西一处的火光，接着，数量慢慢地越来越少，两小时以后，火光完全熄灭了。

“现在，我们可以放心睡觉了。”博士说。

“对于野人来说，这个办法想得可真够聪明的了。”乔说。

“他们常常放出这种鸽子去烧别村的草房。”博士说。

“可是这一回，我们的村子飞得比他们有翅膀的放火者还要高。”

“气球真是什么也不怕。”凯乃第说。

“不，你说得不对。”博士反驳道。

“怕什么呢？”

“怕坐在它吊篮里的不小心的人。所以我说，朋友们，随时随地都要当心！”

第三十一章

夜半起飞——谈话——猎人的天性——小心戒备——沙里河——乍得湖——河马——一枪没打中

乔在吊篮里值班。夜里三点钟左右，他终于看到下面的城市移动了。维多利亚号前进了。这时，凯乃第和博士已经醒来。

费尔久逊看了看罗盘，心里很高兴，现在风在把他们向西北偏北方吹送。

“我们的运气很好，”他说，“一切都很顺利。我们今天就可以看见乍得湖了。”

“这个湖大吗？”凯乃第很感兴趣。

“相当大，亲爱的狄克。湖面最宽的地方有一百二十英里。”

“在湖上飞行，这倒可以给我们的旅行增加一些趣味。”

“似乎我们不应该抱怨什么了，再说我们这次旅行，并不单调，特别是，一切都还算顺利。”

“萨梅尔，的确是这样。要是前几天在沙漠里不缺水的话，好像还没碰到过什么大的危险呢。”

“不管怎么说，我们的维多利亚号始终是叫人满意的。今天是5月12日，我们是4月18日出发的。我们已经走了二十五天了。再过十来天，我们就要到达目的地了。”

“目的地是哪儿呢？”

“这我也不知道。不过随便上哪儿去还不是一样吗？”

“你说得对。让上帝像过去那样领着我们吧。我们现在看上去还不像是越过了世界上瘴气最大的地方的人呢！”

“我们说飞，我们就飞！”

“空中旅行万岁！”乔喊道，“我们飞了二十五天，还是十分健康，吃得饱饱的，而且好好地，甚至过好地休息了一阵子。我的腿简直闲得退化了，我一点儿也不反对活动活动腿脚，走它三十英里。”

“乔，这种乐趣，你到伦敦的街道上去享受吧。”博士说，“可是，总的说来，我们比我们的前辈们运气好，我们和邓南姆、克拉柏尔顿和奥维尔维格一样，也和巴尔斯、理查德逊和福格尔一样，出发的时候都是三个人，所不同的是我们三个人到现在还是三个人，一个也不少。最要紧的是：我们不要分开。假使维多利亚号突然遇到意外，不能不飞走，而我们里面的一个人还留在地上，在这种情况下，谁知道我们什么时候才能见到他呢？因此，坦白地说，我是不喜欢凯乃第去打猎的。”

“不过，亲爱的萨梅尔，你还是能允许我过一过打猎的瘾头吧？能够补充一下我们的食物，这也不算坏呀！再说，当初你叫我一起来的时候，你不是用打猎诱惑过我吗！可是，到目前为止，我在这方面却没有做出什么成绩！”

“亲爱的狄克，也不知道是你的记性不好，还是谦虚，你一点儿也不提自己的功劳。可是我觉得，不必提小的野禽，你已经欠下了一只羚羊、一只大象和两只狮子的命债了。”

“我的朋友，对于一个把一切动物都看成是向他枪口上撞的猎人来说，这算得了什么呢！……你看呀，看呀！喏，那儿有一群长颈鹿！”

“这就是长颈鹿吗？”乔叫道，“它们还没我的拳头大呐。”

“这是因为我们现在离地有一千尺高，假使离得近的话，你会看到它们有你三个高。”

“萨梅尔，关于这群非洲羚羊，你要说什么呢？”凯乃第继续说，“或是那些鸵鸟？……它们跑得跟风一样快。”

“这些是鸵鸟吗？”乔又惊讶道，“可是这简直像鸡呀，像真正的鸡呀。”

“我说，萨梅尔，能不能靠它们近一点儿？”

“狄克，当然可以，不过，不能着陆。既然不着陆，那么，打这些野兽有什么好处呢？假使这是狮子、老虎或鬣狗，那我还能理解，打死一只，世界上就少一只凶暴的野兽，可是像羚羊这类爱和顺的动物，光是为了满足猎人的一时高兴，那又何苦呢？总而言之，我的朋友，我们将保持在离地一百尺的高度飞行。假使你碰见一只猛兽，你一枪打中它的心窝，我们才高兴呢。”

维多利亚号慢慢降低了，但是它和地面还保持着相当的距离。因为在这个人口稠密的野蛮地方，随时都有可能遇到意外。

三位旅行家现在正沿着沙里河飞行。美丽如画的两岸隐蔽在各种色调的茂密树荫下。藤本植物和其他种类的蔓生植物交错在一起，就像一块鲜艳夺目的调色板。鳄鱼像蜥蜴一样，一会儿轻巧地浮上来，一会儿又沉下去。它们一边玩着，一边向散布在河中心的无数绿色小岛游去。气球就这样在这片苍翠富饶的大自然中飞过了马法台地区。

早晨九点钟左右，费尔久逊博士和他的两位朋友终于飞到了乍得湖的南岸。这就是非洲的里海，也就是邓南姆和巴尔斯的探险队到过的地方，它的存在长久以来被看作无稽之谈。

现在，这个湖的轮廓已经和1847年画在地图上的大不相同了，博士试画了一张。的确这个湖的地图是没法画的。因为湖岸一周全是些几乎不能通行的沼地（巴尔斯差一点儿死在那片沼地里），沼地上终年密生着一丈多高的芦苇和纸莎草。有时候，这些沼地本身就变成了湖，甚至还淹没了湖畔的城市。1856年，恩戈尔思就是一例。现在，河马和鳄鱼玩耍的地方，就是当年波尔多人住的地方。

耀眼的日光照耀着宁静的湖面，在北方的地平线上，水天连成了一片。

长久以来，人家都说这湖里的水是咸的，博士很想尝尝，证实一下。在湖面上下降没有什么可担心，于是维多利亚号在离水面只有五尺高的地方像一只鸟儿似的掠着水面飞行。乔用绳子吊下一只瓶子，吊上来半瓶水，尝了一下，觉得这水带有碱味，不适于饮用。

博士在笔记本上记下了关于湖水的成分，这时在他身边发出了一声枪响。原来凯乃第实在忍不住了，他看到一只怪模怪样的河马刚出水，就放了一枪。但是，显然枪弹没有打中它，只把它吓跑了。

“还不如用叉叉住它呢。”乔说。

“用什么叉呢？”

“就用我们的锚。对于这样一个怪物来说，锚是挺合适的钩子。”

“真的，乔想的主意真不错……”狄克道。

“不过我要求你们千万不要这样做，”费尔久逊打断了他的话，“这个怪物会把我们拉到我们完全不想去的地方去的。”

“尤其是现在，我们已经知道了乍得湖水的味道了。”乔插

嘴道，“费尔久逊先生，这怪物的肉可以吃吗？”

“乔，这是一种厚皮的哺乳动物。听说，它的肉非常好吃，甚至在沿岸居民当中是一种畅销的商品。”博士答道。

“噢，狄克先生一枪没有打中，真可惜！”乔叫道。

“狄克的枪弹根本就没打中它的要害，这种动物只有打在它肚子上或者两条大腿之间才能打伤它。瞧，湖的北部，如果我觉得那里合适，我们便在那里休息。那时，凯乃第才是到了真正的动物园呢，他错过的机会都可以得到补偿了。”

“太好了，”乔叫道，“请狄克先生务必打几只河马。我真想尝尝这种水陆两栖动物的肉！到了非洲中部还像在英国似的吃些鹧鸪和山鹬，那太不像话了。”

第三十二章

波尔努的首府——比地奥马人的岛屿——兀鹫——博士的忧虑——戒备——空袭——气囊破了——掉下去了——伟大的自我牺牲——乍得湖北岸

在乍得湖的上空，维多利亚号落入了向西的气流。阴云降低了阳光的热度，从水面上吹来习习的凉风。中午一点钟左右，维多利亚号斜着飞过湖以后，又开始在陆地的上空飞行了，像这样飞了七八英里。

起初，博士不是很满意，但是当波尔努的首府库卡出现时，他便不再抱怨了。过了一会儿，费尔久逊能够看到这个周围有白色黏土城墙的城了。在许多方形阿拉伯式房子当中，笨拙地矗立着一些盖得相当粗糙的清真寺。住家的院子里和外面广场上都长着棕榈和橡胶树，绿色的树冠，直径足有一百多尺，简直像一座座圆形的屋顶。乔向他的朋友指出，这些大阳伞恰好和日光的热度相称，因此，他更加相信了上帝可爱的结论。

库卡实际上包括两座独立的城，两城当中只隔着一条长约六百米的林荫大道。这时，在这条林荫道上，步行的人和骑马的人络绎不绝。路这边的城显得非常华丽，房子又高又宽敞；路那边的城就显得十分简陋，挤在一起的小棚子又低又狭，住在里面的都是些过着牛马般生活的穷人，因为库卡既没有商业，也没有工业。凯乃第认为库卡在分作两个彼此大不相同的城方面，有点儿像爱丁堡，所不同的是库卡在平原上。

但是，三位旅行家几乎还没来得及看他们面前展开的风景，一阵向相反方向刮的风突然托住维多利亚号（这里气流的特点是变化频繁），又把它往乍得湖那边送去。

他们飞了四十来英里。费尔久逊和他两位朋友的眼前又展开了一幅新的图画。湖里散布着许多岛屿，岛上住着比地奥马人。比地奥马人是些凶恶的海盗，人们怕他们，不亚于怕撒哈拉沙漠里的图瓦雷格人。

这些野人刚要用箭和石子来欢迎维多利亚号，维多利亚号就已经像只大甲虫似的从他们头上飞过去了。

这时，乔注视着天边，向凯乃第说：

“狄克先生，我猜您一直在想着打猎呢。瞧，您有事干啦！”

“乔，什么事？”

“这一回，博士可不会反对您放枪了。”

“乔，到底是怎么一回事？”

“瞧！那儿有一群大鸟向我们飞来了！”

“鸟？”费尔久逊抓起望远镜叫道。

“是的，我也看见了，”凯乃第道，“起码有一打。”

“是十四只，狄克先生。”乔更正说。

“但愿这些鸟是一种有害的鸟。那样，好心肠的萨梅尔就不会反对我放枪了。”猎人说。

“我没有什么意见，”费尔久逊说，“不过，我倒很希望这些鸟离我们越远越好。”

“您怕这些鸟吗？”乔奇怪地问道。

库卡城

“这是些兀鹫，而且是最大的兀鹫，如果它们来进攻我们的话……”

“萨梅尔，那么我们就自卫！”狄克打断了他的话，“我们有的是火药来招待它们。我不信这些鸟有这么厉害。”

“谁知道呢？”博士答道。

过了十分钟，那群鸟已经近到用枪可以打得着了。这十四只兀鹫沙哑地叫成一片。它们直向维多利亚号扑来，看来，与其说维多利亚号叫它们害怕，还不如说叫它们发火了。

“叫什么！嚷什么！”乔说，“我们侵入了它们的领域，而且竟敢和它们一样地飞，大概这使它们看不顺眼吧！”

“老实说，它们的样子的确可怕。假使它们和我一样有马枪的话，我倒要把它们当作危险的敌人。”凯乃第说。

“咳！它们是不需要马枪的。”费尔久逊答道，他越来越担心了。

这时，兀鹫围绕着气球盘旋。包围圈愈来愈缩小了。它们以极快的速度在天空中穿来穿去，有时像颗枪弹似的突然下落，有时又出其不意地急转方向。

博士决定把气球升高一些，离开这危险的环境。他扭大了燃烧嘴的火苗，氢气开始膨胀起来，于是维多利亚号就向上升去。但是兀鹫也跟着气球一起往上升，显然它们还不肯放过它。

“看样子它们要和我们作对到底。”猎人一面往他的马枪里装子弹，一面说。

真的，这些猛禽越飞越近了，有的离气球只有五十来尺远，好像在向凯乃第的武器挑战。

"我真想朝它们放一枪。"猎人叫道。

"不行，狄克，不行。"费尔久逊阻止他道，"没有必要的话，不要去刺激它们，枪声可能成为它们进攻的信号。"

"可是，没有问题，我对付得了。"

"狄克，你想错了。"

"萨梅尔，我们给它们一个一枪，反正子弹有的是。"凯乃第要说服他的朋友。

"不过，万一它们扑到气球上面的话，你怎么打得着它们呢？"博士反对道，"你想象一下在陆地上碰到一群狮子或在海洋中碰到一群鲨鱼的情况吧！对于我们在空中的人来说，现在的情况就和那两种情况一样的危险。"

"萨梅尔，你说的是真话吗？"

"绝对是真话，狄克。"

"那我们就等一会儿吧。"

"对，等着。随时防备袭击，不过，你要注意，我不叫你放枪，你就千万不要放。"

兀鹫已经离得很近了。它们那叫得鼓起来的光秃秃的脖子和气得竖起来的紫色毛冠，已经可以看得清清楚楚了。这都是些最大的兀鹫，它们的身长足有三尺多。它们的白翅膀在太阳里闪闪放光，简直可以说它们是长着翅膀的鲨鱼。

"这些猛禽在追我们，"费尔久逊看见兀鹫跟在维多利亚号后面飞，说道，"不论我们升多高，它们也不会落在我们后面的，说不定还能赶过我们呢。"

“我们怎么办呢？”凯乃第问道。

博士什么也没回答。

“萨梅尔，你听着，”猎人说，“兀鹫一共只有十四只，我们的几支枪一共可以放十七枪。就是不能把它们全打死的话，难道还不能把它们赶走吗？一大半由我个人负责。”

“狄克，我对你的枪法是十分信任的。”博士回答道，“而且我预先认为被你瞄准的那几只兀鹫已经被打死了。但是，我再重复一遍，万一这些兀鹫扑到气球上面来，那你甚至连看也不会看到它们。它们将抓破我们的气球，可是，你别忘了，我们是离地三千尺高！”

在这一刹那，一只最凶猛的兀鹫张开嘴，伸出爪子向维多利亚号扑来，它打算把气球啄破，并且扯个粉碎。

“开枪！开枪！”博士叫道。

博士的这句话还没说完，兀鹫就被击中要害，旋舞着掉了下去。现在凯乃第抓起了双筒枪。乔也端起了枪。兀鹫被枪声吓得四散飞逃，但一会儿又疯狂地猛扑过来。这时，凯乃第一枪正好打掉了一只离得最近的兀鹫的头，乔打碎了另一只兀鹫的翅膀。

“只剩十一只了！”乔喊道。

但是剩下的这十一只兀鹫现在改变了它们的战术，它们一起飞到维多利亚号上面去了。凯乃第望着费尔久逊。尽管费尔久逊这么坚强和沉着，但他的脸色也白了。在这不安的寂静中，突然传来了绸子的撕裂声。三位旅行家觉得吊篮离开他们的脚了。

“我们完了，”费尔久逊看到气压表迅速上升，叫道，“快扔压舱物！快扔！”

只几秒钟的工夫，全部压舱物都扔出去了。

“我们全完了！”费尔久逊叫道，“倒掉水箱里的水！乔，听见了没有？我们要掉到湖里去了！”

水马上就都倒掉了。博士在吊篮边弯腰一看，只见湖水好像海潮一样向他们冲来。下面的东西看着看着很快变大。吊篮离乍得湖的湖面只不到二百尺了。

“扔掉存粮！扔掉存粮！”博士又叫道。

于是装着食物的箱子就投到湖里去了。

落得慢一些了，但是还是在继续下降。

“扔呀！再扔呀！”博士喊道。

“没有什么东西可扔了。”凯乃第答道。

“有。”乔简单地答了一声，迅速地画了个十字，就跳到吊篮外面，不见了。

“乔！乔！”博士惊惶地喊道。

但是乔并没有听见他的话。

维多利亚号减轻了负重，又开始上升了，升到一千尺高的空中，风直往漏了气的气囊里钻，把气球向湖的北岸送去。

“没命了！”凯乃第做了个绝望的手势，说。

“为了救我们，他自己牺牲了！”费尔久逊接着说。

这两位勇敢的人的脸上滚下了大颗的泪珠。

他们伏在吊篮边，还希望能够看到可怜的乔的踪迹，但是他们已经被风吹得很远了。

“我们现在怎么办呢？”凯乃第问道。

希跳下吊篮。

"狄克，只要一有可能，我们就着陆，然后，下去。"

维多利亚号飞了六十英里以后，降落在乍得湖北岸荒凉的地区了。锚钩住了一棵树，猎人把锚弄牢了。

夜来临了，但是费尔久逊和凯乃第一分钟都没能合眼。

第三十三章

推测——维多利亚号恢复了平衡——费尔久逊的新打算——凯乃第打猎——详细考察乍得湖——唐加里亚村——回到湖边去——拉利城

第二天，5月13日，两位旅行家首先考察了他们所在的那部分湖岸。这是一片沼泽当中的一个土岛。在这块硬地的周围长着一望无际的芦苇，这些芦苇就有欧洲的树那样高。

不能通行的泥泞地为维多利亚号创造了安全条件。只要注意湖岸就行了。特别是东边，只是一望无际的湖水，甚至连个小岛都没有。

两位朋友一直到现在还没有勇气提起他们不幸的朋友。凯乃第头一个说出了他的假定。

"也许乔还没死，"他开口道，"他是个机灵的小伙子，而且是个少有的游泳家。他游过爱丁堡的福尔斯海湾，都没有什么困难。我们早晚还会见到他，至于何时何地，我们不知道。总而言之，我们应该不放过一切机会找他回来。"

"狄克，但愿上帝能听见你的话！我们将尽一切努力来找到我们的朋友。”博士热情地回答，“不过，我们首先要把维多利亚号外面没用的气囊去掉。把它去掉，就会减轻六百五十磅的负担。这是值得花点儿力气搞一搞的。”

博士和凯乃第马上开始工作，这项工作是很难做的。

首先，要把气囊上非常坚固的绸子一块一块地拉掉，然后把它扯成一条一条从网子里掏出来。兀鹫用嘴撕破的裂口足有好几尺长。

这个工作足足做了四个钟头。最后，好容易才把外面的气囊整个去掉了，还好，里面的气囊一点儿也没坏。维多利亚号的体积减小了五分之一。

凯乃第觉得体积上的这个差别实在太大了，他很担心。

“现在我们还能飞吗？”他问他的朋友。

“关于这一点，你不用担心，狄克。我有办法叫我们的气球恢复均衡。等我们可怜的乔一回来，我们就可以照常飞行了。”

“萨梅尔，如果我没记错的话，在我们往下掉的时候，我们正好离一个岛不远。”

“对，我也记得是这样。不过，那个岛和此地所有的岛一样，当然是有野人居住的。我们出事的时候，他们一定看见了。乔如果落在他们的手里，除非野人迷信，救了他；要不，那就不堪设想了。”

“萨梅尔，我再重复一遍，乔是一个能随机应变的人，我信任他的敏捷和机智。”

“我也希望这样。狄克，你打猎去吧，不过不要走得太远。大部分吃的东西都扔掉了，现在要紧的就是补充我们的存粮。”

“好吧，萨梅尔，我一会儿就回来。”

凯乃第拿了一支双筒猎枪，踏进草丛，向最近的一片小树林走去。过了不多时，频频的枪声告诉费尔久逊，打猎是顺利的。

在凯乃第打猎的当儿，博士清点了一下剩下来的东西，调整了一下气球的平衡。现在，还剩下三十来磅干肉饼、一些茶叶和咖啡、大约一加仑半白酒和一只空水箱。熏肉一块也没有了。

博士知道，由于少了外面气囊里的那一部分氢气，维多利亚号的升力大约减小了九千磅。要使气球恢复均衡，他当然得注意到这一点。现在的维多利亚号整个体积等于六万七千立方尺，容有氢气三万三千四百八十立方尺。用来使气体膨胀的装备，看来还是好好的，不管是电池或者是蛇形管，都没有损坏。

新维多利亚号的升力大约等于三千磅。博士把仪器、人、吊篮连同它的一切附件、五十加仑水和一百磅鲜肉的重量统计了一下，总共是二千八百三十磅。因此他可以再带一百七十磅压舱物以备意外时用。带了这些压舱物，气球也就均衡了。博士在按照这种情况装备维多利亚号时，又补充了一些压舱物代替乔的重量。

博士一整天都忙着做各种准备工作，一直忙到凯乃第打完猎回来。凯乃第这次打猎非常顺利，他带回来一大堆野鹅、野鸭、山鹬、鸳鸯和雎鸠。猎人立刻把这些野禽拾掇干净，开始熏制。他把每一只野禽都插在棍子上，架在用绿色树枝堆成的篝火上。凯乃第对这件事是很有经验的了，当他认为野禽已经熏得够火候

这次打猎很顺利。

了，便把它们摘下来放在吊篮里。这种食物明天还得补充一些。

在两位旅行家工作的当儿，黄昏就来临了。他们的晚饭是：干肉饼、饼干和茶。紧张地劳动了一天，他们的胃口特别好，吃过晚饭以后，他们就想睡觉了。费尔久逊和凯乃第在值班时，都恍惚听到从什么地方传来乔的喊声。

他们就希望能听到他的喊声，但是，可惜，这声音似乎很远。

黎明时分，博士叫醒了凯乃第。

“我考虑了很久，我们总得想个办法把我们的朋友找回来。”费尔久逊说。

“萨梅尔，不论你想出什么办法我都赞成，说吧。”

“首先，非常重要的是，得设法叫他知道我们的情况。”

“当然啰！要不，那个好小伙子以为我们扔了他呢。”

“他呀？才不会呢！他太了解我们了，他一辈子也不会这样想的。不过，必须让他知道我们在什么地方。”

“怎样通知他呢？”

“乘上吊篮，再升到空中去。”

“万一风把我们吹到别处去呢？”

“幸而不会这样。狄克，你看，风将把我们送到湖的上空去。如果昨天是这样，那才倒霉，可是，现在，却是正好。我们想办法在湖的上空飘上一整天，那样，乔不会看不到我们的，要知道，他会时时刻刻用眼睛找我们呢。他甚至会想出办法来告诉我们他在什么地方。”

“只要他是单独一个人，而且是自由的话，他当然就会想出办法来的。”

“甚至就是他被人俘虏了，他也能看见我们，知道我们在找他。”博士说，“土人的习惯是不把俘虏关起来的。”

“可是，如果我们得不到任何信号，也找不到他的踪迹，怎么办呢？一切情况都应该先估计到！”

“那时我们就想法回到乍得湖的北部去，我们尽可能停在让人看得见我们的地方，然后，我们搜索一下湖岸，乔一定会想法到那里去的。当然，在我们没有尽到一切力量以前，我们是不会离开的。”

“好，这就出发。”猎人同意道。

博士给他们准备离开的那块陆地画了一张精确的平面图，然后查了一下地图，确定它是在乍得湖的北岸，在拉利城和英热米尼村之间，这两个地方邓南姆少校都来过。当费尔久逊忙他的工作时，凯乃第已经抽工夫打了一会儿猎，补充了一些鲜肉。虽然在这一带沼地上看到犀牛、海牛和河马的足迹，但是这些巨大的动物，狄克一只也没有碰到。

早上七点钟，费了九牛二虎之力才把锚从树上弄下来。过去，可怜的乔做这件事的时候，做得多么轻捷呀！氢气膨胀了……于是新维多利亚号就上升到二百尺高的空中去了。起初，它在一个地方直打转，但是，过了一会儿，它就被相当大的风托住，以每小时二十英里的速度向湖的上空飞去。

博士一直把气球保持在二百尺到五百尺之间的高度。凯乃第过一会儿就用马枪放一枪。两位旅行家在飞过一些岛屿的时候，为了看清楚下面的矮林、大树和灌木，甚至冒险降得很低。总之，凡是可以让人藏身的树荫或岩石都仔细看了。有时，他们降到在湖上行驶的长形独木舟的上空。渔夫们一看到气球，就投到水里惊慌失措地溜回他们的岛上去。

“我们什么也没有看见。”找了两个钟头以后，凯乃第闷闷地说。

“狄克，我们再等一等，不要泄气。我认为现在离出事的地方不远了。”

快到十一点的时候，维多利亚号已飞了九十英里。现在，它遇到一股新的气流，于是它拐了一个九十度的弯，被新气流向东吹了六十英里。两位航空家在一个地广人多的岛上飞翔，博士知道这就是费兰岛，比地奥马人的首邑就在这里。费尔久逊看到一个树丛，巴不得乔马上就从那里喊着跑出来。假使他是自由的，把他提到吊篮里来，那是没有什么困难的。就算他被俘虏了，那就再用一次救传教士的办法，也能够把他救出来。但是，博士和凯乃第无论在哪儿，连乔的影子也没找到。

真叫人失望!

下午两点半钟，乍得湖东岸的一个村庄唐加里亚村出现了。这也就是邓南姆探险走到的最远的一个地点。

风始终是这个方向，博士开始担心起来。他知道他们又在向东，向非洲中心无边无际的沙漠里走了。

“我们一定得停下来，”他说，“不得已就只好着陆。为了乔，我们应该回到湖的上面。不过，我们先找一找相反的气流。”

费尔久逊用了一个多钟头的工夫，在不同的高度寻找这种气流。维多利亚号仍然被风向东吹送，但是最后，幸而它在一千尺高的地方被非常大的风推向西北方去了。

“乔不可能在任何一个岛上，”当博士重新看到乍得湖的北岸时，他的脑海里掠过了这样的思想，“假使他在岛上的话，他一定能想法叫我们知道。他可能被冲上陆地去了。”

至于认为乔落在湖里淹死了，这也是说不通的。费尔久逊和凯乃第突然产生了一种可怕的想法：在这一带湖里鳄鱼多得很呀！起初，他们两人谁也没有勇气说出自己的这个顾虑。最后，还是博士没头没脑地说：

“……只有在岛的附近或者湖边上才会碰到鳄鱼，乔一定能灵巧地躲开它们的。再说，这里的鳄鱼根本不可怕。非洲人常常逍遥自在地在湖里洗澡，从来也不怕鳄鱼侵袭！”

凯乃第什么也没回答。他宁可不作声，也不愿讨论这个可怕的可能性。

下午五点钟左右，博士宣称：他们正在拉利城的上空飞行。这里的房子都是用芦苇编起来的，旁边有用围墙围起来、精耕细作过的园地。这时，城里的居民正在园地上摘棉花。这一簇小房子有五十来所，都聚集在小山中间的山谷里。风越来越大了，博士心里很不是滋味。但是，幸而风向突然变了，把维多利亚号又送回两位航空家前一天晚上过夜的地方去了。这一回，锚没有钩住树，而是钩住了一束芦苇，这束芦苇被稠厚的淤泥牢牢糊住了，所以相当结实。起初，很难使气球停住；但是天黑以后，风息了。这两位朋友都怀着失望的心情，一夜没睡着。

第三十四章

飓风——不得不起飞——丢了一只锚——满肚子心事——下了决心——龙卷风——沙漠活埋了骆驼队——逆风和顺风——回到南方——凯乃第值班

早晨三点钟，刮起了大风，维多利亚号停得离地面这么近，实在太危险了。高高的芦苇鞭打着气球，很可能把它扯破。

“狄克，得出发了，”博士说，“在这种情况下，我们无论如何也不能留在这里。”

“乔怎么办？”

“我当然不会把他扔下，”博士答道，“就是飓风把我们向北送走一百英里，我也要回来的。但是，现在留在这里，我们有很大危险。”

“这么说，不等找到他，我们就飞走？”苏格兰人心中很难受地说道。

“狄克，你以为我心里不难过吗？情况这么紧急，我能不这样做吗？”

“我听你的吩咐，”猎人说，“我们就走吧！”

但是，即使要走，也不是那么容易。锚，钩得牢牢的，怎么也取不下来，维多利亚号却被风刮得直往上挣，这更增加了起飞的困难。凯乃第怎么也弄不下锚来。再说，在这种情况下，取锚是十分危险的，锚索一断，维多利亚号不等狄克爬进吊篮就要飞走了。

费尔久逊不愿意冒这种险，因此他叫苏格兰人赶快爬进吊篮里来，然后，忍痛把锚索砍断了。维多利亚号在空中一下子往上升了三百尺，一直往北飞去。费尔久逊一点儿办法也没有，只好让气球听凭风暴摆布。他把双手交叉在胸前，闷闷地沉思着。过了一会儿，他转过身来，对默默无言的凯乃第说：

“狄克，也许我们真的不自量力，作这样非人力可为的旅行。”博士深深叹了一口气。

“可是，几天以前，”猎人说，“我们还为脱险高兴呢！我们三个人还互相握手庆贺呢！”

“可怜的乔！他是个多好的小伙子呀！又忠诚，又老实！他曾经一度被财富迷惑住，可是，他毕竟慷慨地牺牲了他的宝藏！现在，他已经离我们很远啦！风还在用不可思议的速度把我们往远处送！”

“萨梅尔，你认为他落到湖畔某一个部落的手里，就不能像从前来过这里的邓南姆和巴尔斯等人那样幸运吗？他们二人不是都回到故乡了吗？”

“唉，我可怜的狄克！因为乔，他一句当地话也不会说呀！而且他只身一人，一点儿东西也没带！你提到的那些探险家，他们每到一个地方，总是先给酋长送礼物，同时还有武装的卫队护送。就是在这种情形下，他们也没能避免吃苦受罪！我们不幸的朋友还能遇到什么好事呢？真叫人越想越可怕！我觉得，我这一辈子还没有这样伤心过呢！”

“不过，萨梅尔，我们还要回到那里去呀！”

“当然要回去的，必要时，我们甚至不得不抛弃维多利亚号徒步走到乍得湖边，和波尔努的土王打交道。阿拉伯人对初来乍到的欧洲人不一定会有什么不好的印象。”

“萨梅尔，我跟你去！”猎人热情地叫道，“你可以完全信任我。我们宁可不回家，也不能扔下乔不管！他为我们牺牲自己，我们也要为他献出生命。”

这个决心又恢复了他们的勇气，使他们更有信心。费尔久逊想尽了一切办法，寻找可以把他们送回乍得湖畔的气流。然而，什么结果也没有。在这么大的飓风里，就连在这荒漠的地方抛锚，也办不到了。

维多利亚号飞过迪布人居住的地区，越过苏丹国境线上的“别拉台尔吉利”——长满带刺灌木的荒原，最后，飞到了沙漠的上空。这片沙漠地上，被来来往往的骆驼队踩出了一条条的路迹。最后一排树木在南方和天际融成一片。一会儿，非洲这一带的主要绿洲很快就在下面闪过去了，这里，有五十口井分布在茂密树木的绿荫底下。但是在这里也没能够着陆。再过去，出现了一个阿拉伯人的宿营地，许多斜纹布的帐篷和伸着蛇头一般脑袋的骆驼给这片沙漠带来了生气。维多利亚号像颗流星似的飞过，三个钟头的工夫，就飞了整整六十英里，费尔久逊一点儿也没有办法控制气球飞行的速度。

“我们要停也停不下来，”博士说，“要着陆也办不到。没有一棵树！也没有一个土丘！我们又要过撒哈拉沙漠了吗？一定是老天在和我们作对！”

正在博士万分绝望的时候，突然看见北面升起了像云雾一样

的沙尘，沙尘在两股相反的气流冲击下直打转。显然是龙卷风在那里作怪。一个七零八落、惊慌失措的骆驼队被卷在飞沙里。跌倒在地上的骆驼喑哑地惨叫着。呛人的尘雾里发出哭声和喊声。在混乱当中，不时闪动着颜色鲜艳的衣裳。在这幅毁灭的景象上面，怪物般的旋风在咆哮着……

过了一会儿，在那片原来是十分平坦的沙漠平原上，冒出了一个变幻不定的沙丘，那是埋葬骆驼队的大坟墓。博士和凯乃第看到这个恐怖的场面，脸色都变白了。气球在两股相反的气流中间打转，他们一点儿办法也没有。氢气的膨胀对气球也丝毫不起作用。气球被裹在旋风里，用令人头晕的速度旋转着。吊篮被甩得摇摇摆摆。

挂在帐篷底下的仪器互相碰撞，都要撞坏了，蛇形管也弯得随时都有断的危险，水箱叮叮咚咚地到处乱滚。费尔久逊和凯乃第相隔只有两尺远，彼此说话都听不见。他们死命抓住绳索，抵抗飓风的狂暴。

凯乃第头发披散着，眼睛凝视着，嘴里一声不响。在危险的关头，博士总是显得更加镇静，甚至当维多利亚号转了一阵突然停住不动的时候，他也不露声色。北风占了优势，它用同样的速度把维多利亚号顺着它早上的路程又送回去了。

“我们往哪里飞呀？”凯乃第问道。

“听天由命吧，亲爱的狄克。没有理由不信任老天爷。他比你我知道他在做什么。现在我们又回到那个我们不希望再看见的地方来了。”

来的时候，地面还是平平坦坦的沙漠，现在却像暴风雨后波涛汹涌的大海了。东一堆，西一堆，耸起了一座座沙丘。风还使劲地刮着，维多利亚号还在空中飞驰着。但是它的飞行方向和早晨有些不同了。因此，到了晚上九点钟的光景，在他们的眼前出现的不是乍得湖的湖岸，仍旧是沙漠。

凯乃第叫他的朋友注意这件事。

“这没有什么大关系，”博士回答道，“我们只要能回到南边去就成了。我们又要看到波尔努的城市了，不是物吉就是库卡。我决定到那里就停下来。”

“嗯，你既然满意，我也没什么意见。我只希望一件事，可千万别让我们像那些不幸的阿拉伯人一样走过沙漠。萨梅尔，刚才我们看见的那一幕太可怕！”

“这是常有的事。过沙漠比渡海洋还要危险。大海里可能发生的一切危险，包括被淹死的危险在内，沙漠里都会发生，除此以外，还要加上难以忍受的疲劳和饥渴。”

“我觉得风小些了，”凯乃第说，“沙尘已经没有那么浓了，沙浪变低一些了，地平线明亮了。”

“那就更好了！现在用望远镜仔细看一看，要有什么，总是可以看得出的。”

“这件事由我来做吧，萨梅尔！一看到有树，我就马上告诉你。”

于是凯乃第便手拿望远镜，站到吊篮前部观察去了。

第三十五章

乔的遭遇——比地奥马人的岛——崇拜——大水淹没了岛——湖畔——“蛇树”——徒步旅行——苦难——蚊子和蚂蚁——饥饿——维多利亚号出现了——维多利亚号不见了——绝望——沼地——最后的喊声

在博士和凯乃第寻找乔又没找着的时候，乔究竟怎样了呢？

乔跳到湖里以后，首先就钻出水面向空中瞧了瞧。他看到维多利亚号已经升得很高了，而且还在继续上升，同时，体积越来越小。过了一会儿，显然它落入了强大的气流，向北方飞去了。他的两个朋友脱险了。

“幸亏我想出了这么个跳湖的办法，”乔想道，“假使凯乃第先生想到这办法的话，他也会毫不犹豫这样做的，一个人为两个人牺牲，这是非常自然的，而且是最合算的！”

乔对他两个朋友的命运放心了，便开始考虑他自己。他现在是在一个大湖中间，湖岸上住的还不知道是什么样的人，很可能是残暴的部落。现在，应付这种环境，不得不依靠自己了！尽管这样，乔并没有怎么害怕。在兀鹫侵袭他们以前（他认为兀鹫这种侵袭是很正常的——猛禽就应该那样），乔就注意到地平线上有一个小岛。此时，他脱掉身上最碍事的几件衣服，使出他游泳的全套本领，决定向那个小岛游去。五六英里远的距离是丝毫难不住他的。

乔游了一个半钟头以后，已经离岛相当近了。这时，他忽然想到鳄鱼，于是担心起来。起初，这个念头只是一闪而过，现在却一直在他脑子里盘旋。因为他知道，这里的沿湖一带正是鳄鱼出没的地方，他也了解这种动物有多么贪馋。尽管乔把世界上一切事情都看成是很自然的，这时他也不能不感到不安。他真怕白人的肉会特别对鳄鱼的胃口，因此他非常小心地向岸边游去。现在，他离绿树成荫的湖岸只有二百多米了，这时候，他嗅到一股强烈的气味。

“瞧！我怕的就是这个！附近就有鳄鱼。”

他急忙潜入水里，但是他还是碰到了一个巨大的东西，被那东西的硬鳞刮了一下。可怜的乔以为自己要没命了，使出浑身力量拼命游泳。他浮出水面，吸了一口气，又钻到水底去了。他就这样在说不出的恐惧中度过了一刻钟，尽管他有涵养，也没能克服这种恐惧。他似乎听到在他后面的鳄鱼牙齿发出的响声，几乎

乔对他两个朋友的命运放心了。

就要咬着他了。他尽可能悄悄地潜在水里向前游。突然，他感觉到有什么东西抓住了他的膀子，之后又抱住了他的腰。

可怜的乔！这时候他的脑子还想到博士。他拼命地挣扎，他感到捉住他的东西并没有像一般鳄鱼对付掳获物那样把他拖到水底去，相反地，却把他托到水面上来了。

乔呼吸了一口气，睁开眼睛一看，只见他身旁有两个漆黑的黑人。这两个非洲人怪声怪气地叫着，紧紧地抓住他不放。

“原来是黑人呀！”乔忍不住叫起来，“不是鳄鱼，是黑人！嘿！嘿！反正总比鳄鱼好。这些家伙怎敢在这里洗澡？！”

乔不知道，住在乍得湖沿岸一带的黑人，一向是放心大胆地在鳄鱼聚集的水里洗澡的，一点儿也不在乎，因为湖里的这种两栖类动物是一种被认为不伤人的动物。乔躲过了第一个危险，会不会遇到第二个危险呢？他认为这是将来的事。目前，他既然没有别的办法可想，就只好任凭黑人把他拖到岸上去，而且，他一点儿也不害怕。

“显然，这些人是看见了维多利亚号像个空中怪物似的在湖上飞过去，”他自言自语道，“也亲眼看到我跳下来。他们不会不尊敬一个从天上掉下来的人！我倒要瞧瞧他们以后会把我怎么样。”

当这些念头在乔的脑海里萦回的时候，他已经被那两个黑人拉到岸边来了。一上岸，他立刻被乱哄哄的人群包围起来，这群人有男有女有老有少，不过皮肤却只有一个颜色，都是黑晶晶的。原来他落到比地奥马人手里了。在这群人当中，乔一点儿也用不着因为他衣冠不整而脸红，他裸着身子正是当地的“时装”呢！乔还没来得及弄清楚他到了什么地方，就已经看出他成了那些黑人的崇拜对象。虽然他想起在卡结赫的一幕，但他还是放下了心。

“我预料我又要变成神了，变成什么月亮神的儿子。”乔想道，“嘿，那又有什么！这一行并不比别的什么差，特别是在走投无路的时候。最要紧的，是机会。要是维多利亚号再从这里经过的话，我就利用我的新身份，在我的崇拜者面前演一出升天的好戏。”

这当儿，人群越挤越密，把他团团围在当中。他们有的向他磕头，有的叫嚷着，有的伸出手来摸摸他，他们表现得都很亲切。他们向他送上了用酸奶、米粉和蜂蜜做成的一种供品。乔这个好小伙子对一切都很能将就，他狼吞虎咽地一下子就把供品吃光了，他的崇拜者看了，都以为神仙在隆重的场合下就是这样进餐的。

到了晚上，巫师们毕恭毕敬地扶着他，把他引到一个四周挂着咒符的小房子那里去。乔刚要进这所圣庙的时候，看到外面堆着一堆一堆的白骨，心里不安起来。等到黑人们把他关在圣庙里走了以后，他才平心静气地考虑他自己的处境。狂欢的歌声、鼓声、铁器的叮当声想必非洲人听得非常入耳，从晚上一直到深夜都没有停。在音乐的伴奏下，黑人们围着这座神圣的房子没完没了地跳舞。他们像狼叫一样地齐声唱着，像抽风似的扭动着身躯，做着鬼脸。这片喧嚣透过芦苇涂上泥土的墙壁直送到乔的耳朵里，如果换一种情况，乔对这种奇怪的仪式也许会感兴趣，但是现在，他的脑子里却涌起十分忧闷的思潮。他不管怎样，向好的一方面去想，可是觉得流落在这种野蛮的地方，总不是好事。以前冒险到这些地方来的旅行家，很少能回到他们的故乡！再说，他能够相信黑人对他就这样一直崇拜下去吗？他有充分的理由认为人间的荣华富贵都是空虚的。他想，在这地方，黑人崇拜他，会不会崇拜到把他吃掉的程度呢？

虽然前途是如此不容乐观，乔思索了好几个钟头以后，疲劳毕竟战胜了悲观情绪，倒下便睡着了。要不是他突然感到潮湿而惊醒，他一定会睡到天亮的。一会儿，潮湿就变成了水，水很快就上涨到半人深了。

“这是怎么一回事？”他大声说道，“是发大水了呢？是下大雨了呢？还是这里是水牢呢？唉，不管怎么样，我也不能等到水涨到齐我的脖子再逃！”

说着，他用肩膀在墙上撞了一个窟窿。你们猜，他是在哪里了？在湖中间了！根本就没有什么岛了。原来，岛在夜里被水淹了！现在只有一片汪洋的湖水。

“对于庄稼人来说，这真不是个好地方。”乔心里想，他又拿出了他游泳的技术。

乔依靠在乍得湖常有的现象获得了自由。许多看起来和岩石一样坚固的岛就是这样消失的，沿岸的居民不得不常常收容那些死里逃生的难民。

乔并不知道当地的这种特点，但是他并没有错过利用它的机会。他一眼看到水上漂荡着一只小船，他马上爬了上去。这是一种做得很粗糙的独木船。正好里面有两只短桨，乔便顺着急流划了下去。

“嗯，现在得辨别一下方向。”他说，“北极星的工作态度是认真的，它给谁都指出向北的方向，自然也会帮我的忙！”

他清楚地知道，水流正好把他向湖的北岸送。因此，也就听其自然地顺着水流。夜里两点钟左右，小船靠拢了一个小岬，小岬上密密地生长着一种有刺的芦苇。这种芦苇，甚至连一位有涵养的道学家都会讨厌。不过，在岸上，有一棵大树，这棵大树好像特地为他在树枝上准备好了一张床。乔为了安全起见，就爬上了那棵树。他并没有睡着，他在那里等天亮。

在赤道地带总是这样，说天亮就天亮。早晨乔打量了一下他过夜的那棵大树。出乎意料的景象使他惊得目瞪口呆：树枝上密密麻麻地盘着蛇和变色蜥蜴，几乎连树叶子都被它们盖上看不到了。简直可以说，这是一棵新品种的树，是生长爬虫的树。太阳一出来，这些爬虫都蠕动和盘绕起来了。乔又是害怕，又是恶心，一纵身就跳到地上去了。

“这件事简直没人会相信！”他咕哝道。

其实，福格尔在他最后几封信里，也曾提到乍得湖畔的这种特点，那里的水陆两栖动物，比世界上任何地方都要多。

乔遇到这件事以后，决定以后要当心一点儿。然后，他根据太阳确定了方向，向东北方走去的一路上，凡是有茅屋、矮屋、草棚和可能遇到人的地方，他都小心地避开。

他频频仰起头来看着天空，总希望能够看到维多利亚号。他找了一天，也没有找到。但是他对于博士的信任，却丝毫没有动摇。需要有坚强的性格，才能对自己的处境抱这样豁达的态度。他不但疲乏，而且饥饿：因为一个人只吃植物（例如“梅列”）的根和心，或者只吃椰子，营养是不够的！照乔的估计，这一天他向西走了三十英里路。到处是芦苇、豆球花树

生长爬虫的树

和含羞草，刺得他遍体鳞伤，血淋淋的双脚走起路来痛极了，他竟能忍着痛一直走到天黑，才决定在乍得湖的岸边过夜。在这里，一种新的袭击——无数昆虫——在等待着他。苍蝇、蚊子和半英寸长的蚂蚁，简直可以说把整个大地都遮盖了起来。两个钟头以后，乔身上的那一点点衣服，现在连一小片布都不剩了，全都给昆虫吃掉了。那真是难煎难熬的一夜啊！这可怜的旅人虽然疲劳到了极点，可是，连一分钟也没合眼。同时，树丛里的野猪和野牛奔跑着，湖里的海牛——一种凶猛的海兽——狂怒着。在这漫漫的黑夜里，四面响起了野兽的音乐会。乔动也不敢动，尽管他那样镇静，那样胆大，在这种情况下也有点儿耐不住了。

天好容易亮了。乔立刻跳起身来。当他看到一个叫人讨厌的家伙跟他睡在一起的时候，不难想象他是多么难受啊！那原来是一只癞蛤蟆。这只癞蛤蟆足有五英寸长，丑得怕人，瞪着两只圆圆的大眼睛瞅着他。乔满心厌恶地连忙转过身去。接着，他又打起精神，跑到湖边去洗了个澡，这才稍微止了止他身上难忍的刺痒。他嚼了些树叶以后，便又顽强地——他也不知道他为什么这么顽强——踏上了旅途。他一点儿也不觉得是自己在走路，他只感到他身上有一种战胜绝望的力量。这时，饥饿又开始折磨他了。他的肚子并不像他本人那样容易迁就，抱怨起来了。他只好揪下一根枯藤，把肚皮束得紧紧的。好在到处有水可以解渴，回想起在沙漠里受的罪，他认为现在有水喝，已经是很幸运了。

“维多利亚号可能在哪儿呢？”他反复地想，“风向是从北往南！它照理该飞回湖边了！当然，萨梅尔先生必须想法使它恢复平衡，但是昨天一天也足可以做完这件事了。这么说，可能今天……不过，我还是要按照完全没有希望看见它的那种想法来行动。实际上，假使我走到湖畔的某一个大城市，那我也会碰上博士给我讲过的那些旅行家一样的境况。为什么我就不能像他们那样随机应变呢？他们不是有人回到了故乡吗？管它的！勇敢些！前进！”

勇敢的乔一面自言自语，一面不停腿地向前走着。后来，他突然在树林里碰上了一群野人。幸亏他及时地闪避过去，没有被他们发现。那些黑人正在忙着用大戟树的毒汁浸他们的箭头呢。对于当地居民来说，这是一件大事，所以还在举行一个很隆重的仪式。

乔屏住气，动也不动地藏在树丛里。就在这时，他一抬眼睛，突然从树叶的隙缝里看见了维多利亚号。正是维多利亚号！它正从他头上一百尺的高空向湖边飞去。可怜的乔既不能喊一声，更不能跑出来！

他眼睛里充满了泪水，但这不是失望的眼泪，而是感激的眼泪：博士在找他！博士没有把他扔下！他好容易等到黑人走了，才离开他藏身的地方，跑到乍得湖边去。

但是，真可惜！维多利亚号已经愈飞愈远，在空中消失了。乔断定它一定会回来的，便开始等待着。它的确又出现了，不过这次在东面。乔朝它奔了过去，挥舞着双手拼命地叫……一切都是白费。大风用不可遏止的速度把维多利亚号刮跑了。

不幸的乔第一次垂头丧气起来。他想：这回他可完了，博士

“博士！博士！救救我呀！”

已经飞走，永远不会回来了。他已经不考虑什么、期望什么了。他像疯子似的拖着血淋淋的双脚和疼痛的身子走了一天，一直走到深夜。他有时候跪着走，有时候爬着走。他渐渐觉得他没有气力，几乎就要死了。

他就这样慢慢地走着，终于走到了沼泽地区，但是他自己并不知道，因为黑夜已经来临了。突然他陷入了烂泥里，尽管他拼命想摆脱，却总是白费力气。这片泥沼正一点一点地把他吸进去。几分钟以后，乔的半段身子已经陷下去了。

“完了，这回可死定了！”

他猛烈地挣扎，反而越陷越深。周围连可以抓住的一棵小树、一根芦苇也没有！他想他完了！……他闭上了眼睛。

“博士！博士！救救我呀！”他叫道。

然而，这绝望、孤独、嘎哑的喊声却在黑暗中消失了。

第三十六章

天边的人群——一群阿拉伯人——追捕——“是他！”——落马——掐死一个阿拉伯人——凯乃第的一枪——演习——气球救人——乔得救了

凯乃第又站到吊篮前部观察去了，他目不转睛地注意着地平线。过了一会儿，他转过身子向博士说：

“假使我没看错的话，那边好像有一群什么东西在动，是人是兽，我现在还看不清楚。不管是什么，有一点却是肯定无疑的，他们跑得特别快，因为在他们后面扬起了大片的尘土。”

“莫非又是龙卷风吗？它可别又把我们刮到北方去呀。”萨梅尔一边说着，一边站起来看地平线。

“萨梅尔，我想不是龙卷风，”凯乃第答道，“我看这是一群羚羊或者是一群野牛。”

“狄克，也许是这样。不过，这群东西离我们至少还有九英里到十英里，现在我甚至用望远镜都瞧不清楚。”

“萨梅尔，不管怎样，我要注意地平线，那里一定发生了什么特别的事情，我非常感兴趣。那很像骑兵在演习！可不是嘛，对，我没看错！那正是些骑马的人。你瞧！”

博士注视着凯乃第指给他看的方向。

“是的，你说得对，”他说，“那是一队阿拉伯人，或者迪布人。他们移动的方向和我们一样。不过，我们比他们快，我们很快就可以追上他们。再过半个钟头，我们就可以明白了，那时我们再决定应该做什么。”

凯乃第又举起了望远镜，仔细地观察着。现在那些骑马的人，可以看得更清楚了。其中有几个掉了队落在人群后面了。

“很明显，”他对博士说，“这不是演习，就是打猎。这些骑在马上的人又似乎正在追赶什么。我真想知道这是怎么一回事。”

“狄克，忍耐点儿，假使他们不改变方向的话，过一会儿，我们不但能追上他们，而且还能超过他们。要知道，我们现在正以每小时二十英里的速度前进着，不管什么马都不能跑得这么快的。”

凯乃第又开始观察。过了几分钟，他说：

“这是些阿拉伯人，他们跑得飞快。现在我看得很清楚了。他们一共有五十来个人。瞧，他们的披巾在随风飘舞呢！这也许是在操练马术什么的。他们的头目，在前面一百来步的地方领先，其余的人都跟着他跑。”

“狄克，不管他们是些什么人，都没有什么可怕。万一必要的话，我可以叫气球升到云端里去。”博士说。

“萨梅尔，等一会儿！再等一会儿！这太奇怪了，”过了一会儿，狄克说，“我真猜不出这是怎么一回事。不过，他们的队伍并不整齐，而且在拼命飞奔，从这点看来，他们不是在演习，似乎在追捕什么。”

“狄克，你的确认为是这样吗？”

“有一百二十分的把握。我一点儿没看错！他们在追捕什么，甚至是在追捕一个人！在他们前面跑的并不是他们的头目，而是一个逃亡的人。”

“逃亡的人！”萨梅尔激动地说。

“对了。”

“那可要好好盯着他。我们再等一会儿！”

不管骑马的人跑得多么快，维多利亚号飞了三四英里以后，还是追上他们了。

“萨梅尔！萨梅尔！”凯乃第用发抖的声音叫道。

“狄克，你怎么啦？”

“这莫非是幻觉吗？这是可能的事吗？”

“你这话是什么意思？”

“等一等！”

猎人擦了擦望远镜的玻璃，又看了一会儿。

“怎么样？”博士问道。

“萨梅尔，是他！”

“他？！”博士喊道。

一个“他”字就说明一切了，不必要再提名字。

“他，骑在马上的就是他！离敌人不到一百步！他在拼命逃呢！”

“这准是乔。”博士脸色变得苍白，证实道。

“萨梅尔，他背着我们跑，看不见我们。”

“他会看见我们的。”费尔久逊一面减小燃烧嘴的火力，一面回答。

“怎么能看见呢？”

“五分钟以后，我们就要降到离地五十尺高了，十五分钟以后，我们就要降到他头顶上了。”

“先放一枪通知他一下。”狄克提议道。

“不用！他的后路给截断了，他反正不能回头跑。”

“怎么办呢？”

“等着。”

“等着！可是阿拉伯人呢？”

“我们就要追上他们，赶过他们啦！不到二英里了。但愿乔的马能挺得住才好！”

“哎呀——哎呀——哎呀！”狄克叫道。

“怎么啦？”

凯乃第看见乔倒在地上，不由得绝望地叫了起来。乔的马被折磨得精疲力竭，倒下了。

“乔看见我们了！”博士喊道，“他从地上站起来的时候，还跟我们打了个招呼！”

“不过，阿拉伯人马上就要抓住他啦！他还等什么？嗨，真是好样儿的！好哇！”猎人情不自禁地嚷了起来。

原来，乔刚跌下去，便一个纵身跳了起来。当一个人赶上来冲到他跟前的时候，他像只豹似的向旁一闪，刹那间，他已经窜上了阿拉伯人的马，用强有力的双手、钢铁一般的指头卡住敌人的喉咙。他掐死了敌人，把尸体推到沙地上，骑着马继续向前奔驰。

阿拉伯人的叫声在空中响成了一片。但是，他们一心追人，并没有看到在他们后面只有五百来尺、离地不到三十来尺的维多利亚号。

一个阿拉伯人眼看就要追上乔了，够得着用长枪刺他了，但是凯乃第眼疾手快，一枪就把那个阿拉伯人打下马背，摔倒在地上。

乔听见枪声，甚至没有回头。有一部分阿拉伯人看见了维多利亚号，立刻翻身下马，拜倒在尘埃中。另一部分人还在继续追赶。

“乔倒是怎么啦？”凯乃第叫道，“他怎么不停下来？”

“乔的办法聪明得多，”博士答道，“我明白他的意思了。

他往维多利亚号飞行的方向奔驰，在等我们把他救上来。唉，真是好样儿的！我们要把他从这些阿拉伯人的手底下抢救出来！你瞧，他们离他最多只有二百步远了呀！”

“现在我们怎么办呢？”凯乃第问道。

“撂下你的枪。”

“是！”猎人回答。

“你搬得动一百五十磅重的压舱物吗？”

“再多也行。”

“能搬得动这些，也就够了。”

费尔久逊立刻交给他的朋友好几袋压舱物。

“现在呀，狄克，你站到后面去，随时准备把这些压舱物一下子扔掉。”他说，“不过，我不叫你扔，你可千万别扔！”

“放心吧！”

“要不，我们就救不了乔，他可就完了！”

“相信我吧！”

这时，维多利亚号差不多已经到了那群跟在乔后面拼命追的阿拉伯人的头上了。博士站在吊篮的前部，放开绳梯，准备到时候扔下去。乔骑在马上，和敌人一直保持着五十来尺的距离。现在维多利亚号已经赶到阿拉伯人的前面了……

“注意！”萨梅尔对凯乃第说。

“我随时准备着呢！”狄克答道。

“乔！当心！”博士一面高声叫道，一面放下了绳梯。绳梯的头几档横木碰在地上，扬起了一片灰尘。

乔听见费尔久逊叫他，并没有降低奔跑的速度，只是转过了身子。绳梯接近他了，他一把抓住。这时候，博士向凯乃第喊道：

“快扔！”

“是！”

维多利亚号摆脱了比乔还要重的压舱物，一刹那就上升了一百五十英尺。

维多利亚号摇晃得很厉害，乔紧紧地抓着绳梯不放。等到气球比较平稳了，乔朝着阿拉伯人做了个无法形容的手势，然后灵活得像马戏团演员一样爬上了绳梯。到了两位朋友的身边，两个朋友紧紧拥抱着他。

下面的阿拉伯人又惊又恼，狂叫起来。空中怪物竟一面飞着，一面从他们手里抢走了逃亡者，而且很快就把他带到远方去了……

“萨梅尔先生！狄克先生！”乔只说了这么一句话。由于疲乏和兴奋过度，他昏了过去。同时凯乃第也狂喜地喊道：

“救上来了！救上来了！”

“嗨，当然救上来了！”博士答道，他已经冷静下来了。

乔几乎是一丝不挂。他的血淋淋的双手和满是伤痕的身体，说明他受了多少折磨。费尔久逊给他包扎好伤口，让他躺在帐篷底下。

过了一会儿，乔清醒过来了，他要喝一杯白酒。

博士认为没有拒绝他的必要，因为乔和一般的病人不同，所以治疗的方法也不一样。他喝了白酒以后，紧紧地握了握两位朋友的手，便想讲一讲他的遭遇，但是两位朋友不许他说

乔紧紧抓住绳梯。

话。不一会儿，他就呼呼地睡着了。看来，他是非常需要睡眠的。

这时，维多利亚号稍微向西拐过去一些。它被大风托住又迅速地向前飞行。它飞过了荆棘丛生的荒野，飞过了被飓风吹倒和连根拔起的棕榈。傍晚，它已经飞过了东经十度，距离救乔的地方大约二百英里了。

第三十七章

向西飞行——乔睡醒了——乔的倔强脾气——乔的历险结束了——塔热莱尔镇——凯乃第的忧虑——向北飞行——在阿加德斯附近的一夜

晚上，风停了。维多利亚号用锚钩住一棵巨大的枫树，安安稳稳地停了一夜。博士和凯乃第二人轮流守望，乔踏踏实实地一觉睡了一天一夜。

“这正是他所需要吃的药，”费尔久逊说，“大自然会治好他的病的。”

黎明时分，风又大了起来，然而风向不定。维多利亚号一会儿被刮得向北，一会儿被刮得向南，但是最后还是往西飞了。博士根据地图确定他们是在达梅尔古王国的上空飞行。这是一个丘陵起伏、非常肥沃的地方。这里的人住在轻巧的、用芦苇编成的茅屋里。田里闪现着无数粮食垛。这些粮食垛都架在矮矮的支柱上，大概是为了防止田鼠和白蚁钻进去。

过了一会儿，三位航空家就看见金德尔城了。根据广阔的刑场，很容易认出它来。在刑场的中间高耸着一棵“死刑树”。树下时刻有刽子手在值班。只要有人在这棵树下走过，他马上就要被吊死。

凯乃第看看罗盘，惴惴不安地说：

“风又把我们往北刮了。”

“这有什么关系？”博士答道，“假使维多利亚号把我们送到廷巴克图去，我们也没有什么可抱怨！还从来没有人舒舒服服地到这里来旅行过。”

“也从来没有人身强力壮地在这里旅行过。”乔从帐幕里探出他笑容可掬的面孔，接着说完了那句话。

“啊！瞧！我们勇敢的朋友，我们的救命恩人到底是醒了！”猎人喊道，“乔，你好吗？”

“很好，凯乃第先生，很好！我觉得比任何时候都好。在乍得湖里洗了个澡以后，又作了这样一次快乐的短期旅行，再也没有比这更能使人精神爽朗的了！萨梅尔先生，您说是不是？”

“你真是个好样的！”费尔久逊紧紧地握着他的手说。

“可是你叫我们多么担心和难受啊！”

“你们以为我没替你们担心，是不是？你们也曾叫我为你们害怕得发抖，这一点你们可以引以为豪。”

“瞧他这人！他把事情完全弄颠倒了。”

“我看，乔掉下去一次倒没把他的脾气改变改变。”凯乃第说。

"我的朋友，你表现了伟大的自我牺牲精神，"博士继续说，"你救了我们：要不是你跳了下去，气球就掉在湖里了，那时谁也不能把它拿上来了。"

"我不过翻了一个跟头，你们就把它说成是什么自我牺牲精神！这个跟头固然救了你们，其实也救了我自己。可不是嘛？瞧！现在我们三个人都健康地活着呀！总之，我们也不必彼此责难了吧。"

"算了吧！跟这个小伙子永远也讲不通！"凯乃第叫道。

"想和我讲得通，有一个好办法，就是再也不要提以往的事。"乔说，"过去的毕竟过去了，不管是好是坏，总不会再回来！"

"瞧你，牛脾气！"博士笑道，"不过，至少，你能不能给我们讲讲你的冒险事迹呢？"

"好吧，既然你们一定想听，那我就讲给你们听吧。只是我想先把这只大肥鹅烤熟了再讲。我看狄克先生没有白白浪费时间。"

"乔，一点儿也不错。"博士答道。

"现在让我们来看看非洲野味在欧洲人的肚子里待得舒服不舒服吧。"

他们在燃烧嘴的火焰上把野鹅烤熟了，马上就狼吞虎咽地把它吃掉了。乔已经好几天没吃东西了，自然可以多吃一些。他喝完茶和水酒以后，就开始给朋友们讲他的冒险事迹。他虽然平时对一切都抱着无所谓的态度，可是他这次说话，总不免有些激动。费尔久逊看到这个好小伙子一直替他着想比替自己着想还要多，禁不住和他握起手来。当乔讲到比地奥马人的岛被淹没了的时候，博士解释说，这是乍得湖上常有的现象。

后来，乔又讲到他如何陷在泥沼里，他如何绝望地呼救，他说：

“我以为我完了，萨梅尔先生，我脑子里最后想到的便是您。我拼命挣扎。结果如何？我自己也不知道，不过我决心挣扎到最后一秒钟。这时，我突然看见在离我非常近的地方有……你们猜，有什么？有一段刚断下不久的粗绳子头。我也不知道我怎会爬到这段绳子跟前。我拉了拉，觉得还吃得住人。我又努力了一番，终于走到坚硬的土地上了……我看到在绳索的那一头有个锚！是的，萨梅尔先生，这才叫作‘救命的锚’呢！我马上就认出它来了！那就是我们维多利亚号的锚！这说明你们在这里停留过！我研究了一下绳索的位置，我就推测出你们是向哪个方向飞去的。马上，我也不再泄气了，我的力气也生出来了。我爬出沼地，又往前走。我走了半夜，一直在离湖边远一些的地方走。最后，我走到了一个大森林的边缘。这里，在圈起来的一块草地上，有马群在安静地吃草。人生在世，在必要关头时，每个人都能一下子就会骑马，你们说对不？我没有多考虑，就跳上一匹马向北飞奔。我不给你们讲城市，也不给你们讲村庄，因为我根本就没有看见它们，我躲着它们走。我在庄稼地里奔驰，我跳过灌木、围墙；我拼命催我胯下的马，逼它跳过一切障碍……我就这样子跑到了耕地的边界。在我的面前是一片沙漠。我当时说：‘好极了，这对我很合适：在这里，起码可以看得很远。’我时时刻刻等待着我们的维多利亚号出现。但它总是不出现。我就这样骑马飞奔了三个钟头，忽然，我像个傻子似的闯到阿拉伯人的营地。这回阿拉伯人可追开我了！凯乃第先生，你知道，一个猎人是不会明白打猎是怎么一回事的，除非他自己被别人当作猎物追过！老实说，我可不劝他去试一试！后来我骑的马累倒了，我自己摔在地上。别人已经追上我了。刹那间，我跳上了一个阿拉伯人骑的马……我本来没有害他的意思，但是后来我还是不得已把他掐死了。这时候，我就看见了你们……以后怎么样，你们就知道了……维多利亚号跟在我后面飞，你们一面飞，一面把我救了上来，就好像骑手从地上拾起一只指环似的。不过，你们说，我指靠你们难道指靠得不对吗？萨梅尔先生，您看，这一切就是这么简单。没有比这再自然的事了！假使以后能为你们效力的话，我还随时准备这样做！喏，现在我再说一遍：这件事不值得再提了。”

“我亲爱的乔，”博士激动地说，“我们真是没有白信任你的聪明和机灵。”

“先生，那也算不了什么！走到哪儿，算到哪儿，就永远也不会走投无路了。最妥实莫如随遇而安。”

在乔讲他的历险事迹的当儿，维多利亚号已飞了相当远的一段路了。过了不多时，凯乃第指给两位旅伴看，在地平线上出现了一簇矮屋，似乎到了一个城市。博士查看了地图，才知道这是达梅尔古国的塔热莱尔镇。

“我们又在探险家巴尔斯的那条路线上飞了，”费尔久逊说，“他就是在这个城里和他的两个同伴——理查德逊和奥维尔维格——分手的。理查德逊去津德尔，奥维尔维格去马拉迪。记得吗？我跟你们讲过：这三个探险家，只有巴尔斯一个人脱险回到了欧洲。”

“这么说，我们是一直往北飞吗？”猎人在地图上查看着维多利亚号飞行的方向，问道。

“一直往北飞，亲爱的狄克。”

“萨梅尔，这一点儿也不叫你着急吗？”

“为什么会叫我着急呢？”

“因为这条路是到的黎波里去的，我们又要飞到撒哈拉沙漠了。”

“噢，我们不会去得这么远。起码，我希望是这样。”博士答道。

“萨梅尔，你打算在哪里停下来？”

“狄克，凭良心说，你不想到廷巴克图去吗？”

“廷巴克图？”凯乃第回问道。

“要是在非洲旅行，却不去瞧瞧廷巴克图，那可太奇怪了。”乔插嘴道。

“狄克，你将是到这个神秘之城去的第五个或第六个欧洲人。”博士补充了一句。

“好啊！向廷巴克图飞吧！”

“只要让我们飞到了北纬十七度和十八度之间，我们就可以开始寻找西去的顺风了。”

“好吧。”猎人答道，“不过，告诉我，我们大约还得向北飞多少英里路？”

"至少一百五十英里。"

"那么我就睡一会儿。"凯乃第说。

"狄克先生，您当然得睡一会儿。"乔答道，"萨梅尔先生，您也应该打个盹儿。你们二位都需要休息——叫我闹的你们觉都没能睡。"

猎人躺在帐篷底下了，不轻易向疲劳让步的费尔久逊却没有离开他的观察岗位。

三小时后，维多利亚号飞过一连串光秃秃花岗岩高山起伏的多石地区。有些山峰高达四千尺。大自然好像为了弥补沙漠里荒瘠的缺陷，让这里茂密地丛生着豆球花树、含羞草和战捷木，让长颈鹿、羚羊和鸵鸟非常敏捷地在树林里窜来窜去。这是凯鲁阿人的国土。他们和残暴的邻族图瓦雷格人一样，用布带裹着脸。

维多利亚号在这一天里顺利地飞行了二百五十英里。晚上十点钟，它在一个大城市的上空停下了。借着月色可以隐约看到城市破烂的一角，到处矗立着被月光笼罩着的清真寺的尖塔。博士看了看星星的方位，知道他们是在阿加德斯的上空。

阿加德斯从前是一个贸易中心，但是在巴尔斯到那里去的时候，它已经衰落了。

维多利亚号悄悄落在阿加德斯以北两英里的地方——那里是一片辽阔的黍田。

一夜无事。黎明，早上五点钟光景，微风轻轻吹着气球使它向西偏南的方向倾倒。费尔久逊急忙抓住这个机会。他使维多利亚号很快地升了上去，在温柔的阳光里前进着。

长颈鹿、羚羊和鸵鸟非常敏捷地在树林里窜来窜去。

第三十八章

迅速地飞——英明的决定——骆驼队——一场骤雨——高镇——尼日尔河——高尔伯雷、乔弗罗依——蒙果·巴尔克——林格——凯叶——克拉柏尔顿——约翰和理查德·兰德尔

5月17日那一天平平淡淡地过去了，没有发生什么事情。沙漠又开始出现了。不大不小的风把维多利亚号向西南方吹送。它不偏不倚地一直向前飞着，它的影子在地上画着一条笔直的直线。

出发以前，博士考虑得很周到，上足了水。他想到恐怕在图瓦雷格人的地区不能降落。

海拔一千八百尺的高地逐渐向南倾斜下去。旅行家们单调地飞了一百八十英里。晚上，穿过由阿加德斯到莫祖克的道路（这条路是由来往的骆驼队踩出来的），到了北纬十六度、东经四度五十五分的地方。

一整天，乔都忙着烤野味（这些都是凯乃第上次打猎打来的，前两天因为没有工夫，所以还顾不上收拾它们）。晚餐时，乔拿出一串香喷喷的烤山鹬。

因为风很顺利，博士决定在这月色清明的夜里继续飞行。维多利亚号升到离地五百尺的高度，在这一夜当中飞行了六十英里左右。它飞得非常平稳，甚至连一个小孩子的浅觉都不致被

惊醒。

星期日早晨，风向又变了。现在气球向西北方飞行。几只乌鸦在空中飞翔，地平线上出现了一群鹞鹰，幸而它们离维多利亚号很远。

乔一看见这些鸟，就不绝口地称赞博士，说他为气球做了两个气囊，真是个好主意。

“假使维多利亚号只有一个气囊，那我们现在还不知怎么样了呢！”他激动地说，“我认为，这第二个气囊，就等于船上的救生艇。遇难的时候，随时可以靠它逃命。”

“朋友，你说的一点儿也不错。不过，我倒有点儿不放心我的救生艇，因为它究竟抵不上船呀！”

“萨梅尔，你这话是什么意思？”凯乃第插嘴说。

“就是说新维多利亚号要比原来的差。我不知道是什么缘故：是波纹绸用旧了，还是树胶有些地方被蛇形管的热气烤化了，我发现气囊有点漏气。不过目前，事情还不严重，可是毕竟值得我们注意。维多利亚号有下降的趋势，为了叫它保持必要的高度，我只好尽量使氢气膨胀。”

“糟糕！”凯乃第叫道，“我看这是没法修理的。”

“是呀！”博士说，“所以我们无论如何也得快快赶路，必要时夜里都不休息。”

“我们离海岸有多远？”乔问道。

“离哪个海岸，朋友？我们怎么知道命运会把我们送到哪儿？我能告诉你的是：廷巴克图还在西边四百英里。”

“多长时间才能飞到那里？”乔继续问道。

“要是赶上顺风，我估计星期二晚上能飞到这个城市。”费尔久逊答道。

“那么，我们还会比他们先到那里了。”乔指指在沙漠中蜿蜒前进的一个长长的骆驼队，说。

费尔久逊和凯乃第在吊篮边上低头往下瞧，看到一个很大的骆驼队，这是从廷巴克图到塔费列特去的。这个骆驼队有一百五十多匹骆驼，每一匹骆驼的背上都驮着一百五十磅货物，它们的主人靠这一百五十磅货物能赚十二个金麦特卡（相当于一百二十五法郎）。骆驼的尾巴下面都挂着粪兜，在沙漠里，骆驼粪就是唯一的燃料。

图瓦雷格人的骆驼是骆驼中最优良的品种。它们能够三天、五天甚至七天不喝水，两天不吃东西。它们比马走得快，而且很机灵，听从指挥。在当地，这种骆驼叫作“梅哈利”。

博士在讲着这些事情的时候，他的朋友们瞧着那群在流沙中走得很吃力的男女老幼。那片沙地上，只疏疏落落地长着一些苔藓、半死不活的枯草和寥寥无几的小树。骆驼队一走过，留下的足迹几乎立刻就被风扫平了。

乔问博士，阿拉伯人怎么能够走过这么大的沙漠，怎么会在沙漠里找到水。

“阿拉伯人有一种天生的认路的本能。”费尔久逊答道，“有些地方，欧洲人会迷失方向，可是阿拉伯人就不至于这样。一块石头、一粒石子、一丛草，甚至于沙土颜色的深浅，这些都可以保证他们不走错路。夜里，他们就依靠北极星定方向。他们最多一个钟头走两英里，在中午酷热的时候，他们还要停下来休息。不难想象一个骆驼队要穿过九百多英里宽的撒哈拉沙漠得花费多少时间！”

维多利亚号已经从惊讶万分的阿拉伯人的视野里消失了。那些阿拉伯人说不定有多么羡慕它呢！

傍晚，维多利亚号飞过了东经二度二十分地区。一夜的工夫，又飞了一度多。

第二天，星期一，天变了，下起了倾盆大雨。气球和吊篮被雨水浸湿，增加了重量。因此不得不同时跟骤雨和增加的重量作斗争。这一带之所以有这么多沼泽和泥泞地，正是由于常常下大雨的缘故。可是这里又出现含羞草、锦葵和乌梅树了。一排一排像美国人帽子一样的屋顶在下面闪过，现在维多利亚号到桑拉依国了。这里高山很少，但是小丘倒相当多；小丘之间是溪谷，里面有山鹬和珠鸡飞来飞去。到处有汹涌澎湃的溪流横在路上。土人就抓住从这棵树挂到另一棵树上去的藤本植物渡过小溪。前面展开一片丛莽，无数鳄鱼、河马和犀牛在里面乱爬。

“我们快要看到尼日尔河了。”博士说，“大地的面貌改变了，看样子是到了靠近大河的区域了。人们把那些大河称作‘前进着的道路’，这是很恰当的，它们先给一个地方带来植物，然后又带来文明。尼日尔河有二千五百英里长，非洲最大的城市都在这条河的两岸。”

“这叫我想起了一个故事。”乔插嘴道，“从前，有个迷信上帝的人，他认为是上帝故意叫大河流过大城市，他赞美上帝的英明。”

中午，维多利亚号从一个小市镇——一簇相当简陋的茅屋——上飞过。这地方叫作高镇，从前是一个大城市。

“巴尔斯从廷巴克图回来的时候，就是从这里渡过尼日尔河的。”博士开始讲道，“这条河在古代很出名，它是尼罗河的竞争者。异教徒甚至把它说成是从天上流下来的。尼日尔河和尼罗河一样，曾经吸引了历代地理学家的注意。为研究尼日尔河而牺牲的人，大概比为研究尼罗河而牺牲的人还要多。”

尼日尔河在相距辽阔的两岸中间汹涌澎湃地滔滔南流。但是三位旅行家很快被气球送走了，他们几乎都没有看清楚那条河流的奇妙轮廓。

“我刚想给你们讲讲这条河，”费尔久逊开始说，“它已经离我们远了！这条河非常长，差不多和尼罗河一样长，而且有很多名字，有的地方叫乔利巴，有的地方叫马依奥，有的地方叫埃吉列乌，有的地方叫格奥拉……这些名字，按照它所流过的那些地方的语言解释，都是‘河’的意思。”

“巴尔斯博士就是走的这条路吗？”凯乃第问道。

“不，狄克。他离开乍得湖以后，经过波尔努国的几个主要城市，在萨依（在高镇下面四度）横渡尼日尔河。后来，他深入尼日尔河湾里没有考察过的那些地方，经过八个月的艰难困苦，才走到廷巴克图。我们呢，只要顺风，三天，甚至用不了三天，就可以走完这段路了。”

“尼日尔河的河源有人考察过了吗？”乔问道。

“早就有人考察过了，”博士答道，“尼日尔河和它的支流不知被人考察过多少次了。我可以向你们介绍几位主要的探险家。从1749年到1758年，阿达姆逊曾考察了这条河，并且访问

尼日尔河

了高列。从1785年到1788年，高尔伯雷和乔弗罗依二人曾经通过塞内冈比亚的沙漠，一直走进了摩尔人[1]的国家。索尼叶、布利逊、亚达姆、利莱、柯式列和其他许多探险家都是被摩尔人杀害的。后来，大名鼎鼎的蒙果·巴尔克接替了他们的工作，蒙果·巴尔克是瓦尔特·斯考特的朋友，他们都是苏格兰人。1795年，伦敦非洲学会派他到非洲来，他走到邦巴拉，看见了尼日尔河。他和一个奴隶贩子一起走了五百英里，考察了冈比河沿岸，在1797年回到了英国。后来，在1805年1月30日，他带了他的亲戚安徒逊、画家斯各特和一队工人，又到了非洲。蒙果·巴尔克先到高列，在三十五个兵士的护送下从高列出发，8月19日又看见了尼日尔河。这一次，由于疲劳、饥饿、瘴气、土人的虐待和恶劣的气候，四十个欧洲人死得只剩下十一个。11月16日蒙果·巴尔克的妻子收到他最后的几封信。一年以后，据当地的一个商人说，这位不幸的旅行家的小船被急流打翻了，他本人也被土人杀害了。”

“这可怕的结局没有把别的探险家吓住吗？”

“狄克，正相反。因为现在除了考察这条河以外，又加了一个任务——搜集科学家们遗留下来的材料。1816年，伦敦组织了一个探险队，格列依少校也参加了。这个探险队来到塞内加尔，深入富塔贾隆山区，在当地土人中间住了一个时期以后，又回到了英国。1822年，林格少校考察了靠近英国属地的整个西非部分，他是头一个到尼日尔河发源地的人。根据他的资料判断，这

---

① 毛里塔尼亚人。

条大河的上游还没有两尺宽。”

“这么说，一跳就跳过去了。”乔说。

“哼，哪这么容易！”博士答道，“要是相信传说的话，凡是要跳过去的人，都掉在水里淹死了。谁要从它里面汲水，就会有一只无形的手把他往水里推。”

“您允许我不相信这个传说吗？”

“允许。五年以后，林格少校穿过整个撒哈拉沙漠，进入廷巴克图。但是后来，在廷巴克图以北几英里的地方，他遇到了乌拉德–西曼人。他们逼林格少校信伊斯兰教，林格少校不肯，他们就把林格少校勒死了。”

“又是一个牺牲者！”猎人说。

“现在，我谈谈法国人列尼·凯叶。这个勇敢的青年人，靠了他手里的一点点钱就开始了现代最惊人的旅行。经过1819年和1824年的两次尝试，他在1827年4月19日离开了里奥努纳兹，8月3日他抵达地梅。到了那里，他已经是精疲力竭，一病不起了。六个月以后，也就是在1828年1月，他才能继续旅行。他换上东方人的装束，加入了一个骆驼队，3月10日到达尼日尔河，进入热内城，然后又乘船下行，4月13日到达廷巴克图。以前，法国人恩培尔和英国人罗伯特·阿丹姆斯分别在1670年和1810年也到这奇异的城市里来过，但是列尼·凯叶还是头一个提供这个城市精确材料的欧洲人。他在5月4日离开这个‘沙漠之王’，9日找到林格少校被勒死的地方，19日，抵达埃尔–阿拉乌安。后来，他离开了这个商业城市，经历了无数危险，横过了苏丹和北非之间一片广阔的沙漠。最后，他抵达唐格尔，在9月28日乘船回土伦。凯叶在十九个月里虽然还生了一百八十天病，毕竟从西到北横过了整个非洲。假使凯叶生在英国的话，他就会以现代最勇敢的探险家闻名，就会和蒙果·巴尔克齐名了。但是在法国，他并没得到足够的重视①。”

“这真是一条好汉。”猎人说，“他以后怎样了呢？”

“由于积劳成疾，他三十九岁就死了。法国人认为1828年地理学会授予了他奖金，已经足够了。英国人却给了他更大的荣誉。顺便说一句，就在他进行这次惊人旅行的时候，一个英国人也作了这样一次尝试，论勇敢也不逊于凯叶，但是运气却不如他。这人就是邓南姆的旅伴——克拉柏尔顿大尉。1828年，他沿非洲的西海岸走到拜宁湾，他又追随着蒙果·巴尔克和林格的足迹前进，终于在布萨城发现了有关蒙果·巴尔克牺牲的文件。8月20日，他抵达索卡图，在那里被人俘虏了，死在他忠实的仆人理查德·兰德尔的怀抱里。”

“后来，这位兰德尔怎样了呢？”乔大感兴趣地问道。

“他带着大尉的文件和关于他旅行的精确报告，回到伦敦了。兰德尔向政府提出他要去完成尼日尔河的考察工作。他和他的哥哥约翰结伴同去。他们都是贫寒出身的柯尔努尔人，这兄弟二人从1829年到1831年沿着尼日尔河下行，从布萨城一直走到尼日尔河河口，他们记述了沿岸每一个村庄和城市的情景。”

“兄弟二人都平安回来了吗？”凯乃第问道。

---

① 费尔久逊博士是个英国人，所以也许他有些夸大其词。虽然如此，但是不能不承认，凯叶在法国并没有享受到和他的勇敢和奋不顾身的精神相称的荣誉。——原注

“是的，至少这一次是这样的。但是在1833年，理查德·兰德尔第三次出发沿尼日尔河旅行，在河口附近不知被谁一枪打死了。朋友们，你们看，我们现在飞过的这个地方正是许多人忠于事业的高贵品质的见证，那些人所得到的奖赏却往往只是死亡。”

第三十九章

尼日尔河的河湾——洪波利山的幻景——卡布拉——廷巴克图——巴尔斯博士的计划——廷巴克图的衰落——顺从天意

星期一一整天都是阴天，博士兴致勃勃地给他的两位朋友讲了很多有关他们路过的地方的事情。地面相当平坦，飞行没有遇到任何困难。只有那可恨的东北风使费尔久逊担忧。这风大极了，把维多利亚号吹得离廷巴克图越来越远。

尼日尔河在北部流到廷巴克图以后，就好像一个巨大的喷泉似的拐了一个弯，接着，分成许多闪闪放光的支流，向大西洋流去。

在尼日尔河的这个大河湾里，大自然的景色是变化多端的。一会儿是肥壤沃土；一会儿是不毛之地；过了荒凉的平原，又是玉蜀黍田；过了玉蜀黍田，又是长满金雀花的旷野。各式各样的水鸟——鹈鹕、野鸭、翠鸟等——成群结队地在河流两岸和洼地上面飞来飞去。

有时候，图瓦雷格人的营地在下面闪过。男人们躲在皮帐篷里休息，妇女们却在外面干活。她们一面抽着大烟斗，一面挤着骆驼奶。

晚上八点钟左右，维多利亚号已经向西飞了二百多英里。这里在三位旅行家的眼前展开了一幅美妙的图景：月光透过乌云，穿过雨网，照耀着绵延不断的洪波利山脉。没有比这些玄武石山峰再奇特的了！它们幻影一般地出现在深蓝色天空的背景上，像北极海的浮冰，又像神话中的某一个中世纪城市的废墟。

"瞧，这简直是《尤道甫的秘密》里的一幅画。"博士说道，"安·拉德克利夫[1]都未必能把山景描写成比这更神秘的场面了。"

"我呀！"乔答道，"我可不愿意晚上一个人在这鬼地方散步。先生，要是它不重的话，我一定把它整个儿搬到苏格兰去。假使把它放在罗蒙湖畔，一定会有大批的游人到那里去。"

"可惜我们的气球不够大，不能实现你的幻想。你们看，飞行的方向好像变了。好极了！这地方的神灵太好了，他们为我们吹来了东南风。这正是我们需要的！"

真的，维多利亚号向北方飞去了，5月20日早晨已经飞到像蛛网一般的河川——尼日尔河的支流——的上空了。有些河床里长满了深草，远远看过去，好像一片绿油油的牧场。博士又走上了巴尔斯的路线，当年巴尔斯就是从这里乘船到廷巴克图的。尼日尔河在这个地方有八百托瓦兹宽，两岸丛生着十字花科植物和罗望子。一群蹦蹦跳跳的羚羊把弯弯的犄角埋在深草里，在那

---

① 安·拉德克利夫（Ann Radcliffe, 1764—1823），英国女作家，擅长集阴森悬疑与浪漫主义于一身的哥特式小说。《尤道甫的秘密》（*The Mysteries of Udolpho*）是她 1794 年的作品。

里，鳄鱼在窥伺着它们。

一长串的驴子和骆驼，载着从热纳买来的货物，钻进了高大的树林。过了不多时，在河湾的那边，出现了一排一排的矮房子，房顶上和土台上都堆着干草。

“这是卡布拉——廷巴克图的码头！”博士欣喜地叫道，“离那个城最多不到五英里了。”

“先生，这么说，您很满意了？”乔问道。

“我高兴极了，亲爱的！”

“很好！这么说，一切都很顺利。”

果然，在下午两点钟，沙漠的首都——神秘的廷巴克图在旅行家的眼前出现了。廷巴克图就和雅典、罗马一样，出现过各种科学家和各派哲学家。

这时，费尔久逊查看了一下巴尔斯博士亲手编绘的地图，发现它是十分精确的。这座城，好像是个画在无边无际的白沙地上的大三角形。三角形的顶角冲北，嵌在沙漠里。四周围，除了野生的谷物、矮小的含羞草和半死不活的灌木以外，什么也没有。

从高处向下看，这座城像一堆圆球和方块。街道相当狭窄。街道两旁只是一些砖头（这些砖头是用太阳晒的）砌的平房和用稻草或芦苇盖的矮屋，这些矮屋有的是圆锥形，有的是正方形。有些身穿色彩鲜艳的服装、手执长矛或土枪的人，东一个西一个地随随便便躺在土台上。这时间，街上没有女人。

“听说，这里的女人很漂亮。”博士说，“你们看，这三座清真寺的三个尖塔！这几乎是廷巴克图仅有的清真寺。这座城市的声誉远远不如以前了。在三角形的顶端，高耸着桑科尔清真寺，一排一排的回廊和支撑着回廊的骑楼都画有相当精致的图案。再过去一点儿，在圣龚古区附近，耸立着西吉-雅夏清真寺和几所两层的楼房。不必去找什么宫殿和纪念碑了。这里的酋长也不过是个商人，他的王宫，只不过是个营业所。”

“我好像看到了一些坍塌了的城墙。”凯乃第说。

“这是在1826年被福拉人破坏的，当时这个城比现在大三分之一。廷巴克图从11世纪起就是人人觊觎的对象，它先后属于图瓦雷格人、逊拉依人、摩洛哥人和福拉人。这个城市从前是一个伟大的文明中心，如16世纪学者阿赫梅德-巴巴就有一个收藏有一千六百部手稿的私人图书馆。可是现在，这里不过是非洲中部的一个货栈了。”

真的，这个城市似乎被人遗忘了。这里如同一切衰落的城市一样，呈现出不整洁的景象。四郊堆积着大堆的垃圾，像一座一座的丘陵——假使不算市场中央的一座小山，在这块平坦的地方，这些垃圾堆算是仅有的丘陵了。

当维多利亚号飞过廷巴克图城时，城里顿时热闹起来了，甚至有人敲起了鼓，然而当地未必会有什么科学家有工夫来研究那奇怪的新现象。三位航空家被沙漠里的大风托住，已经飞到尼日尔河曲折的河流上面了。过了一会儿，廷巴克图就变成他们旅途中的一个印象了。

“现在，命运会把我们送到哪里去呢？”博士沉思道。

“要是把我们送到西边去就好了。”凯乃第说。

“噢！”乔叫道，“即使从原路回桑给巴尔，或者飞过大西洋到美洲，我也一点儿不在乎！”

“不过，乔，我们首先得有这样做的可能。”博士反驳道。

“萨梅尔先生，我们要这样做，还缺少什么？”

“亲爱的，氢气不够。我们维多利亚号的升力显然越来越小了。我们得大大节省氢气，才能够飞到大洋的沿岸。必要时，我们不得不扔掉压舱物了。显然，我们太胖了。”

“萨梅尔先生，这就是因为不干事的缘故！”乔嚷道，“整天像个懒汉似的躺着，那当然会发胖，会增加体重了。我们回去，大家一定都会认为我们胖得不像样子了。”

“这真不愧是乔的想法。”猎人答道，“不过，我的朋友，还不知道以后会怎么样呢，我们离目的地还远着哪。萨梅尔，你认为我们会飞到非洲沿岸的哪一点？”

“狄克，你这问题很难回答。因为风向不定，我们自己做不了主！假使我们能在塞拉利昂和波尔登第克之间着陆，我就非常满意。我们可以在那里找到朋友。”

“和他们握握手，自然很高兴！”狄克说，“可是，现在，我们是向需要去的方向飞吗？”

“不一定，狄克，不一定。你看看罗盘，现在我们重往南飞，我们在向尼日尔河的源流飞去。”

“可惜它的源流已经被人发现了，否则是一个多么好的机会呀！”乔插嘴道，“萨梅尔先生，的确不能另外再发现别的源流了吗？”

“不能，乔。不过，放心吧，也许我们不会飞得这么远。”

入夜以后，博士扔掉最后几袋压舱物，维多利亚号上升了一些。但是过了一会儿，就算把燃烧嘴的火弄得最大，也只能勉强使气球保持一定高度。这时，维多利亚号是在廷巴克图以南六十英里的上空，可是第二天早晨，它已经飞到了尼日尔河畔，离德波湖不远了。

第四十章

费尔久逊博士的忧虑——气流坚持向南——乌云似的一群蝗虫——热纳城——塞古城——风向变了——乔很懊恼

这时，尼日尔河被许多大岛分成一条条非常湍急的支流。在一个岛上出现了几座牧人的茅屋，但是没有法子为这地方画精确的图，因为维多利亚号越飞越快了。真糟糕，它还是向南飞，再过几分钟，就飞到德波湖的上空了。

费尔久逊尽量使氢气膨胀，在各种不同的高度寻找适合的气流，但是找不到。后来，他就放弃了这种做法，因为陈旧了的气囊内壁受到压力，漏出的气体会格外多。

费尔久逊博士嘴里虽没说什么，可是心里却非常焦急。这股气流一股劲儿把气球送往非洲南部，打乱了他的整个计划。现在他不知怎样才好。假使他们飞不到英国或法国的属地，而是落到几内亚沿岸一带的野人手里，他们会遭遇什么呢？在那里，他们怎么能找到回英国去的轮船呢？可是这股风却无疑地在把他们送向达戈梅叶国——那里的人特别野蛮，这样他们一定会落到一个土王的手里，那里的土王在每一个节日总要杀几千个人祭神！他们到了那里，当然是死路一条！再说，维多利亚号越变越瘪了，博士觉得它就要不顶事了。

这时，天气开始转晴。费尔久逊希望雨停以后，气流能够有些改变。

但是，乔的一句话却使他不安起来。

“得！”乔说，“雨又下大了！从前面的这堆乌云看起来，这回一定要发大水了。”

“怎么？又有乌云过来了吗？”博士叫道。

“而且是多么可怕的乌云呀！”凯乃第答道。

“可以说，我从来没看见过这样的乌云，”乔补充了一句，“它的边好像用线拉的，那么直。”

“我倒着急起来了，”费尔久逊把望远镜撂在一边，说，“这根本不是云。”

“是什么？”乔惊讶道。

“是一群蝗虫！”

“蝗虫！”乔叫道。

“是的，上万上亿的蝗虫，像一阵旋风似的在这一带飞过。假使它们在这里落下的话，这块地方可就倒霉了，什么都得被它们吃光！”

“我倒想开开眼界！”乔说。

“等一等，亲爱的，再过十分钟，这群蝗虫就追上我们了，那时你就能亲眼瞧见一切了。”

费尔久逊的话不错：那足足有几英里长的黑压压的一大片已经带着震耳的喧声飞过来了，在地上投下了一个巨大的暗影。这是一群多得不计其数的蝗虫。在距离维多利亚号一百步左右的地方，这群蝗虫向一片茂盛、青翠的田野扑去了。过了十几分钟，蝗虫重新飞走的时候，三位航空家远远地只看到那里的大树小树都变得光秃秃的，草场像用镰刀割过了似的。人们看了这片原野，还以为是突然降临的冬天使它变成一片荒凉了。

“喂，乔，你有什么感想？”费尔久逊问他。

“我有什么感想吗？我觉得非常有趣，而且也很自然。一个蝗虫算不了什么，成万成亿的蝗虫可了不起啦！”

“这简直是一场暴雨，从破坏的程度说，它比冰雹还要可怕。”凯乃第说。

“这连防止的办法都没有。”费尔久逊说，“为了阻止蝗虫飞过，有时候，人们放火烧掉森林；有时候，甚至放火烧掉庄稼；可是，前面的蝗虫大堆地扑到火里把火扑灭了，后面的蝗虫又浩浩荡荡地继续前进。所幸这些地方的土人还能从这种灾害里得到补偿：他们把大量的蝗虫捉来吃，还吃得津津有味。”

“味道大概和虾米一样，不过多个翅膀罢了。”乔说道。他只恨没有尝一尝，长长知识。

傍晚时分，气球开始飞过比较泥泞的地方了。没有森林，只看到一丛丛的小树；在尼日尔河的两岸，有烟草田和长着刍草的沼泽。不多时，伴随着城里一座泥土建筑的清真寺的两个尖塔，热纳城在一个大岛上出现了，无数燕子窠把城墙盖得满满的，从那里散发出令人作呕的臭气。在房舍之间，到处耸立着锦葵树、含羞草和海枣树。虽然已经入夜，城里还十分热闹。热纳城是个活跃的贸易中心。它向廷巴克图供应一切必需品。小船顺着尼日尔河，骆驼队沿着林荫小路，把当地的一切工业品运送到那里去。

“如果不会耽误我们的旅程，我倒想降落在这个城里看看。”博士说，“这里一定有不少到过法国和英国的阿拉伯人。对他们来说，我们的旅行方式也许不是陌生的。不过，停在这里，恐怕不很妥当。”

“那我们下次探险时再来吧。”乔笑着建议。

“再说，朋友们，假使我没搞错的话，风好像要变成东风了，”博士补充了一句，“这种机会不能错过！”

当时，费尔久逊就从吊篮里扔出了一些没有用的东西，几只空瓶子和一只装肉的箱子。这样，他就使维多利亚号升到他所需要的空气层里去了。凌晨四点钟，朝阳照亮了邦巴拉的首府——塞古城。塞古城的特点很容易认出来，它是由四个单独的城组合起来的。这里有许多毛里塔尼亚人的清真寺。作为居民交通工具的渡船在各区段来来往往，络绎不绝。但是三位旅行家在这座城市上空飞过，并没有被人发现。他们很快一直向西北方飞去，博士的忧虑也逐渐消散了。

“如果速度不变，方向也不变，再飞两天，我们就可以飞到塞内加尔河了。”他告诉他的两位朋友。

“那就到了朋友那里了吗？”猎人问道。

“不一定。不过，到了那里，就是万一我们的维多利亚号坏了，我们也可以走到法国殖民地去。不过，但愿它还能继续飞几百英里路，这样，我们就可避免疲劳、恐惧和各种危险，平平安安地抵达西海岸。”

乌云一样的蝗虫

“到了那儿，我们的旅行就结束了！”乔叫道，“真可惜！要不是为了把我们的经历讲给别人听，我宁可一辈子也不着陆。萨梅尔先生，您想别人会相信我们的话吗？”

“当然会，亲爱的乔！不管怎么样，事实总是驳不倒的！有成千上万的人亲眼看见我们从非洲的那一边起飞，也有成千上万的人亲眼看到我们在非洲的另一边着陆。”

“我觉得，在这种情况下，别人很难说我们没有飞越非洲。”凯乃第答道。

“唉，萨梅尔先生！”乔深深地叹了一口气，说，“我会常常后悔我失去了那些金矿石！要是手里有那些黄金的话，才会叫人对我们的话深信不疑呢！我只要发给听众每人一厘米金子……嘿！我能想象得出，人群将怎样把我包围起来，听我讲，而且一定会对我赞不绝口！”

第四十一章

靠近塞内加尔河了——维多利亚号愈飞愈低——必须减轻它的负担——传教士阿尔-哈吉——巴斯卡尔、温桑、兰拜尔——穆罕默德的竞争者——不易飞过的山——凯乃第的枪——乔大显身手——在森林上空过夜

5月27日早晨，大地呈现出新面貌：倾斜的平地换成了丘陵，这说明离高山不远了，就要飞越横隔尼日尔河流域和塞内加尔河流域的山脉了。这山脉决定那些河流是流入几内亚湾还是佛德角湾。

非洲的这一部分，一直到塞内加尔，都被认为是非常危险的地区。费尔久逊从以前探险家们所讲的话里早就知道了这些，那些探险家曾在这里受到过无数折磨，碰到过无数危险。蒙果·巴尔克的大部分旅伴都由于恶劣的气候死在这些地方。因此，费尔久逊无论如何不打算在这不好客的地方降落。

他一分钟也不休息。维多利亚号显然愈飞愈低，不得不扔掉一些不必要的东西来减轻重量，特别是在飞过山峰的时候。就这样飞了一百二十英里路，一会儿升，一会儿降，这是非常令人厌倦的。维多利亚号升了上去，又像块石头似的掉下来，由于缺乏氢气，气球的样子变长了，瘪得陷了下去。风吹在松松的气囊上，把气囊弄得皱皱巴巴的。

凯乃第看了，忍不住问道：

“萨梅尔，你想，会不会气球上有了裂缝？”

“裂缝倒没有，”博士答道，“大概是树胶受到高温熔化了，所以波纹绸有点儿漏气。”

“有什么办法呢？”

“一点儿办法也没有。唯一的出路是减少我们吊篮里的重量，我们把能扔掉的都扔掉吧。”

“还有什么可以扔掉的？”猎人看着差不多已经空空的吊篮，说。

“这帐篷还可以扔掉，它够重的。”

乔一听到这道命令，便爬到系着气球网套的金属环上去，从那里毫不费劲地取下了篷布，扔了出去。

“用这顶帐篷来给土人改衣服，可以足够一个部落的人穿，”他说，“因为土人只穿很少的一点儿衣服！”

维多利亚号上升了一些，但是过了一会儿，显然又降低了。

“我们着陆吧，”凯乃第说，“看看有没有法子把气囊修一修。”

“狄克，我已经告诉你了，没法修。”

“那么我们该怎么办呢？”

“把不是十分需要的东西统统扔掉。”博士答道，“不管怎么样，我也得避免在这一带着陆。瞧，我们现在飞过的这片森林，那里面可危险极了。”

“有什么？狮子，还是鬣狗？”乔用轻蔑的神气说道。

“亲爱的，比狮子和鬣狗还要可怕，那是人，是全非洲最残酷的野人。”

“您怎么知道？”

“从以前到这里来的旅行家，还有法国人那里听到的。那些人住在塞内加尔殖民地，自然得和周围的部落接触……在费德尔上校的时代，有人考察过非洲内陆。有些派到那里去的军官——例如巴斯卡尔、温桑、兰拜尔等——都带回来宝贵的材料——他们考察了塞内加尔河湾里的一个地方，那个地方被战争掠夺得只剩下一个废墟。”

“那里发生过什么事情呢？”

“是这样的：1854年，有一个从塞内加尔河畔的福塔城来的伊斯兰教传教士——阿尔-哈吉，自称自己和穆罕默德一样，受

乔把气球的篷布扔了出去。

到神的感召，神要他领导各个部落去攻打不信伊斯兰教的人——也就是欧洲人。塞内加尔河和它的支流法列梅河之间都遭到了骚扰破坏。阿尔-哈吉率领三队受骗的土人在那一带到处流窜，一路杀人掳掠，连一个村庄、一所小屋都没有放过。他们甚至侵入尼日尔河流域，一直到长期受着威胁的谢加城。1857年，阿尔-哈吉北进，包围了梅吉纳堡——这是法国人建在河畔的防御工事，这座城寨在保尔·霍尔的指挥下进行了英勇的抵抗。他们在缺乏粮食、缺乏弹药的情形下，苦苦守了几个月，一直守到了费德尔伯上校来援救。那时，阿尔-哈吉就率领他的队伍重新渡过塞内加尔河，回到卡阿尔特，继续进行掠劫和屠杀。后来，他和他的那伙匪徒就在我们现在飞过的地方隐蔽起来。我敢保证：要是落到他们手里，是一定有苦头吃的！”

“那我们可别落到他们手里去，”乔说，“只要维多利亚号上升，就是叫我把衣服全脱光，扔掉我的鞋子，我都干！”

“我们离塞内加尔河不远了，”博士宣布，“不过，我看出我们的气球不一定能飞到对岸。”

“不管怎样，我们至少要飞到塞内加尔河岸边。”猎人说，“能这样，就不错了。”

“试试看吧。”博士答道，“不过，有一件事很叫我担心。”

“什么事？”

“我们还要飞过几座山，目前，这对我们来说已经很难做到了。因为不管怎样加热，也不能增加维多利亚号的升力。”

“我们等等看，”凯乃第说，“到时候再说吧。”

“可怜的维多利亚号！”乔叫道，“我对它已经恋恋不舍了，就像水手对他的船一样。老实说，现在叫我和它分别，我心里可真难受。当然，它已经不是我们起飞时的样子了，但是我们也不应该责备它！它对我们有过很大贡献，对我来说，我还舍不得扔掉它。”

“放心吧，乔，”博士说，“除非万不得已，没有办法，我们才会离开它。它将为我们服务到它消耗完它的最后一丝精力。我只要它再支持一天一夜。”

“是的，它衰弱了，”乔说，“它瘦了，它的生命就要完了。可怜的维多利亚号啊！”

“假使我没看错的话，那儿，萨梅尔，你刚才说的那几座山已经在地平线上出现了。”凯乃第说。

“不错，就是那几座山。”博士举起望远镜仔细瞧了瞧，然后说，“看来它们很高！我们一定很难飞过去。”

“萨梅尔，可不可以绕过去？”

“狄克，我想办不到。你看，它们这么一大片差不多占据了半个地平线。”

“它们甚至好像从四面八方把我们包围了。现在，左边，右边，都是山。”乔插嘴说。

“我们只能从上面过去。”

这道危险的障碍好像非常迅速地接近了，或者说得正确一些，大风把维多利亚号一直向尖锐的山峰吹去。现在，无论如何得升上去，否则就要碰到山峰了。

“倒掉水箱里的水！只留下够一天用的！”费尔久逊命令道。

“是！”乔答道。

“怎么样？我们上升了吗？”凯乃第问道。

“上升了一点，五十来尺吧，”博士目不转睛地看着气压计，答道，“不过，这是无济于事的。”

真的，高高的山峰向三位航空家迎面飞驰过来。咳！它们高耸在气球的上面，气球还要上升五百多尺，才能越过它们！

供给燃烧嘴用的水也倒得只剩下几品脱，但还是不行。

“无论如何，我们也得想法升上去啊。”博士说。

“我们既然已经把水倒掉了，干脆把水箱也扔了吧。”凯乃第提议道。

“扔吧！”

“是！”乔回答，“可是我心里觉得，把东西像这样一件一件地扔掉，到底不是件愉快的事。”他补充了一句。

“乔，你听着，”费尔久逊向他说，“注意，千万别像那一天一样自己跳下去。你向我发誓，在任何情形下都不离开我们。”

“放心吧，萨梅尔先生，我们不会分离的。”

维多利亚号又上升了二十来托瓦兹。但是，巍峨的尖峰比气球还高出二百多尺。

“假使我们不能升得比这些山峰高，再过十分钟，我们的吊篮就会撞得粉碎了。”费尔久逊心里想。

“萨梅尔先生，还有什么办法？”乔仿佛猜着了他的心事，问道。

“只留下肉饼，把肉都扔出去！”

这样一来，气球便又减轻了大约五十磅的负担，上升了许多，但是还不能解决问题，气球还是比山峰低。情况十分危急了。维多利亚号以极快的速度飞行着。眼瞧着，它就要猛力地撞在岩石上，整个撞得稀烂了。

博士用目光扫了一下吊篮。它几乎完全是空的。

“狄克，在必要的时候，只好扔掉你的枪了，你作好精神准备吧。”费尔久逊说。

“什么！扔掉我的枪？！”猎人着急地叫道。

“朋友，我既然这样要求你，那就是说这是万不得已的了。”

“萨梅尔，萨梅尔！”

“你的枪和弹药能够换回我们几条命！”

“离山越来越近了！离山越来越近了！”乔喊道。

山还高出维多利亚号十托瓦兹左右。

乔抱起被头扔了出去。凯乃第一声不响，同样也扔掉了几袋弹药。这一回，维多利亚号升到危险的山峰上面去了，它的上部被阳光照亮了，但是吊篮还是比山峰低，看来还会撞上去。

“凯乃第！凯乃第！”博士叫道，“扔掉你的枪，不然我们三个人就全没命了！”

“等等，狄克先生！等等！”乔止住了他。

凯乃第回头一瞧，只见乔已经在吊篮外边消失了……

“乔！乔！”他绝望地喊道。

“可怜的乔！”博士脱口叫道。

山峰顶上的一块地方，约有二十尺宽，那一面山坡的坡度还要小些。吊篮正好掠过相当平坦的台地，在尖尖的石子上拖过，发出吱吱的响声。

“就要过去了！就要过去了！过去了！”传来了一个人的声

“就要过去了！就要过去了！过去了！”

音，这声音使费尔久逊高兴得跳起来。

原来勇敢的乔用手扒着吊篮下面，用脚踏着山顶跑，这样一来，气球就免除了他体重的负担。他甚至拼命拖住一劲儿往上升的气球。

等到乔跑到那一面的山坡上，他看到在他面前的是一个深渊。他使劲用两只手一撑，抓住吊篮上的绳子，一眨眼的工夫，又回到他两位旅伴的身旁了。

“没有比这更便当的了。”他说。

“亲爱的乔！我的朋友！”博士很激动。

“嘿！我这样做，并不是为了你们，而是为了凯乃第的马枪。自从阿拉伯人那件事发生以后，我就欠了狄克先生人情债，可是我这人不喜欢欠债不还，现在我们两人算清账了。”他把猎人心爱的马枪递到猎人手里，补充道，“我看您丢掉这支枪，我可太难过了。”

凯乃第紧紧地握着他的手，感动得一句话也说不出来。

现在，维多利亚号只是下降了。这对它来说并不难。过了不多时，它离地只有二百尺左右了，而且，完全恢复了平衡。但是这里的地势变得崎岖不平，出现了许多丘陵。在夜间，气球难保不碰上它们，何况气球还不听话呢。

天黑得非常快，博士不得不决定停下来，明早再继续飞行。

“我们得找个合适的地方降落。”他说。

“萨梅尔，这么说，你到底还是决定降落了？”凯乃第问道。

“是的，我早就考虑到我们要做的事了。现在才六点钟，我们还来得及。乔，抛锚吧。”

乔立刻执行了命令。两只锚吊在吊篮的下面了。

“我发现一片森林了，我们将要打上面飞过，我们总会钩住一棵树的。”博士说，“不管怎样，我也不同意到地上去过夜。”

“萨梅尔，我们可以下去吗？”凯乃第问道。

“为什么要下去？我再告诉你一遍：在这里，我们彼此分开，是非常危险的。而且我还想求你们两个人帮我做一个很难的工作。”

维多利亚号飞过繁盛的森林，不一会儿它突然停住了：它的锚到底钩住了一棵树。入夜，风完全停了，维多利亚号差不多一动也不动地浮在绿色枫树林的海洋上。

第四十二章

当仁不让——最后的牺牲——膨胀气体的仪器——乔的灵巧——半夜——博士值班——凯乃第——他睡着了——失火——喊声和枪声——在危险以外

费尔久逊首先根据星位测算出他们的方位。他们离塞内加尔河只有二十五英里。

博士在地图上标了一个记号，然后说：

“朋友们，现在我们唯一的办法，是渡过塞内加尔河。既然没有桥，没有船，那就只好乘我们的维多利亚号过去。因此，我们还得想法减轻吊篮里的重量。”

“我看，一点儿办法也没有，”凯乃第说，他在为他的马枪担忧，“除非我们三个人里面有一个人留下，作自我牺牲……这一次，该轮到我申请取得这种荣誉。”

“哼，你又来啦，”乔喊道，“难道我不习惯……”

“朋友，”凯乃第打断了他的话，“我不是说从吊篮里跳下去，而是说徒步走到非洲海岸。我的两只脚走得快，枪也打得准……”

“我一辈子也不能同意！”乔嚷了起来。

“你们的争论一点儿用也没有，朋友们。”费尔久逊插嘴道，“我想，我们还不至于落到这个地步。万一这样的话，我们也决不分离，我们一起徒步穿过这个地方。”

“说得对！”乔欢呼道，“散散步，对于我们是不会有什么害处的！”

“不过，”博士继续说，“在这以前，我们的最后一招，就是要减轻维多利亚号的负载。”

“怎么减？”凯乃第问。

“扔掉跟燃烧嘴连在一起的水箱，还有本生电池和蛇形管，这些东西就有几百磅呢。”

“可是，萨梅尔，那你还怎么使氢气膨胀呀？”

“我就不叫氢气膨胀了。不这样，我们也可以飞。”

“可是……”

“朋友们，听我说，”博士打断了朋友的话，“气球还有多大升力，我已经精确地计算过了，它足够使我们三个人连同剩下的一点儿东西一起，升到天空去。包括我们留下的两只锚在内，我们一共还不到五百磅重。”

“亲爱的萨梅尔，在这方面，你比我们能干，”猎人说，“只有你一个人了解情况。你告诉我们应该做什么，我们就做什么。”

“萨梅尔先生，我听候您的吩咐。”乔也跟着凯乃第说。

“朋友们，我再说一遍：我们必须扔掉我们的仪器，虽然这种做法会产生严重的后果。”

“唉，扔就扔吧！”凯乃第支持他道。

“那么就动手吧！”乔喊道。

这个工作很不简单，得把整个装置一件一件拆开，先取下混合箱，再取下带燃烧嘴的加热箱，最后取下分解水的那个水箱。这些东西装在吊篮底上装得很牢，要把它们拆下来，少不了三位旅行家一齐出力。好在凯乃第的力气大，乔的动作灵活，萨梅尔会出主意，他们终于达到了他们的目的。所有的装备都一件一件地扔到吊篮外边去了——它们从大枫树顶上钻进密密的树叶里，不见了。

“黑人在树林里找到这种东西，他们一定会感到十分奇怪，”乔说，“他们很可能把这些东西当作神像供起来。”

之后，他们又忙着拆掉通进气球里的管子。乔立刻爬到比吊篮高几尺的地方，割断了那里的橡皮关节。但是管子却比较难办了，因为它们的上端是用黄铜丝紧扎在活门的框上的。在这个时候，乔就表现出了他惊人的灵巧：虽然气球那样摇摇晃晃的，为了不损害气囊，他光脚从气球的罩网上爬到维多利亚号的顶上。在那上面，他一只手扒着气球，一只手拧下了固定住管子的螺旋帽。乔一下子就把这些管子拆开，从底下封得紧紧的附件里抽了出来。维多利亚号摆脱了许多重东西，立刻重新在空中伸直，绷紧了锚索。

这个吃力的工作，到半夜才顺利完成。三位旅行家匆匆吃了点干肉饼，喝了点冷酒，因为乔已经没法用燃烧嘴来热食物了！

乔和凯乃第简直累倒了。费尔久逊看到这种情形，向他们说：

“朋友们，你们现在躺下睡一会儿，我来值第一班。两点钟，我叫醒凯乃第；四点钟，凯乃第再叫醒乔。六点钟，我们起飞，但愿这最后一天，上天保佑我们。”

博士的两位旅伴便老实不客气地躺在吊篮里，一会儿就呼呼地睡熟了。

夜是宁静的。浮云不时飘来遮住月亮。那天正是下弦月，月光暗淡。费尔久逊倚在吊篮边，注视着周围。他小心观察着脚下像帘幕一般挡住他视线的黑沉沉的树叶。哪怕是一点点响动，他都觉得可疑，甚至树叶轻轻地抖动一下，他都要研究原因。费尔久逊在这种草木皆兵的情况下，感到特别孤单，他想到了各式各样可怕的事情。他曾经克服了那样多的困难，但是，旅行快要结束就要到达目的地的时候，他却慌张起来、不安起来了，好像目的地就要在他眼前跑掉了似的。

再说，三位旅行家的处境也实在不能叫人乐观：他们现在是在最野蛮的地方，而且旅行工具也不比以前可靠了。博士对他的维多利亚号已经不抱多大信心，因为他知道他能驾驶自如的时光已经过去了。

费尔久逊在这些念头的影响下，有时似乎听到从森林里传来什么莫名其妙的声音，他甚至仿佛看到火光闪了一下。他忙拿起夜用望远镜，对着那里看，但是什么也没有，夜仍然是那样宁静。显然这是他的幻觉。他又开始注意听，但是连最小的一丝声音都听不到了。这时，他值班的时间已经过了，他叫醒凯乃第，叮嘱他要特别警惕，然后自己在睡得像个死人似的乔身旁躺下了。凯乃第揉了揉睡得迷迷糊糊的眼睛，从容地点着了烟斗，靠在吊篮边上。为了赶走睡魔，他拼命地抽烟。

周围笼罩着死一般的静寂。微风吹动树梢，吊篮轻轻摇晃，仿佛在给这位睡眼惺忪的猎人催眠。猎人下决心要战胜睡魔，几次撑开沉重的眼皮，在黑暗中瞪着几乎什么也瞧不见的眼睛，但是结果，他还是敌不过那难以克服的疲倦，伏在那里睡着了。

狄克睡了多久？他自己也说不出。突然，他被一道出乎意外的亮光和一阵噼啪声惊醒了。

他擦擦眼睛，跳起来。一股熏人的热气直向他脸上扑来。森林燃起熊熊的火焰……

“救火！救火！”他嚷道，他也搞不清楚发生了什么事。

他的两个朋友也都爬了起来。

“怎么啦？”萨梅尔问道。

“失火啦！”乔答道，“可是谁能……”

这时候，在火光闪耀的树叶下发出了一片喊声。

“啊，是野人！”乔叫道，“是他们放火烧树林，要把我们烤熟。”

“这些是塔利巴人，是阿尔-哈吉手下的亡命之徒。”博

“他们要把我们烤熟……”

士说。

维多利亚号被火网包围了。枯柴的噼啪声和青枝的嗞嗞声混作一片。藤，叶，总之，整个有生命的植物，都被那大火摧毁得痉挛起来。到处是一片火海，高大的树木在火焰中隐隐露出烧焦的树枝。这片火海一直映入天空，反照着乌云。三位旅行家就好像被包围在火焰的大气里。

“快逃！下地去！”凯乃第喊道，“这才是我们的生路！”

但是费尔久逊紧抓着朋友的手，拦住了他，然后冲到锚索那里，一斧头砍断了锚索。火舌从四面八方向维多利亚号伸来，舔着被照得通亮的吊篮，但是气球一摆脱了束缚，就上升了一千尺。

从森林里传来惊天动地的喊声和震耳欲聋的枪响。

可是维多利亚号已经被晨风托住，向西飞去了。那时是凌晨四点钟。

第四十三章

塔利巴人——追赶——遭受蹂躏的地方——风势减弱了——维多利亚号还在下降——最后的一点食品——维多利亚号跳跃前进——持枪自卫——凉爽的微风——塞内加尔河——古因瀑布——热空气——飞过塞内加尔河

“假使我们昨天晚上不做准备、不减轻气球的负重，我们就只好等死了。”博士说道。

“所以说，什么事情都要做得及时，”乔说，“我们现在死里逃生，那是最自然不过的了。”

“不过，我们还没有脱险呢。”博士反驳道。

“萨梅尔，你怕什么？”凯乃第问道，“反正维多利亚号是不会降落的。就算它降落，又有什么大不了的？”

“有什么大不了的？”博士回问道，“喂，狄克，你瞧！”

维多利亚号正好飞过森林边缘，三位航空家看到那里有三十来个骑马的人，这些人身上都穿着肥肥的长裤子，披着随风飘动的外衣。他们有的拿着长矛，有的拿着土枪，骑着烈性的大马，正好和维多利亚号同一个方向跑着。这时维多利亚号正不快不慢地向前移动着。

那些骑在马上的人一看见气球，立刻发出了野蛮的呐喊，同时挥动他们的武器，露出愤怒和发狠的样子。他们黑黝黝的面孔，加上稀稀疏疏、根根竖着的络腮胡子，更是显得凶暴。他们非常轻快地越过向塞内加尔河畔延伸而下的缓和的斜坡。

“可不是吗！这些人就是塔利巴人，就是阿尔–哈吉的喽啰们。”费尔久逊说，“说老实话，我宁可待在森林里的一群猛兽中间，也不愿意落入这些强盗的手里。”

“他们的样子的确不太和善，”凯乃第说，“这些小伙子体格多棒呀！”

“幸亏这种野兽不会飞，”乔说，“这对于我们还是有利的。”

“你们瞧，”费尔久逊说，“这些遭受破坏的村庄，这些被火烧的房子，都是他们干的。那边本来是一片茂盛的田园，现在全都荒芜了。”

“嗯，他们不能把我们怎样，”凯乃第说，“我们只要飞过塞内加尔河，就一点儿危险也没有了。”

“一点儿也不错，狄克，不过，千万别掉下来。”博士盯着气压计说。

“乔，你看，我们留下了枪，一点儿也不多余。”凯乃第说。

“当然啰，狄克先生，这是不会有什么害处的，”乔答道，“幸亏我们半路上没扔掉！”

“我的马枪呀！”猎人感叹道，“但愿你我永远也不分离！”

凯乃第特别细心地往枪里装好了子弹，幸而还有足够数量的弹药。

“萨梅尔，我们现在离地有多高？”狄克问他的朋友。

“大约七百五十尺。但是现在，上下都由不得我们做主了，我们也不能在空中寻找合适的气流了。我们得完全听维多利亚号的支配。”

“这太糟糕了，”凯乃第说，“风就像故意变得这么小。假使我们能遇到前些日子刮的那种飓风，那我们早就到了这些强盗看不见我们的地方去了！”

“现在这些坏蛋走得不太快了，不知怎么回事，”乔说，“他们一点儿不着急，叫马慢慢地走，好像散步似的。”

“假使我们和他们离得很近，开枪打得着他们的话，我一

三十多个骑马的人追上来了。

定拿他们开开玩笑——一枪一枪地把他们挨个儿打下马。”猎人说。

“如果这样，”博士答道，“他们也可以打得着我们，那时，我们的维多利亚号正好成为他们的枪靶子。你想想看：气球打破了，我们会落入什么境地！”

塔利巴人追了他们一早上。到十一点钟的时候，维多利亚号只不过勉勉强强向西飞行了十五英里。

博士仔细打量着地平线上的每一小朵云彩。他生怕风向改变。假使风把他们又刮回尼日尔河边去，他们怎么办呢？而且眼看着维多利亚号越降越低。自从起飞以后，它已经降低三百多尺了，离塞内加尔河大约还有十二英里。照目前这样的速度看来，他们至少还要三个钟头才能飞到。

这时候，又是一阵喊声，吸引了费尔久逊的注意。塔利巴人在拼命催着他们胯下的马。

博士看了看气压计，立刻明白了他们叫喊的原因。

“萨梅尔，我们在降落吗？”凯乃第问。

“是的。”费尔久逊说。

“真倒霉！”乔想。

过了一分钟，维多利亚号已经离地不到一百五十尺了，但是，这时风变得大一些了。

塔利巴人拼命地追，过了一会儿，空中传来了一阵枪声。

“没打中，笨蛋！”乔喊道，“不过，我认为，得想法离这些坏蛋远些。”他又补充了一句，同时瞄准前面的一个人，放了一枪。那人跌下了马，他的伙伴们都站住了。因此，维多利亚号就飞到敌人的前面去了。

“他们很小心呀。”凯乃第说。

“因为他们拿稳了会捉住我们，”费尔久逊说，“是的，如果我们还是往下落的话，他们会捉住我们的。我们无论如何也得升上去！”

“扔掉什么？”乔问道。

“剩下的干肉饼，全部扔掉！这样，我们又可以使气球减轻三十磅！”

“是，萨梅尔先生！”乔一面执行命令，一面答道。

吊篮几乎就要触到地面了，现在一下子又在塔利巴人的喊声中升了上去。但是过了半个钟头，维多利亚号又迅速地下降了，显然是气球漏气了。过了一会儿，吊篮已经擦着地面了。黑人们向它扑了过来。但是维多利亚号和以前一样，撞到地就弹了起来，飞了一英里路以后，又重新开始坠落。

“我们逃不掉了！”凯乃第愤怒地叫道。

“乔，把酒都扔掉！”费尔久逊喊道，“把仪表，把所有占分量的东西都扔掉！还有，我们最后的一只锚！非这样不可了！”

乔扔掉了气压计和温度计，但是，这样还不够。维多利亚号向上升了一下，立刻又向地上降落。黑人们向它狂奔过来，离它只有二百步远了。

“把两支猎枪都扔掉！”博士喊道。

“把枪里的子弹打完再扔！”猎人叫道。

于是砰、砰、砰、砰，凯乃第朝那群人放了四枪。四个黑人在那帮人狂怒的咆哮下跌倒在地上。

扔掉了两支枪以后，维多利亚号又能上升了。它一窜就窜得很远，活像个从地上弹起来的大皮球。

真是个少见的场面啊！三个可怜的人拼命地逃着，他们就像希腊神话中的安泰[①]，只有碰到大地，才能重新恢复力量！

但是这种情况该告一段落了！快要到中午的时候，维多利亚号有气无力了，变长了，气囊变得轻飘飘的，波纹绸折皱起来，磨得沙沙地响。

“上帝抛弃我们了，”凯乃第道，“我们非掉下去不可了！”

乔默默无言，望着费尔久逊。

“不会的！”博士说道，“我们还可以扔掉一百五十多磅重的东西。”

“什么东西？”凯乃第问道，他以为他的朋友发疯了。

“吊篮！”费尔久逊答道，“我们大家拉住网子！我们可以攀在网眼上飞过塞内加尔河。快！快！”

这三个勇敢的人毫不犹豫地抓住了这条生路。就照博士所说的那样，他们攀住网眼。乔一只手拉住网眼，一只手砍断了系着吊篮的绳子。当维多利亚号就要降到地上的时候，吊篮掉下去了。

“好呀！好呀！”当气球丢掉吊篮上升到三百尺高的时候，

---

① 安泰俄斯，大地女神盖亚的儿子。赫拉克勒斯大力士和他格斗时，发现只要他双脚一接触地面，便有了力量，因此把他提起来挟在胳膊下扼死。

乔欢呼道。

黑人们拼命地催他们的马，他们的马跑得已经差不多把四条腿伸平了。这时，维多利亚号正好碰上一阵好风，得以把黑人抛在后面，很快向西面一座小山飞去。对于三位旅行家来说，这是一个很有利的条件，因为他们能飞过小山，而追赶他们的那一帮强盗却不得不从北面绕过这个障碍。

三位朋友继续紧紧地抓着网眼。他们把垂在他们下面的绳子结在一起，结成了一个像网兜似的东西。

飞过小山以后，博士突然叫道：

“河！河！塞内加尔河！”

真的，在离他们大约二英里的地方，一条雄伟的大河滚滚地奔流着。对岸的地势较低，土壤肥沃，那里有可以躲藏的地方，而且降落也很方便。

“再过一刻钟，我们就完全脱险了！”费尔久逊高兴地说。

但是，事实并不是这样。气球里的氢气已快要漏光了，它越降越低。现在，它正飞过一片几乎是不毛之地，除了长长的坡地，就是多石的平原。仅仅有些地方可以看到寥寥无几的灌木和被太阳晒枯了的荒草。

维多利亚号几次碰到地面，又升了上去，但是它越蹦越低，越来越蹿不远了。突然，它网子的上部钩住了一棵孤立在荒野里的锦葵树的树顶。

“唉，这回可完了！”凯乃第说道。

“离河边也只有一百来步远。”乔补充道。

三位不幸的航空家下到地上了，博士带着他的两个朋友向塞内加尔河跑去。那边传来很大的喧哗声。跑到河边时，博士才知道这儿是古因瀑布。岸上没有一只船，也没有一个人。

塞内加尔河在这里的河面有两千尺宽。它以震天的响声，从一百五十尺高的地方冲下去。这条河从东向西流，而挡住它的一排岩石是从北向南伸。瀑布当中矗立着的许多奇形怪状的岩石，很像太古时代的海兽。

十分明显，要想渡过这个无底深渊，比登天还要难。

凯乃第不由得做出了绝望的手势。但是费尔久逊以沉着有力的语调说：

“有办法！”

“我早就知道您有办法！”乔答道，他始终相信博士。

费尔久逊一看到干草，脑子里马上就想出一个大胆的主意。这是唯一的救星。他立刻带着他的两个朋友，又回到气囊旁边去。

“那些强盗再过一个钟头就要追上我们了，”费尔久逊说，“我们一分钟也不能耽误。多收集些干草来，起码一百磅。”

“要干草有什么用？”凯乃第问道。

“既然没有氢气了，那就利用热空气飞过河去！”

“唉，萨梅尔，你真是个伟人！”凯乃第叫道。

乔和凯乃第马上动起手来。过了一会儿，锦葵树旁边就堆起了一大堆干草。这时候，费尔久逊打开气球的活门，把气球里剩下的氢气都放了出去，然后在气囊底下剪了个大窟窿。他做完这件事以后，便抱了一些干草堆在气囊下面，同时点着了火。

维多利亚号飞越万马奔腾般的古因瀑布。

不多时，气球里便充满了热空气，一百八十度的温度（一百摄氏度）足可以使气球里的空气膨胀而把重量减轻一半了。这时，气球逐渐恢复它原来的面貌。反正干草有的是，博士不住地添草，把火烧得旺旺的，眼看着气球越鼓越圆了。

那时是一点差一刻。

在北边两英里远的地方，那群塔利巴人出现了，已经听得到一片喊声和急促的马蹄声了。

“再过二十分钟，他们就要追上来了。”凯乃第说。

“乔！添草！添草！”费尔久逊嚷道，“过十分钟我们就要飞上天了！”

“好的，萨梅尔先生！”

气球已经有三分之二充满了热空气。

“喂，朋友们，”博士说，“现在我们再像刚才那样拉住网子吧。”

“好！”猎人答道。

过了十分钟，气球摇晃起来，似乎立刻要升上去了。

塔利巴人已经跑近了，只有五百来步远了。

“抓紧一些！”费尔久逊喊道。

“萨梅尔先生，别替我们担心！别担心！”

这时，博士用脚又向火堆里推了一些干草，于是维多利亚号完全胀鼓了，它擦着锦葵树的枝叶升了上去。

“起飞了！”乔喊道。

就像回答这句话似的，一阵枪声响了起来。一颗子弹从乔的肩膀上擦过。凯乃第弯下腰，用一只手放了一枪，又打倒一个敌

人。黑人们看到维多利亚号升到天上去了，愤怒若狂地叫了起来。气球在八百尺高的地方被一股强大的气流托住了，摇摇摆摆地向塞内加尔河彼岸飞去。英勇的博士和他的两位朋友欣赏着下面万马奔腾般的瀑布。

过了十分钟，三位无畏的航空家默默无言地开始在塞内加尔河的对岸降落了。

那里站着十个身穿法国军装的人，他们显出吃惊、奇怪和害怕的样子。他们看到从河那边飞过来的气球会惊愕到什么程度，那是不难想象的。他们几乎以为这是一个奇迹。但是他们的长官——海军大尉和中尉——从欧洲的报纸上已经知道关于费尔久逊博士探险的消息，所以他们马上就明白是怎么一回事了。

气球又一点一点地瘪了下去，开始带着攀在网眼上的三位大胆的航空家下降了。它能否落到地上，看样子很值得怀疑。当维多利亚号在离塞内加尔河左岸几米远的地方掉到水里时，法国人跑到河里去救起了这三位英国人。

“费尔久逊博士！”大尉叫道。

“正是他和他的两个朋友。”博士从容地答道。

法国人把三位旅行家从河里救上了岸，维多利亚号却瘪了下去，像个巨大的气泡，被塞内加尔河的奔流冲走，最后，在古因瀑布里消失了。

“可怜的维多利亚号！”乔感叹道。

博士忍不住热泪盈眶。他张开了双臂，两位朋友激动地投入了他的怀抱。

第四十四章

达成协议——记录——法国的殖民当局——梅迪纳军事哨所——巴西利克号轮船——圣路易——英国战舰——回到伦敦

岸上的这些法国人，是塞内加尔的总督派到这里来探险的，这个探险队是由两位军官——海军陆战队的杜弗列斯大尉和罗达梅尔中尉——一个军曹和七名兵士组成的。

这两天他们在古因这一带正忙着找一个适当的地方设立一个哨所，想不到看到了费尔久逊博士。

这三位旅行家受到怎样热情的招待和祝贺，那是不难想象的。那些亲眼看到费尔久逊博士完成他大胆计划的法国人，也就成了他抵达古因瀑布的见证人。因此，博士要求杜弗列斯大尉正式证明一下这个事实。

“我想，您不会拒绝在记录上签字吧？”他问道。

“费尔久逊博士，我当然愿意为您效劳。”杜弗列斯大尉热情地答道。

这三个英国人立刻被请到河畔的临时哨所去了。在那里，他们受到无微不至的照顾，吃了一顿丰盛的午餐，并当场作了一份记录，大家签了字。这份记录至今还保存在伦敦地理学会的档案里。记录上写道：

我们，在下面签名的人发表声明如下：

“今天，我们亲眼看到费尔久逊博士
和他的两位旅伴攀着气球的网子到达这里……”

今天，我们亲眼看到费尔久逊博士和他的两位旅伴——理查德·凯乃第和约瑟夫·威尔逊[①]攀着气球的网子到达这里。气球落在塞内加尔河里，离我们只有几步远，当时就被急流冲走，消失在古因瀑布中了。为证明上述的事实，我们和当事人共同在这份记录上签名。

萨梅尔·费尔久逊、理查德·凯乃第、约瑟夫·威尔逊、海军陆战队大尉杜弗列斯、海军中尉罗达梅尔、军曹杜费伊、兵士：福利波、梅叶尔、彼利西叶、罗鲁阿、拉斯卡尼叶、纪隆、里拜尔。

1862 年 5 月 24 日于古因瀑布

费尔久逊博士和他两位好朋友的这趟不平凡的旅行，就这样在令人信服的证明下结束了。这时，他们和他们的这些朋友住在好客的部落里，这些部落与当地的法国殖民机关经常有联系。

三位旅行家在5月24日（星期六）抵达塞内加尔河，同月27日，到了塞内加尔河河岸往北一些的梅迪纳哨所。

这里的法国军官也用热烈的拥抱与最殷勤的款待欢迎了他们。当天，费尔久逊和他的两位朋友就乘上小火轮巴西利克号，沿塞内加尔河下行，向塞内加尔河的河口驶去。过了两个

① 狄克是理查德的简称，乔是约瑟夫的简称。

星期，在6月10日，三位旅行家抵达圣路易，那里的总督为他们举行了隆重的欢迎仪式。

在这期间，他们的精神已经完全恢复了。乔反复地说：

“假使好好回想一下的话，应该说，这次旅行是相当枯燥的。说实话，假使有人有兴趣，我也不会劝他去尝试。这次旅行到后来更变得枯燥乏味，要不是在乍得湖和塞内加尔河上遇到一些险事，简直把人给闷死了。”

三位旅行家正好搭上从圣路易起航的英国战舰。6月25日，他们到达朴次茅斯，第二天到达伦敦。

这三位旅行家在伦敦地理学会受到的欢迎和接待，那是不用说的。凯乃第怕他家里的那个管家老太婆不放心，不久就带着他那支建立了不少功勋的马枪，回爱丁堡去了。

费尔久逊和忠实的乔还是和我们刚认识他们时一样，但是他们的关系却不知不觉地改变了。他们变成了朋友。

全欧洲的报纸都不遗余力地颂扬了这三位探险家的英勇事迹。《每日电讯》在它刊载了这三位探险家的一篇旅行摘记的那一天，就销售了九十七万七千份。

费尔久逊博士在伦敦地理学会作了一次关于他航空探险的报告，费尔久逊博士和他的两个朋友获得了颁给1862年度优秀探险队的金质奖章。

EXCELSIOR
FERGUSSON
VICTORIA

Gravé par J. Sédille, Rue Montmartre, 78.

EGYPTE
ARABIE
MER ROUGE
Nil
Médine
Assouan
Cancer
LA MECQUE
NUBIE
BORGOU
Kartoum
Lac Tchad
Kobbeh
Obeid
DARFOUR
KORDOFAN
SENNAR
BEEJA
Antalo
ABYSSINIE
Oasis
Lac Nu
Montagnes Aurifères
Makedo
GALLAS
DARAFRI
NYAM-NYAM
USOGA
UGANDA
KARAGUA
Equateur
ZANGUEBAR
Mts de la Lune
Mfuto
Kazeh
Uyofu
Tura Wels
Tembo
Melinde
Jihoue la Mkoa
Mundaburu
I. de Zanzibar
Eaole
Mt Rubeho
CANIÈME
UGOGO
ZUNGOMERO
Mt Duthumy
Quiloa
C. Belgado
MOZAMBIQUE
Mozambique
CANAL DE MOZAMBIQUE
MADAGASCAR
20°
30°
40°
Gillot

5
SEMAINES
EN
BALLON